ちくま文庫

夜の終る時／熱い死角

警察小説傑作選

結城昌治
日下三蔵 編

筑摩書房

目次

夜の終る時／熱い死角

警察小説傑作選

I

夜の終る時

第一部

一

安田刑事は受話器を下ろした。折原光子の糸を引くように粘っこい声が、耳の奥に残った。刑事課長の大沢警部と視線が合った。警部はでっぷりと肥えた腹の上に、ワイシャツの袖をまくりあげた両腕を組んで、わかった——というように眼を閉じると、白髪《しらが》まじりの頭を回転椅子の背に凭《もた》れた。堅く締まった唇の線が、深く刻まれていた。

「徳さんは二時半頃きたそうです。そして、三時半頃帰ったと言っています」

安田刑事は、みんなの方を振返って言った。

返事をする者はなかった。安田刑事が言わなくても、電話の応答はみんなが聞いていたのだ。

係長の森戸警部補は、机の上に分厚い六法全書をひろげているが、黒ぶちの近眼鏡をかけた細い眼は、活字を追っていなかった。

瀬尾刑事も阿部刑事も、妙に重苦しそうに黙ったままだ。

安田刑事は自分の机に戻った。

それにつられたように、さっきから窓際に立ってまるい背中をみせていた腰木刑事が、首筋の疲れをとるようにぐるぐる首を回転させながら、自分の席に戻ってきた。

「関口のやつ、近ごろ赤座とうまくいってなかったようですね」

腰木刑事は首の運動を止めて、誰にむかうともなく言った。欠けた歯の間から、息が洩《も》れるような舌ったるい声だ。二十歳のとき巡査になったというから、すでに警官生活は二十五年になる。安田刑事より十六歳年長のヴェテランだが、いっこうに部長昇進の気配はなく、本人にもその気がないらしい。時折、人生に達観してしまったような物言いをするが、そのくせ子煩悩で人情もろくて好色で、人間くさい弱点に忠実な男だった。腫《は》れぼったい瞼《まぶた》の下で、いつも疲れているような大きい眼、低い背、まるい背中……。どことなくのんびりとした彼の口調は、どんな重大事の場合でも、人々を緊張させせない。

やはり、応える者はなかった。

腰木刑事は気まずさを紛らすように、横をむいて、タバコに火をつけた。

午後七時——仕事のカタがつけば、帰宅していい時刻だった。

安田刑事もタバコに火をつけた。

「誰に聞いた話だ」

忘れた頃になって、刑事課長が問い返した。

「いつも、関口にくっついて歩いてる千葉です。昨日、ソープセンターの前でばったり会ったら、そんなことを言ってました」

腰木刑事は、課長の方を見て答えた。

「うまくいってないわけを話したか」

「いえ、ちょうどそこへ通りかかった二、三人のチンピラに声をかけられて、いっしょに行ってしまいました」

「――――」

課長はそれ以上きかなかった。

捜査係一号室の六人は、また重い沈黙に落ちた。

同じ部屋の徳持刑事が、捜査にでたまま何の連絡もなく、まだ帰らないのだ。

平常、六日に一度の割でまわってくる宿直以外は、刑事の勤務時間は午前八時半から午後五時十五分までと定められている。しかし、定時間で退庁できる日などは滅多になく、七時頃までは当り前で、遅ければ九時、十時、大きな事件にぶつかったときは数日間の泊り込みも珍しくない。

徳持刑事が出かけたのは、午後一時ごろだった。呼出しに応じないある恐喝事件の被害者の、供述調書をとるために出たのである。拳銃は不要とみて持っていかなかった。

刑事の行動は二人一組となるのが原則で、被疑者の逮捕や押収捜査、張込み、尾行などは、必ず二人以上の刑事が組となって行動する。しかし、手不足のせいもあって、贓品《ぞうひん》洗いだしのための質屋まわりや、単純な事件の聞込みなどでは、単独で行動することが多い。そして捜査が夜間に及んだ場合でも、いったん署に戻ってから帰宅するよう指示されている。係長や部長は、その係員全員が無事に帰署するまで、帰宅しないで待っているのだ。刑事たちは、一日の捜査結果を報告して帰っていくわけである。

むろん例外はあって、出先から電話で報告を済まして、直接帰宅を許されることもあるが、いずれの場合でも、刑事は一身の無事と所在とを知らせるために、日に少くも二度位は、係長か部長宛に電話で経過報告をすることになっている。時に連絡の遅れることはあろうが、東京都内において、午後の一時から七時すぎまで、全く電話をかける機会のない状況というのは、まず考えられなかった。

もしそれがあるとすれば、——誘拐されたか殺されたか、あるいは、本人自身の意思による場合しかないだろう。交通事故や急病で倒れたら、かりにそのために死んだとしても、警察手帳によって身元がわかり次第、連絡があるはずだった。

「帰りませんね」

しばらくして、森戸係長がメガネの奥の神経質そうな眼を瞬《また》いて言った。

「うむ」

課長は低く唸っただけだった。

そこへ、徳持刑事の追っていた事件とは別の恐喝事件で、姿をくらましている関口隆夫という男の所在捜査のために、赤羽へ行った菅井部長が戻ってきた。彼が捜査に手間どって遅くなることは、電話で連絡されていた。

「ご苦労さん」

課長が顔をあげた。

「無駄足でした——」

部長は課長の前に立って報告した。すでに一年以上、関口は両親の住む赤羽の家へ帰らないし、むかしの仲間が近所にいると聞いてそこへも行ってみたが、やはり関口が立ちまわった様子はみられないということだった。

「まだお帰りにならないんですか」

部長は報告を終ると、ふたたび窓を背にした腰木刑事とならび、タバコに火をつけて課長に聞いた。特に仕事のない限り、課長は七時か八時頃には帰宅してしまうのが普通だった。

「徳さんがまだあがってこないんだ」

課長もタバコをとりだした。

「徳さんが？」

菅井部長は初めて異様な部屋の空気に気づいたように、森戸係長、安田刑事、そして隣の腰木刑事の顔をみた。

「出かけたっきり、連絡がないんですよ」

腰木刑事は窓際を離れ、また自分の机に戻りながら言った。

「ストークのマダムの家へ行ったきりなのか」

浅黒く緊まった菅井部長の頬が、ピクッと動いた。ちょうど四十歳——地味な縦縞《たてじま》の入った焦茶の背広に、青っぽいネクタイは調和しないが、その不粋なところが却《かえ》って刑事らしく、妥協を許さない厳しい捜査ぶりは、地回りのヤクザやぐれん隊を畏怖させている。やや下がり気味の太い眉、その眉の下の険しい眼の色、顎が細く、ふっくらとした唇の線だけはやさしい。新潟の生まれで、三年前に妻を亡くしたが、再婚する意思はないらしい。

ストークというのは、勾留中の被疑者馬場勇に開店の挨拶をしなかったという理由で、一万円を恐喝されたバーの名前だった。店は駅前の有楽街にあるが、マダムの住居は杉並区阿佐ケ谷にあって、日中は店が閉まっているから、徳持刑事は阿佐ケ谷へ行ったはずなのである。

しかし、つい先程、安田刑事がストークに出勤したマダムの折原光子に電話で聞いた結果では、徳持刑事は午後三時半ごろ、折原光子の調書をとり終って、彼女の住むアパートをでているという話だった。

その後の足どりはつかめていない。

「もちろん、自宅へも帰っていません」

腰木刑事は独り言のように、向かい側の壁にかかった製薬会社のカレンダーを見上げ

だった。

「ほかへまわるようなことは言ってなかったんですか」

菅井部長の眼は、刑事課長の頭を通り越して若い森戸係長をみた。詰問する眼つきだった。

「聞いていない。三時半に阿佐ケ谷をでたことが確かなら、とうに戻らなければならない。阿佐ケ谷からここまで、ゆっくりしても一時間とかからないだろう。念のために杉並署へ照会してみたが、徳持くんが杉並署に寄った様子はない」

森戸係長は部長の視線をそらして答えた。

刑事課捜査係は四人の係長（警部補）以下部長四人、刑事二十人、いずれも私服である。そして徳持刑事の所属する第一係は、主として暴力犯罪を担当——森戸係長、菅井部長、腰木、瀬尾、安田、阿部の各刑事、それに徳持刑事を加えた七人が総員だった。刑事課長の大沢警部は、平常、第二係と第三係とがいっしょの大部屋に、課長用の大きな机を構えているが、今は徳持刑事の空席に腰を降ろし、帰らぬ部下を案じているのだ。

「腰さん——」

大沢課長が腰木刑事の名を呼んだ。

「とりあえず安さんと二人で、ストークのマダムに直接あたってきてもらうかな。待ってばかりいても仕様がない」

「わたしが行きましょうか」

指名された腰木刑事が返事をするよりも早く、菅井部長が言った。

「しかし、きみは歩いてきたばかりで疲れているだろう」

「大丈夫ですよ」

「きみが行ってくれれば、それがいちばんんだが……」

「徳さんのことが気になります」

「それじゃ頼むか。安さんをいっしょにつれていってくれ。拳銃は一応用意した方がいい」

「わたしはどうしますか」

腰木刑事は気落ちしたように言った。

「もう少し様子をみよう」

課長はそっけなく言った。

安田刑事は立上ると、ロッカーへ行って32口径のコルトをとった。五発装塡《そうてん》して右腰のサックにおさめる。

「徳さん、どうしたのかな」

あとからついてきた菅井部長が言った。

「ちょっと心配ですね」

「徳さんは気の短いところがあったよ」

部長も自分の拳銃をとった。同じく32口径のコルト自動拳銃《オートマチック》である。

二

署の玄関をでると、安田刑事は菅井部長と肩をならべた。背丈はほぼ同じくらいだった。そう高くもなく、そう低くもない。ただ、痩せている安田に較べると、柔道で鍛えたという部長の肩幅はさすがにがっしりと広く、背も幾ぶん高く見えた。

「風がでてきたな」

部長は歩きだしながら、暗い空を仰いで言った。このところ数日、妙に蒸暑い日がつづいていた。上着はとうに要らないくらいだった。

「署長もまだ帰らないのか」

部長は安田刑事に話しかけた。

「いえ、帰ったようです。徳さんのことはまだ知らせていません」

「森戸はずっと部屋にいたのか」

「知りません。ぼくは腰さんといっしょに出かけて、あがったのが六時頃です。係長は久我組のチンピラを調べていました。例の強姦《ツッコミ》で挙がった三人組です」

「ふうん」

部長は顎をすくうようにして頷《うなず》いた。森戸係長にどのような取調べができるかという、軽蔑をこめた頷きかただった。

安田刑事は、部長が森戸係長を嫌っていることを知っていた。

二十五歳という若さで、森戸はすでに警部補である。才能があるからでも功労があったからでもない。大学をでて上級職の公務員試験を通っているからだ。彼らは下積みの苦労を経ずに警部補になる。そして所轄署の係長を二、三か月つとめる。これは幹部昇進への一段階であって、捜査経験を積むというよりも現場の空気を嗅《か》いでおくためだ。その後は体の楽な警察庁か県本部の内勤で、二年もすれば警部に昇進する。三十歳前後で警視になる者もいるし、そうなればやはり警察庁か県本部勤めで課長の椅子に坐り、体を動かさないで第一線の刑事たちを指揮するのである。

菅井部長はこのような警察制度が気にくわないのだ。下っ端の部長や刑事たちは、いつまで経っても苦労ばかりでうだつが上がらない。生活も苦しいし仕事も苦しい。デモ隊には税金ドロボウと怒鳴られるし、捜査はいつだって命がけだ。精いっぱい勉強して警部補か警部になっても、その頃はかなりの年輩になっていて、五十歳前後で退職を勧告されてしまう。苛酷な方法で退職を迫られるのだ。これが他の官庁、たとえば農林省や通産省の場合だったら、退職後は汚職でクビにされた連中でさえ、外郭団体の職員に天下りして、不安のない生活をつづけることができる。しかし、退職後の警察官は、会社の守衛かデパートの警備員以外にツブシがきかなかった。

そう追いつめて考えると、菅井部長は腹が立つのだろう。刑事の仕事はやり甲斐《がい》があるし、辛いけれども決して嫌いではない。しかし、時折苦労がバカらしくなり、無性に腹が立ってたまらなくなる。その怒りを、彼は東大出で将来を嘱望されている森戸係長にぶつけているのだ。森戸は法律に詳しくても、捜査に関しては、菅井の眼からみれば素人同然だろう。それに、部下の菅井は森戸係長の教育者的立場にある。しかし彼は、自分の立場を故意に無視することで、虚しい腹いせをしているにちがいなかった。

菅井部長のそのような歪《ゆが》みを、安田刑事は理解できないことはなかった。共鳴するところも大いにある。おそらく、愚痴の多い不平家の瀬尾刑事も、部長と同じようなことを考えているにちがいない。

しかし、安田刑事の考えははっきり異っていた。人の一生において、出世することにどれだけの意義があるのか。確かに、若くして署長になり、警察庁の幹部になれば、それだけ大きな影響力をもつ仕事ができる。しかし、署長の仕事と一刑事の仕事との間に、果してどのような意義の相違があるか。すでに、自分は刑事という職業を選んでいる。父が生涯を平刑事として終ったように、自分もそのつもりで入った道なのだ。貧しくて大学へ行けなかったが、だからといって、誰を恨んでも始まることではない。どうしても出世したいなら、阿部刑事が現在そうしているように、通信教育をうけてでも勉強すればいい。愚痴をこぼす暇に、法律の条文を一か条でも余分に覚えることだ。そしてそれぞれの望み次第で検事にでも判事にでも、弁護士にでもなればいい。もちろん、安田も出世したくないわけではないが、そうまでして出世しようとは思わないだけである。

——おれは怠け者なのか。

安田はふと思い、これも父親ゆずりだろうと考えて苦笑するのだ。

八時前の駅周辺は宵の口である。アーケードに蔽《おお》われた歩道を、往来する人の流れも衰えていない。商店街のウィンドウは明るく、夜の賑わいもまだこれからといった感じで、大衆的なレストランやアンミツ屋の中は、客でいっぱいだった。どす黒く濁った運河にかかる橋を渡り、国電のガードをくぐってから広い舗道の反対側へ移ると、そこが駅の正面である。

安田刑事は部長に従って、まず駅前の交番に寄った。

「今夜はまだ喧嘩ひとつあったという話も聞きません。いえ、徳持さんの姿は見なかったですね。ストークは最近開店したバーですが、ソープセンターの真裏だから行ってみれば分かります。マダムとバーテンのほかに、ホステスが六、七人、この辺のバーでは高級な方でしょう」

立番の若い巡査は、そう言って、――ご苦労さんですね、と付け加えた。

一級国道の交叉する駅前の三叉路付近は、都内で最も交通量の烈しい難所といわれ、夜になっても自動車の往来が絶えなかった。その三叉路の横断歩道を、国電のガードとは反対にむかって渡ると、ちょうど国電のホームから見降ろせる正面に、赤いネオンで有楽街と彩ったアーチがかかっている。

町は戦前からの盛り場だが、今日のように発展したのは、やはり戦後の急激な人口増加が原因で、私鉄沿線の人口が殖《ふ》えるにつれて、バーやキャバレー、飲食店などの蝟集《いしゅう》する遊興地帯までが、みるみる脹らんでいったのである。

しかし、同じ都内の盛り場でも、たとえば新宿辺の盛り場に比較すると、町はぐんと品格が落ちるようだった。客層は町工場や商店の主人たちが上客の部類で、学生や、デイトを楽しむといった人々の姿はほとんど見られない。そういう連中は国電のガードを越えた運河べりの、映画館や喫茶店の集っている区域へ行くのだ。

もっとも、この有楽街の猥雑な雰囲気に魅力を発見して、近頃は、夜更けて銀座、新橋あたりから流れてくる二次会三次会組のサラリーマンが多く、業者は警察の眼を恐れながら、深夜一時、二時になっても、看板の灯を消さないところが少くなかった。

そして警察にとっては、ぐれん隊の跳梁《ちょうりょう》が目にあまって、つねに警備の手をぬけない地区であった。

黄色いネオンを、三階建の屋上にかかげたソープランドの真裏に、バー・ストークはサインボードの明りですぐに見つかった。

部長が先に立って、紫色をした一枚ガラスのドアを押した。細い階段が二階へ伸びていた。階下はちがう店なのだ。階段を上りきると、踊り場を仕切ってまたドアがあり、内部は右手にカウンターがあって、その前面から左奥手へかけて、低いテーブルを置いたボックスがならんでいた。

客はカウンターの前に一人、ボックスは三人づれと二人づれの客が、それぞれ両脇に坐らせたホステスの肩を抱いて上機嫌だった。

ドアを開けると、カウンターの客を相手にしていたホステスの一人がとんできた。

「マダムを呼んでくれ」

部長は無愛想に言って、いちばん奥に空いていたボックスへ行った。

「高そうな店ですね」

安田刑事が立ったまま言った。

「安サラリーで飲みにくる店じゃないさ」

部長は間接照明の薄暗い天井を見上げ、三方の壁に垂れた真赤なビロードのカーテンを見まわした。交番の巡査が言ったように、この界隈のバーにしては、かなり金をかけた店の造りだった。

「いらっしゃいませ」

派手な和服姿の折原光子が現れた。小柄で色は浅黒いが、目鼻立ちはきりっと整っていた。アップにした髪を沖縄女のように頭上に束ねて、年は三十を越しているだろう。鼻にかかった声である。来客が二人とも立ったままなので、愛想笑いを浮かべながらも、アイシャドウの濃い眼もとには不審の色がみえた。二人は別段貧しい服装だったわけではないが、勘のいい女ならば、二人の態度に刑事特有の匂いを嗅ぎとったかも知れない。

——刑事の応対にも慣れているようだな。

光子を観察して、安田刑事はそう思った。

「お忙しいところを恐縮です……」

菅井部長は騒いでいる客やホステスたちの眼を憚《はばか》って、目立たないように、警察手帳を背広の内ポケットから覗かせた。

「…………」

光子の笑いが消えた。明らかに迷惑なのだ。

「お店ではご迷惑でしょうから、ちょっと外へつき合ってくれませんか。五分ほどの立話で済むと思います」

「どんなことでしょうか」

「今日、阿佐ケ谷のお宅へお伺いしたうちの署の徳持という者のことです」

「その刑事さんのことでしたら、さきほどの電話でお答えしましたけど……」

「あらためて伺いたいのです」

「明日の昼間ではいけませんの」

「急ぐのです。そうでなければ、迷惑を承知でお店にはきません」

「どうぞ、ここで結構ですわ。お掛けになってください。ごらんのように、まだすいておりますから……」

光子は強《こわ》ばった表情で席をすすめた。

菅井部長は遠慮しなかったし、安田刑事も遠慮しなかった。しかし、お茶代わりといって、間もなくホステスに運ばせたハイボールには、二人とも手をつけなかった。

「徳持がお宅へ伺ったのは、何時頃でしたか」

クッションのきいたソファに、部長は浅く腰を落として質問に入った。低い声である。

「二時半頃だったと思います。お電話のときにもそう申しあげましたわ」

光子も向かい合って腰を下ろした。

「もっと早かったとは思いませんか。徳持が署を出たのは一時頃だし、阿佐ケ谷のお宅までは一時間とかからないはずですから……」

「いえ、阿佐ケ谷は十日ばかり前に引越して、富士見町のアパートに移ったんです。刑事さんはそれを知らずに、いったん阿佐ケ谷へ行ってから、お隣で転居したことを聞いて富士見町へきたと言ってました。それで遅くなったのだと思います」

「ふうん」

部長は軽く頷いた。しばらく沈黙があった。電話で光子と話したとき、転居のことを聞き洩らしたのは安田刑事の手落ちだった。沈黙の間、安田は部長に責められているような気がした。

「富士見町は中野にも板橋にもありますが……」

安田は沈黙を破るために質問をはさんだ。港区にも千代田区にも同じ町名がある。

「千代田区ですわ」

「番地は？」

部長が代わってつづけた。

「一丁目××、アカシア荘という小さなアパートの二階です」

「飯田橋の近くですか」

「はい。飯田橋から九段方面へむかって、鉄原ビルの角を左へ曲がったところです。東京ルーテルセンターの近くですわ」

「歯科大学の反対側ですね」

「はい」

「徳持がお邪魔したあと、あなたがアパートを出られたのは何時頃ですか」

「五時頃だったと思います。お店には六時ちょっと前に着きました」

「まっすぐお店にこられたんですね」

「はい」

「徳持の話に戻ります。二時半頃お訪ねして、それから彼はどうしましたか」

「例の馬場とかいう男に恐喝されたことで調書を取られ、あたしは調書の終りのところにサインをさせられました。どうせあの与太者にとられた一万円は返ってこないし、済んだことですから、あたしは、かかり合いになりたくなかったのです。そう言いましたら、そんなふうだから与太者がいい気になってのさばるのだといって、刑事さんにさんざんお説教されましたわ」

「そのときの調書の内容を覚えていますか」

「はい」

「おっしゃってみて下さい」

「要するに、あたしがどんなふうに恐喝されたかと言うことです」

「詳しく頼みます」

「馬場というぐれん隊がうちの店にきたのは、開店して三日目でした。ふいに入ってきてカウンターの前に坐り、開店の挨拶にこなかったということで、あたしに厭味《いやみ》を言いました。店の入口の前に、いつでも若い者を五、六人立たせておくことができるとか、酒癖の悪いのが飲みにきたがっているとか、連中の言うことはきまっています。店の入口に変なのがごろごろしていたら、お客さんは怖がって入りませんし、店にきて喧嘩なんかされたら、あたしの方も困ります。実を言いますと、開店のときは赤座組の事務所へ挨拶に行って、あたしは五万円包みました。だから、赤座組へ行けば話をつけてくれるはずだし、馬場というのはチンピラにすぎないとも思いましたけど、ぐずぐず言われているうちに面倒になって、つい一万円包んで渡してやったんです。それをうちのバーテンが見ていて警察へ知らせ、それで馬場が捕ったんですわ」

「バーテンさんのやったことは、あくまでも正しいですね」

「でも、こんなことでぐれん隊に根にもたれたらかないませんわ。刑事さんは心配するなと言ってくれましたけど……」

「失礼ですが、徳持が伺ったとき、お部屋にはあなた以外にどなたかいましたか」

「あたし一人ですわ」

「調書をとり終って、彼が帰ったのは何時頃です」

「三時半頃だったでしょうか」

「はっきりした時間はわかりませんか」

「お帰りになってから間もなく置時計をみたら、三時四十分すぎ位でした。やはり三時半頃だったとしか申せませんわ」

「徳持は、それから何処《どこ》かへ行くようなことは言ってませんでしたか」

「別に聞きません。あの刑事さんがどうかなすったんですか」

「まだ帰らないんですよ」

「――」

光子は驚いたように部長を見つめたが、部長の言った意味がよく飲みこめない様子だった。

「今度何かの用事でお邪魔するときは、かならず富士見町の方へ伺いましょう」

部長は立上った。

安田刑事もつづいて立った。別に付け加えて聞くことはなかったし、光子の供述は信じていいように思えた。しかし、事態はいささかの好転の兆《きざし》もみえない。部長の不機嫌は顔色でわかった。

ストークをでると、二人は無言のうちに帰路をとった。

そこへ、真赤なスポーツ・シャツに細身の黒い背広を着た、ぐれん隊風の男が通りかかった。

「こんばんは――」

男は肩先をすくうように下げて挨拶し、通りすぎようとした。

「赤座はいるかい」

部長が振返って言った。

「事務所にいなかったんですか」

男は立止まって答えた。

「うちの徳持をみないかな」

「さあ……？」

男は大仰に首をかしげた。

その様子をみて、部長は男を置去りに歩きだした。

「今のやつは誰です？」

安田刑事が聞いた。

「最近大井町の方から流れてきたチンピラだ。赤座金次郎も、あんなのをごろごろさせておくようでは仕様がない。久我組に対抗させるつもりだろうが、それでかえって連中になめられている」

「関口だって、大分勝手なことをやってたようですからね」

「赤座自身がむかしのようではない。子分が勝手なことをやりだすのも当り前だ」

部長は苦りきったように言った。

赤座金次郎——もとは新宿、渋谷から大井、大森あたりへかけてかなりの勢力をもっていたヤクザだが、今ではバクチ打ちを本業とするヤクザと呼べるかどうか疑わしく、戦後、各地にのしあがってきたテキヤや、ぐれん隊まがいの新興ヤクザなどにシマ（縄張り）を食い荒らされ、資金源に窮したところから、ここ数年来、赤座不動産の看板をかけて土地家屋などの斡旋業《あっせんぎょう》にのりだし、パチンコの景品買いやらキャバレーへのオツマミ売りにまで手を伸ばしている。しかし、それらも近頃では、新しく擡頭《たいとう》してきたぐれん隊の久我組に押され勝ちで、ストークから一万円を脅し取った馬場は、久我組のチンピラの一人である。彼らは完全に赤座を無視しようとしているのだ。そして、そのような赤座組の弱体化は、直ちに配下たちの動きにあらわれ、現に手配中の関口隆夫は赤座組の幹部のはずだが、逮捕状に記載されている恐喝容疑については、赤座の全く気づかないところで行われている。以前は少かった有楽街の暴行傷害沙汰が、近頃目立って殖えているのもそれと無関係ではない。そして、地元の人々から警察不信の声が高まるのも、また当然の成りゆきであった。

二人はネオンのアーチをでた。

「どうするかな」

部長はふいと足をとめて、考えるように呟《つぶや》いた。そして安田刑事を見ると、

「今ストークで聞いた話は電話で報告して、このまま阿佐ケ谷と富士見町へ行ってみるか。折原光子の話の裏付《ウラ》をとる必要がある」

「疲れていませんか」

安田刑事は聞きかえした。

「とても疲れているように見えます」

「風邪気味だが、たいしたことはない」

部長は声だけ元気そうに言った。

しかし、眼は熱っぽくうるんでいるようだし、疲れていることは部長自身にもわかっているようだった。たとえ疲れていても、少し位の熱があっても、今はそんなことを言っている場合ではないのだ。

安田刑事は強いて反対しなかった。

横断歩道を渡り、駅前交番の警察電話を借りた。

通話口には刑事課長がでた。

「ご苦労だが、それでは阿佐ケ谷と富士見町へまわってもらうかな。腰さんや瀬尾さんは、その間にほかの方面を当ってもらうことにする」

部長の報告を聞き終ると、刑事課長は光子の供述のウラをとってきたいという部長の申し出を了承した。

「徳さんからは、相変らず何の連絡もないそうだ」

部長は電話を切って、安田刑事に言った。そして、

「阿佐ケ谷と富士見町では大分方向がちがうから、二手に分かれて行こう」

と提案した。

「そうですね」

　安田刑事に異論はなかった。

　部長が阿佐ケ谷へ、安田刑事が富士見町へ行くことに決まった。

　国電は割合空《す》いていたが、空席があるというほどではなかった。二人は乗車したドアの反対側のドア際によった。新宿までは同じ方向なのだ。

「光子というマダムをどう思う」

　部長が話しかけた。

「遊び好きな男にとっては、かなり魅力のある女でしょう。しかし、相当勝気ですね。おまけに利口で勘定高い。厭な声でした」

「詳しく観察したな」

「部長の意見はどうですか」

「大体そんなところだね。どんなパトロンが金をだしてるのか知らないが、あれだけの店をだすには、権利金を入れて三、四百万円かかっている。地まわりの馬場に一万円恐喝されたぐらいは、おそらく問題じゃなかったろう。警察を嫌うわけさ」

「徳さんが折原光子に会うのは、今日が初めてだったんですか」

「そのはずだ。馬場を逮捕したのは駅前交番の巡査だし、被害届もその巡査がとっている。光子はそれっきり本署の呼出しに応じなかったんだ」

「もし、徳さんがこのまま帰らなかったとしたら、部長はどう考えますか」

「帰らんことはないだろう」

「そうでしょうか」

安田刑事は、部長の楽観を否定するように言った。部長だって決して楽観していないことは、安田にも分かってはいるのだ。

「以前にも、保安係の刑事が一晩帰らずに大騒ぎしたことがあったが、結局は本人の過失で何事もなかった」

「しかし、だから徳さんも同じだとはいえないでしょう。徳さんは連絡を忘れて酒を飲み、酔いつぶれてしまうような男ではない」

「それじゃ、きみはどう考えているんだ」

「事故ですね」

「というと」

「最悪の場合は殺されている」

「誰に」

「わかりません。自殺の理由がないとしたら、監禁されたか殺されたかのどちらかだろうし、最近の徳さんは様子が少しおかしかった。内緒でやっていたことが、何かあったんじゃないかと思います」

「内緒でやってたというのは何だ」

「わかりません。悪く解釈すれば、ヤクザ者の組織に引きずりこまれていたという見方もできますが、あるいは、担当以外の事件を追いかけていたのかも知れない。とにかく、最近の徳さんにはおかしなところがありました。非番のはずなのに、徳さんが赤座組の事務所にいる姿を見たことがあったし、退庁後の夜おそく、ソープセンターのあたりを歩いている彼に会ったことも、二度ほどありました」

「赤座組やソープセンターあたりで何をやってたんだ」

「知りません」

「声をかけてみなかったのか」

「徳さんの方が視線をそらしてしまいました」

「うむ」

部長は呻《うめ》くように唇を嚙んだ。

三

新宿で菅井部長と別れ、中央線東京行に乗換えた安田刑事は、吊革《つりかわ》をつかんだ手に体の重心を預けて揺られながら、一つの考えに没頭していた。菅井部長には曖昧な言い方をしたが、――徳持刑事は関口の仲間だったのではないか、安田刑事はそう考えたのだ。

徳持は安田より二歳下、赤座組の幹部関口と同年生まれの二十七歳である。関口とは小学校も中学校もいっしょだったし、中学を卒業する頃までは互いの家も近くて、親同士の仲もよかったらしい。

二人の道が、はっきりと反対方向へ分かれたのは、高校を卒業してからだった。苦労しながら高校をでた徳持は、知人の熱心な誘いをうけて警察官への道を選んだという。定時制の高校では卒業してもろくな就職先もなかったことが一因になっているかも知れないが、むしろ積極的に、地味な性分に合う職業としてこの道を選んだとみてもいいだろう。ただし、警察官採用試験の方は、さして目立った成績を示したわけではなかった。

一方、高校時代からぐれだした関口は、せっかく大学へ入ってもほとんど学校へ行かず、家を飛び出していっぱしのヤクザを気取るようになった。大学は、月謝を費《つか》いこんで払わないので中退である。

交番勤務から始まって、やがて捜査係に配置された徳持は、数年ぶりに会う関口が、地元ぐれん隊の赤座組の幹部になっていることを知って驚いたにちがいなかった。

しかし、関口の変貌を知った徳持が、彼に対してどのように自分を処したか。刑事とヤクザとの対立をはっきり意識して反目し合っていたのか、それとも、かつての友情を取戻して馴《な》れ合っていたのか——その辺の事実はわからないのである。安田刑事は、徳持が関口と親しそうに話している姿を何度か見ている。しかし、それは真実親しいからそのように見えたのか、往来で出会った刑事とヤクザとの、さりげない立話にすぎなかったのか。一般に、刑事とヤクザとの仲が親しく見えることは多い。刑事はなるべくヤクザの内部に近づいて情報をとろうとし、ヤクザの方も刑事の機嫌をとっておくのは悪いことではないと思っている。互いに利用価値があるのだ。表面はいかにも馴れ合っているようで、実は腹の探り合いに終始し、いざ具体的な事件が起これば、截然《せつぜん》と敵味方に分かれるのだ。しかし、このような関係は極めて第三者の眼に誤解され易く、また時として、刑事とヤクザとが本当に馴れ合ってしまい、腐敗した刑事がヤクザのヒモつきとなって、情報を流すような例もないではなかった。

当然、過去における徳持刑事と関口とのつながりを知ると、同僚の中には徳持を不信の眼で眺める者があった。数か月前、赤座組の賭場手入れに失敗したとき、情報を洩らした疑いが初めて徳持刑事に向けられ、何人かの刑事の間で低い囁《ささや》きとなった。情報洩れによるとみられる捜査の失敗は、その後も二度まで重ねられた。そして次に、関口逮捕の失敗が起こったのである。

関口の恐喝容疑というのは、ある女の自殺事件にからまるもので、その女を妊娠させ自殺にまで追いこんだテレビ俳優野見山収から、前後四回にわたり都合三十万円を脅し取ったというものだった。野見山が刑事課長のところへ直接泣きついてきたのである。

関口が利口な男だということは、ついに一回の検挙歴もないという事実で量ることができる。法網をすれすれのところで潜りぬけていたのだ。かなりの悪事を働いているには違いなく、今までに何度も検挙しようと試みたが、どうしても逮捕状をとれなかった男なのである。その辺をうろついているチンピラのように、一見して与太者と知れる服装や歩きかたはしないし、いつも堅気のサラリーマンのようにきちんとネクタイを締めて、色の白いおとなしそうな男なのだ。

野見山を恐喝した事件は、関口が初めて出したシッポだった。捜査は直ちに開始され、菅井部長、腰木、安田の両刑事担当で、逮捕状もとることができた。この捜査に徳持は加えられなかったが、かりに関口との間の噂がなかったとしても、被疑者に個人的関係のある者を捜査員に加えないのは、上司として当然の配慮だった。

ところが、逮捕状を手にした菅井部長、腰木、安田両刑事の三人が、関口の寝込みを襲うべくアパートの一室に踏込んだときには、すでに関口の姿はなく、蒲団《ふとん》まできれいに畳まれていた。そればかりではない。まるで逮捕されることを察知していたように、金目の物はほとんど運び去られていたのだ。それがつい四日前の早朝であった。

徳持に疑惑の眼を向ける何人かの間に囁かれた噂が、その何人かの間に留まることは極めて稀である。その噂は安田刑事の耳にも入ったし、徳持自身の耳にも入らないわけはなかったはずである。

以来四日間、逃亡した関口の行方については、一片の手がかりさえ摑《つか》めていない。赤座組の組長赤座金次郎は、関口の勝手な行動を知って憤慨しているし、彼が関口をかくまっている気配はなさそうだ。関口と関係のあった女たちも当ってみたが、みんな一様に首を傾げるばかりで、関口の所在を知っていそうな者はなかった。地元に隠れているなら、大てい何処からか情報が流れてくるもので、そうでないとしたら、すでに地方へ高飛びしたとみるほかはない。

徳持刑事は当然苦しい立場に立ったはずである。疑惑を拭い去ろうとするなら、自分の手で関口を見つけだし、逮捕しなければならなかったにちがいない。そして、疑惑が彼自身に相応《ふさわ》しいものだったとしたら、やはり窮地を脱けだすために、何らかの善後策をうたねばならなかったろう。

関口の捜査から除かれたとき、徳持は一言の不平も口にしなかった。平常の無口がいっそう烈しくなっただけである。

安田刑事は、徳持刑事のことをそう深く知っているわけではなかった。安田はA署勤務五年余りになるが、徳持の方は半年ほど前に転任してきたばかりだ。初対面の印象として、どことなく暗い感じをうけた記憶がある。無口のせいだろう――安田はやがて最初の印象を修正した。宴会の席でうたった伊那節が、意外に上手かったこともその修正を扶《たす》けた。刑事生活には別段の不満もなく、将来への野心もないようだった。仕事にはかなり熱心で、成績も悪くなかった。一つのことを、コツコツと追いつめていく型である。酒は強く、五合は軽く飲んだが、酒のために乱れるようなことはなく、静かな酒であった。時には冗談も言うし、仕事の手があいた時は、文庫本の小説などをよく読んでいた。家には年老いた母と、まだ中学生の弟がいる。女性関係について、悪い噂はなかった。腰木刑事などは、徳持刑事童貞説を唱えているくらいである。生活は貧しい様子だが、それは他の刑事も同じことで、特に貧しいというわけでもない……。

安田刑事はそう考えていくと、徳持が関口の仲間だとは信じられなくなってくる。無口で内向的な性格が、誤解を招いているのではないか。捜査の情報がふとした不注意で洩れることは、ほかの署でも時折あることなのだ。

しかし——安田刑事はまた別のことを考える。狡猾《こうかつ》な関口が徳持の弱味（それが何か分からない）を握っていたとすれば、それをタネに脅迫して、彼を共犯者として誘いこむことも容易だったろう。ずるずると引きずり込まれ、脱けだせなくなったのではないか。そこへ関口の逮捕状がでた。彼が逮捕されれば、どんなボロがでてくるとも知れない。共犯者の宿命は主犯と一蓮托生《いちれんたくしょう》である。徳持は愕然《がくぜん》として関口を逃亡させた。そして、さらに自分にも危険の迫ったことを知り、関口のあとを追って逃げたのではないか。それとも、仲間割れでもして殺されたか……。

国電が飯田橋駅に着いた。

牛込見附《うしごめみつけ》から九段へむかって、付近の商店街は、学生相手らしい落着いた感じの喫茶店が多く、それらとはまた不釣合な感じで、店先いっぱいに売台を張出した八百屋や漬物屋などの裸電球の光が路上に溢《あふ》れ、古びた三階建のそば屋などがあったりする。富士見町一丁目、アカシア荘までは五分とかからなかった。

四

アカシア荘における捜査の結果は、不満足なものであった。しかし、全く徒労だったわけではない。

「確かにお訊ねの刑事さんだったとは言えませんけど」

階下二号室にいる杉山良子という女は、そう前置きして話しだした。二十七、八歳の女で、平板な顔だちだが、一重瞼《ひとえまぶた》の眼もとに色気があり、和服の着こなしなども素人離れがしている。人相服装ともに徳持らしい男を見たと言うのであった。

「二時半頃だったと思います、買物に行こうとして玄関を出たら、そこへその男の方がお見えになり、折原さんのお部屋を聞かれたんです。二階の七号室、階段を上るとすぐ左手のお部屋ですから、あたしはそうお教えしました」

「それで、その男は階段を上っていったんですか」

「はい」

「帰るときの姿は見ませんか」

「いいえ、あたしは外へ出ましたので、それっきりお会いしませんでした」

杉山良子は、物問いたそうな眼つきをして答えた。

安田刑事は二階へ行った。しかし、折原光子の両隣の住人は、いずれも共稼ぎの夫婦者で、日中は会社勤めのため部屋をあけていたということだった。徳持来訪の有無についてはもとより、折原光子についてもほとんど知るところがなかった。

安田は最後に、一階廊下を突当って左側の管理人を訪ねた。六十近い女である。やはり徳持の姿を見ていなかった。

「折原さんは七号室に一人で住んでいるんですか」

安田は聞いた。

「表向きはそうなってますけど……」

初めは迷惑そうな態度で接していた女の眼が、次第に好奇心でまるくなった。膝をのりだし、安田にも座蒲団をすすめ、奥の部屋にいた娘らしい三十五、六の女に命じて、番茶まで淹《い》れさせた。

「ですけどね――」

女はつづけた。

「あかるいうちから、頭のきれいに禿《は》げた、痩せっぽちのおじいさんがきてることがあります。娘に聞くと、パトロンとか言うんだそうですが、わたしなどに会うと、いつもニコニコしています。どんな商売をしている人か知りません。それから若い男が二、三度きましたよ。背の高い太った人で、多分お店の客だと思いますが、夜半の一時頃自動車で送ってきて、そのまま部屋に上り込み、朝方の四時か五時頃ひとりで帰っていきます。折原さんを送ってくると、いつも車をこの部屋の前の道に停めるので、あたしはその度に眼がさめてしまいます。窓から覗《のぞ》けますから、今度やってきたら、車の番号を紙に書いておいてあげますよ。全く、他人の迷惑なんか平気なんですからね。あの男を捕えるんですか」

「いえ、そういうわけではありません。折原さんがアパートに帰るのは、一時頃ときまってるんですか」

「たいていそんな時間ですね。でも、二時か三時頃のこともあるし、帰らない晩もあるみたいですよ。他人様のことはどうでもいいようなものだけど、あたしなんかから見ると、よくも恥ずかしくないって気がしますね」

「出かけるのは何時頃ですか」

「それはいろいろで、夕方になって出かけることもあれば、おひる頃おしゃれをして出かけてしまう日もあります」

「今日は何時頃でかけましたか」

「そう……五時頃ですかね。孫をおぶって駅の辺を歩いていたら、折原さんに会って挨拶をしたんですよ。お店ですかって聞いたら、そうだって言ってました」

「そのとき、折原さんは一人でしたか」

「それはそうですよ。まだ夕方ですもの」

女は歯のぬけた口をあけて、下卑た笑いを洩らした。

アカシア荘を辞した安田は、念のために飯田橋駅前の交番へ行ってみた。

しかし、徳持刑事の立寄った形跡を見出すことはできなかった。管内では別段の事件もないという。

十時三十分、安田刑事は本署に戻った。

部屋には大沢刑事課長と森戸係長とがいるだけで、ほかの刑事たちはそれぞれ徳持刑事の行方を求めて出払っていた。

「徳さんらしい男に、折原光子の部屋を聞かれたという女は、信用できそうだったかね」

安田の報告を聞いて、刑事課長が言った。

「一応信用していいと思います。あとで管理人から聞いたことですが、彼女は少女雑誌に小説を書いていて、その小説がテレビになったこともあるという話でした」

「ほかに、徳さんを見た者はないんですか」

森戸係長の質問がつづいた。

「ありません。ほかの部屋も全部当ってみたし、アパートの筋向かいのタバコ屋でも聞いてみましたが、やはり駄目でした」

「ふむ」

係長は唇を結んだ。奥歯を噛みしめたのか、頬の筋肉がピクッと動いた。

徳持刑事の行方は依然不明のまま、捜査に出かけた刑事たちからも連絡がない。彼が南品川の自宅に帰ったことが分かれば、直ちに所轄の交番から報らせがくることになっているが、その方からの連絡もなかった。

残された手段は、徳持刑事の足どりを洗うこと、警視庁管内の全警察署に対して変死人照会の電話をかけること、そして、日ごろ警察に恨みをもっていそうなぐれん隊の一人一人を、シラミつぶしに調べていくことだ。

刑事たちは宿直員の応援を加えて八方へ散った。

各署へ回答を求めた変死人照会の結果は、江戸川区鹿骨町の中川放水路に浮かんだ死体が一体、これは病苦による投身自殺とみられ、年恰好《としかっこう》は徳持刑事に似ていたが、間もなく身元がわかって遺族に引取られている。ほかに蒲田署管内で殺人が一件、交通事故による死亡四件重傷七件等々の報告が入ったが、いずれも徳持刑事とは全くかかわりのないことが判明していた。

「もう一度馬場を調べたらどうですか」

安田刑事は言った。徳持は馬場を逮捕した当初からの担当だったし、今日も、馬場の恐喝事件をかためるために折原光子を訪ねていったのである。勾留中の馬場を調べれば、徳持刑事の立回り先として別の場所も浮かんでくるかもしれないと考えたのだ。

しかし、

「調べたよ」

課長の声には力がなかった。

「馬場の吐いた事件はストークの恐喝《カツアゲ》だけだ。むろん、徳さんが余罪を追っていたことは当然考えられる。だが、馬場の野郎はそれ以上吐かないし、徳さんがどんな余罪を嗅ぎだしていたのかも見当がつかない始末だ。それに、徳さんは馬場にかかりきりだったわけではない。みんなと同じように七、八件はかかえていた。とすると、徳さんの行動半径はかなり広くなるだろう。一応手分けして洗っているが、どうも厭《いや》なことになりそうだ」

「しかし――」

安田刑事はしばらく考えてから言った。

「かりに、徳さんがアカシア荘を出てから何処へまわったとしても、課長や係長に何の連絡もしないでいったのはおかしいですね。それは余りに徳さんらしくない。無断でほかへまわったとしたら、電話をかける余裕がないほど事情が迫っていたとしか考えられない。つまり、ほかへまわろうとしたのではなく、誰かにバッタリ出会ったのです。そして、出会った男との間に何かが起こったのではないでしょうか」

安田刑事はつづけて、最近の徳持刑事の行動に不審の点があったことを話した。ただし、以上は徳持の失踪をつとめて善意に解した場合の仮説だった。徳持は関口のあとを追って逃亡したのかも知れない——安田刑事はそうも考えている。しかし、そうは考えたくなかったし、それを口にするにしても、まだ言いだすべき時期ではなかった。徳持と関口とがグルになっていたとみる証拠はないのだ。

「同僚のわたしたちにも内緒で、徳さんは何をしようとしていたのか。誰かを追っていたのか、それとも、追われるような立場に立たされていたのか、その辺の事情は分かりませんが……」

安田はそこで話を切った。あとは、課長や係長自身が本気になって考えるべきことだった。安田の希望的仮説は、すでに課長や係長の仮説だったかも知れない。そして安田の危惧《きぐ》する最悪の事態も、また同様に彼らの胸中にあるのかもしれなかった。

黙って聞いていた刑事課長が、物憂そうに下瞼のたるんだ眼をあげた。森戸係長は考えこんだままである。

そのとき、係長の机の隅の電話機が鳴った。

安田刑事が受話器をとった。

「もしもし」

安田刑事は言った。

「安さんかい」

声が返ってきた。菅井部長だった。

安田刑事は応えた。そして、

「今どちらですか」

「まだ阿佐ケ谷だよ。きみは早かったじゃないか」

「つい今しがた帰ったばかりです」

「徳さんから連絡はないのか」

「ありません」

「課長は？」

「おります、替わりましょうか」

「いや、きみから伝えてくれればいい。折原光子の言ったことは間違いないらしいな。彼女は十日前に転居している。徳さんが阿佐ケ谷にきたかどうかははっきりつかめないが、富士見町の方はどうだったね」

「二時半頃、アカシア荘へ折原光子を訪ねた徳さんを見た者がいました」

「とすると、やはり光子の言ったことは信じていいわけだな。これから真っすぐ戻るが、課長によろしく言っといてくれ」

部長の疲れたような声が切れた。

安田は受話器を置いた。すると、待っていたようにベルが鳴った。

「大分歩いてみたがね、課長に収穫なしと伝えてくれ。今神田にいるが、これから真っすぐ戻る」

今度は瀬尾刑事の声だった。

「署長に報告しなければならんかな」

課長は吐息のように呟いた。

五

午前零時——刑事たちは全員本署に戻ったが、ついに徳持刑事の足どりは不明だった。

もはや、刑事課長は署長に報告せざるをえなかった。

署長の天野警視は、事を重大視した。刑事課長が、夜半の十二時すぎに至るまで署長への報告を控えたのは、徳持刑事の過失を想定して部下をかばうための思いやりだったが、その思いは署長も同じだった。課長が、部下の失策を課長の責任において内分に済ましたかったように、署長も署内だけの事故として済ましてやりたかった。上司としての責任を回避するという利己的配慮のためではなく、このような過ちが、徳持刑事の将来を閉ざしてしまうことを知っていたからだ。

しかし、平刑事から叩きあげた署長の勘は、これが過失ではなく、大きな事故にちがいないと判断した。

徳持刑事の失踪について、天野署長の報告が警視庁刑事部総務課の宿直員を叩き起こし、さらに方面本部へ伝えられたのはそれから間もなくだった。

そして、捜査四課の伊藤主任警部以下五名の応援を得て、捜査本部なみの捜査態勢がとられたのは、何らの手がかりもなしに明けた翌日のことであった。

翌日、午後二時十分、千代田区富士見町一丁目富士見ホテルのフロント主任渡辺荘司は、カウンター越しにメイドの高橋直子の話を聞いていた。

「何度もノックしたんですけど、何とも返事がありません。ほんとに眠っているのでしょうか」

青いユニホームのよく似合う直子の大きな眼は、訝《いぶか》しそうにフロント主任を見つめた。

昨夜三〇五号室に泊った客が、二時を過ぎたというのに、まだ起きてこないのだ。ことによると、無銭宿泊をして逃げたのではないか――彼女はそう疑ったのである。

渡辺荘司は宿泊人名簿を開いてみた。

三〇五号室――

雑誌記者　小迫豊尊

住所　墨田区太平町一の二八

右肩さがりの角ばった字で、客の自筆である。一晩だけ部屋を貸してくれという電話による申込みで、シングルの部屋が空いていないと言うと、ツインでも結構という返事だった。渡辺は承諾した。流行作家や週刊誌の特派記者などが、自宅では落着いて仕事ができないからといって、静かで交通も便利な富士見ホテルを利用することは、珍しくなかった。

小迫と名乗る客が、小さなボストン・バッグを提げて現れたのは、午後の二時頃だった。服装もキチンとしているし、薄茶色のサングラスをかけていたが、別に怪しむべきところはなかった。宿泊人名簿の記入は、そのときフロントで行ったものである。

客はボーイにもメイドにも全く用事を命ずることなく、すぐ仕事にかかったようだった。夕食は適当な時間に一階のレストランへ降りるからと断っていた。

しかし、彼がレストランへ降りる姿を見た者はなかった。

午後八時数分前、三〇五号室からの電話がフロントにつながれた。――今夜は徹夜の仕事で眠るのが朝方になりそうだから、明日は正午すぎまで決して起こさないように。その間、気が散るから仕事中はもちろんのこと、眠ってからも、面会人や電話があった場合は居留守をつかうように。そして、ボーイやメイドも寄越さないでもらいたい、という内容だった。

楽な客である。ホテルにとっては、むしろその方が有難かった。

しかし翌日、三〇五号室の客は正午を過ぎ、一時を過ぎ、一時半になっても起きなかった。

そして二時を過ぎたとき、ドアには「ディスターブ」がかかっていたが、渡辺はメイドに命じて三〇五号室をノックさせたのだ。ホテルの宿泊料締切時間《チェック・アウト・タイム》は翌日午前十一時で、十一時以後午後三時までは三十パーセント、それを過ぎて午後六時までは五十パーセントの追加料金を受取ることになっている。午後二時過ぎても起きないのは、つい寝過ごしているためで、たとえ「DON'T DISTURB（起こさないでください）」の掛札がドアの外にかかっていても、一応声をかけてやるのが親切だった。おかしい——渡辺の胸に初めて疑問が湧いた。疲れきって熟睡すれば、まだ覚めないということはある。しかし、それほど急ぎの仕事をかかえていた彼に、電話一本かかってこないのはおかしくないか。彼自身も、そうゆっくりもしていられないはずだろう。

このとき、渡辺の気にかかったのは、自殺したのではないかということだった。無銭宿泊ならば、どこのホテルでもたまにやられることで、損害といっても大したことはない。しかし、自殺者がでたとなると、当分その部屋は使えないし、ほかの部屋の客まで減ってしまう。その上、何度も警察に呼出されたりして、厄介なことになるのだ。

「様子をみてきてくれないか」

渡辺は直子の話を聞いて、今度は三〇五号室の合鍵を渡した。

直子は間もなく戻ってきた。

「眠っていました」

直子は最前よりも明るい声で答えた。

「顔をみたか」

「いえ、壁の方を向いて寝てるので、顔は見えません。それに、頭の方まで毛布をかぶってましたし……」

「声はかけなかったのか」

「はい」

直子は子供のようにコックリと頷いた。

渡辺の眉がくもった。すぐに電話の受話器をはずすと、

「三〇五号室を呼んでくれ。起きるまでベルを鳴らすんだ」

交換手に言った。

回答を待つ渡辺の顔が、次第に緊張していった。

「いくらお呼びしても、おでになりません」

それが返事だった。

一一〇番の急報を受けた警視庁本部通信指令室が、富士見ホテルの所轄麹町《こうじまち》警察署に指令を発したのは、午後二時二十八分過ぎであった。指令を受理したのは捜査係の三本木部長である。直ちに刑事課長に報告するとともに、非常ベルによって署員を招集した。署長指揮のもとに、刑事課長以下係員が現場の富士見ホテルへ急行した。

午後三時十五分、安田刑事は三本木部長からの電話を受取った。富士見ホテル三〇五号室において、徳持刑事の変死体が発見されたという報らせだった。

「徳持刑事の死体だということは確かなんですか」

聞き返す安田の声は上ずっていた。

「確かだ」

三本木部長の声は怒っているようだった。

「徳さんとおれとは五年も前からの付合いだ。見間違えるわけはないし、ほかの者も徳さんに違いないと認めている。胸のポケットには警察手帳も入っていた。まだ詳しいことは分からないが、首を締められた痕がある。急いできてくれ」

「――――」

安田刑事が答えるよりも早く、三本木部長の電話を切る音が耳を搏《う》った。

安田刑事は受話器を置いた。すでに報告するまでもなく、安田の脇には大沢刑事課長が聴耳《ききみみ》をたてていた。ほかに、部屋にいたのは捜査四課の伊藤警部、それに腰木刑事だけだった。

「行きましょう」

伊藤警部は立上った。戦地で負傷したという右顎の傷痕が紅潮していた。小柄で痩せてはいるが、眉の太い精悍《せいかん》な顔だちだった。

そこへ、二階の署長室から署長が降りてきた。刑事課長が報告した。

署長以下、刑事課長、伊藤警部、腰木刑事、安田刑事の五人が、車をとばして富士見ホテルに駆けつけたのは、ちょうど四時だった。

ホテルの前では、数台の黒塗りの乗用車にまじって、パトカーが無線のアンテナを伸ばしていた。エレベーターで三階へ運ばれると、緑色の絨毯《じゅうたん》を敷いた廊下へでた途端に、殺人現場特有の物々しい緊張した空気が一同を迎えた。忙しそうに往来する私服の刑事や制服の巡査たち。ざわめきの中に、妙にしんとした静けさがあった。

捜査一課長、鑑識課長以下本庁の係員も到着して、三〇五号室はすでに検証が始まっていた。

紺の作業衣に紺の帽子をかぶって、全裸にされた死体の向きを変えようとしている鑑識課員、フラッシュを焚《た》いてカメラを操作している者、巻尺で室内の面積を計っている者、指紋を採るために、洗面所や浴室の白いタイルにグラファイト（黒鉛の粉）をふりかけている者、そして、それらをじっと見詰めている捜査一課長らの沈痛な表情……。

やがて、死斑の状況を写すために横向きにされた徳持刑事の変わり果てた姿は、生者と死者との境を、黒ずんだ肌の色ではっきりと示していた。

安田刑事は顔をそむけ、ボーイやメイドたちの話を聞くために部屋をでた。胸を突きあげているのは烈しい怒りだった。悲しみに浸る余裕はなかった。

部屋を出る安田刑事の姿をみて、三本木部長があとを追ってきた。

二人は廊下の曲り角で、壁を背にした。

「徳さんの喉を見たか」

三本木が先に言った。そうでなくても鋭い眼が、ギラギラ光っていた。

「見ました」

安田の静かな声は、心の昂《たか》ぶりを押さえていた。

「扼殺《やくさつ》だな。しかも、後から腕をまわして絞めている。手で絞めたのなら指の痕が残るし、喉にくいこんだ爪の痕もつく。そこまで考えてやったのかどうか分からないが、犯人は腕だけで締め上げている。引っかいたような喉の爪痕は、苦しさのあまり、徳さんが犯人の腕をはずそうとしてもがいた痕だろう。徳さんの爪には、自分で引っかいた喉の血がついていた」

「検死官の意見を聞きましたか」

「やはり扼殺だろうと言っている。喉のほかに外傷はない」

「死後経過は？」

「およそ二十四時間、つまり、昨日の今頃殺《や》られたという見当だ。全身コチコチに硬直している」

「遺留品はありましたか」

「まだ見つかっていない。髪の毛の一本位は落ちていそうなものだが、とにかく、犯人は慎重なやつらしい。その代わり、警察手帳をそのままにして行ったほどだから、徳さんから盗んだ物もないようだ。財布の中は千五百円ばかり入っていた」

「すると、動機はどうなりますか」

「常識的にみれば怨恨、痴情、それに自己防衛の線も考えられる。逮捕されそうになって、逆襲したわけだ。その点で、何か心当りはないかな。徳さんは仕事熱心だったが、そう恨まれるようなことはなかったろう」

「しかし、徳さんは何故《なぜ》このホテルへ来たんでしょう。第一、この部屋は空室だったんですか」

「いや、昨晩ここに泊った男が、宿泊代を踏み倒して消えている」

三本木部長は、フロント主任から聞いたという話を伝えた。雑誌記者として泊った若い男のことである。

「宿帳にサインした小迫豊尊なんてもっともらしい名前も、おそらく偽名とみていいな。字づらも筆跡を変えようとした不自然さがみられる」

三本木はつけ加えた。

「徳さんを見た者はいないんですか」

「フロント係もボーイたちも気づいていない。ところが、三〇五号室の三つ隣の部屋、三〇二号室に一昨日から泊っている男が、徳さんを見ているんだ。それが妙な話で、時間は四時前後というだけではっきりしないが、突然徳さんらしい男がノックもせずに部屋にとびこんできたと言っているんだ。そしてその客を見ると、部屋の中を見まわしてから、〝失礼〟と言って慌てたように出てしまったそうだ。これをフロント主任の話から解釈すると、昨日の四時頃は部屋を予約してもまだ現れない客がいて、三階の半数は空室だった。空室はドアを開け放してあるから、覗かなくてもすぐ分かる。何者かを訪ねて、あるいは何者かを追って三階に上った徳さんは、ドアのしまっている部屋を一室一室あらためていったのだろう。エレベーターにいちばん近い部屋が三〇二号室、まずそこへ入ったが人違いだった。次と次は空室だった。その隣が小迫という雑誌記者の部屋だ。そして、そこで何かを発見し、殺されたということになる。多分、三〇五号室でもノックをしないでドアを開けたにちがいない。それは、ノックをして名前を聞かれ、答えれば断られる恐れのある人物だったのだ。つまり、声だけで徳さんとわかるほど馴《な》染《じみ》だったやつにちがいない。徳さんは無断で押込まねばならなかったんだ」

「うむ」

安田は唇を嚙んだ。三本木の推理は、徳持刑事に対する全面的な信頼の上にたっているのだ。三本木は徳持と関口との関係を知らない。まして関口が逃走中だということも、それで徳持に疑惑が向けられていたことも、いや、関口については、名前さえ耳にしたことがないに違いなかった。一方的に傾いた推理も無理はないと言える。

しかし、徳持が最初から関口に会うつもりでホテルへ行ったとみるなら、フロント係やボーイたちに、姿を見られないように三階へ上ったことも当然の注意だろうし、三〇二号室へノックをせずに跳び込んだのは、これも部屋を間違えただけのことで、かねて諜《しめ》し合わせていた関口の部屋へ入るのに、ノックは当然無用だったといえる。

徳持が折原光子を訪ねていったアカシア荘は、富士見ホテルのつい近くで、二百メートルと離れていない。ここに問題を解く何らかの鍵があるのではないか。彼が初めに阿佐ケ谷へ行ったのは、折原光子の転居を知らなかった証拠で、富士見町へくることは当初の予定になかったはずである。もしそれがあったとすれば、アカシア荘ではなく富士見ホテルであり、光子が同じ富士見町に転居していたことは、偶然の一致にすぎない。そして、もしホテルを訪ねるつもりが初めから徳持にあったとすれば、それは本署へ何の連絡もなかったことが示しているように、彼単独の内密の行動だったとみねばならない。予定外の捜査のためなら、本署にその旨の連絡をとってから行動すべきなのだ。

安田は、三本木の意見に従えなかった。

「三〇五号室から消えた客というのは、どんな男ですか」

「フロント主任の話では、色の白い温和《おとなし》そうな若い男だったそうだ。背は高くもなし低くもなし、別にこれといった特徴はなかったらしい」

「フロント主任のほかに、その男を見た者はいませんか」

「主任といっしょにいたフロント係と、神保というボーイ、それに高橋というメイドが見ているが、フロント係の方はほとんど憶えていない。いちばん記憶のいいのはメイドだった」

「そのメイドはどこにいますか」

「階下《した》のフロントあたりにいるだろう。ついさっきまでここにいたんだが……」

「それでは階下へ行ってみます」

「待てよ。おれの話ばかり聞いて逃げちまうのか。少しはそっちの話を聞かせてくれ。なぜ徳さんがこのホテルに現れたのか、全然見当がつかないのか」

三本木は不服そうに言った。

「わかりません」

安田は、徳持が連絡を絶っていた経緯を説明した。しかし、関口のことは話さなかった。その前に、三〇五号室から消えた男の人相を、もっとはっきりとさせる必要があるのだ。

「折原光子という女にも関係があるのかな」

三本木は考え込んでしまった。

そこへ、紫色の腕章をつけた東京地検の検事と事務官が到着した。

「あとでまた話をたのむ」

三本木はそう言残して、検事たちの案内にたった。

安田はエレベーターを利用せず、エレベーターのすぐ脇にも階段があったが、廊下の隅に非常階段を発見して、そこから一階へ降りてみた。

六

コンクリートむきだしの階段を降りきると、細い通路の右側にブドウ色のガラス・ドアがあって、そのむこうがレストランに通じていた。ホテルは一階の半分をレストランが占め、レストランの正面は飯田橋駅へむかう舗道に面して、かなり繁昌《はんじょう》している様子だった。

通路の壁のむこうは調理場らしく、左手へ行くとホテルの玄関である。内部から玄関へむかって左側がフロント、右側にロビーとバーがある。そして、エレベーターは常用階段の上り口とならんで、フロントの脇に狭い空間を隔て、非常階段と背中合わせのような恰好になっていた。

安田刑事は、しばらくフロントとレストランへの通路との間を往来した。裏通りに面したホテルの玄関を通らず、表通りのレストランから入って非常階段を利用すれば、誰にも気づかれることなく三階へ行けることを発見したのだ。レストランとの仕切りドアも、非常階段の上り口も、フロント係やロビーにいる客の位置からは見えないのである。

現に徳持刑事がきたことに誰も気づかなかったということは、彼がレストランを通りぬけて非常階段を利用したことを示している。

とすると、徳持の死体を置去りにして消えた三〇五号室の客の逃走経路も、これで簡単に説明がつく。やはり非常階段を利用して、あとはレストランの客に紛れこんでしまえばいいのだ。

しかし、余人はともあれ、徳持はなぜこのようなホテルの構造を知っていたのか。そして、なぜ誰にも気づかれないように気を配って、ホテルへ侵入しなければならなかったのか。

考えれば考えるほど、安田刑事の思いは暗く沈むばかりだった。

フロントに誰もいなかったので、安田は通りかかったボーイをつかまえた。

「フロント主任はどこにいますか」

「さあ？」

ニキビをつぶした痕が、ところどころ赤く腫れているボーイは、当惑したように首をかしげた。

「神保というボーイさんは？」

「………？」

ボーイは首をかしげたままだった。

あるいは、フロント主任も神保も、三階で刑事たちの訊問《じんもん》をうけているのかも知れなかった。

「メイドの高橋さんもわからないかい」

「高橋さんはあそこにいます」

ボーイはロビーを指さした。

ロビーのソファに腰を落として、高橋直子は麴町署の刑事二人に両脇をはさまれていた。訊問をうけているのだ。

「失礼します」

安田は直子の前に立って、訊問に加わった。そして、

「三〇五号室の客はどんな男だったのか、わたしにも聞かせてくれませんか」

「おとなしそうな人ですけど、薄茶色のサングラスをかけて、何となく暗い感じでした。年は二十六、七歳かしら。言葉遣いも丁寧で、少しも与太っぽいところなんかありません」

直子は物怯《ものおじ》せずにハキハキと答えた。

「顔の色は白いほうですか」

「はい。ひげの剃《そ》りあとが青かったことを憶えています」

「髪のかたちは？……」

「普通だったと思います。別に気がつきませんでしたから」

「背丈はどうですか」

「やはり普通だったと思います」

「人相や服装などで、何か特徴があると助かるんですがね」

「……………」

直子は答えられなかった。

たとえば、関口の風貌を逆に問われたとしても、安田自身曖昧な回答しかできなかったろう。関口の冷い個性的な面は、外貌に表れるようなものとちがう。しかし、直子の答を聞いているうちに、安田の脳裡《のうり》には関口の顔がスライドのように浮かんできた。三〇五号室から消えた客を、関口と断定できる証拠は見つかっていない。直子の描いてくれる容貌も、輪郭はかなりぼやけている。しかし、すでに安田の脳裡に浮かんだ影像は、関口の容貌をくっきりと刻んで消えなかった。

間もなく、急を聞いて駆けつけた捜査四課の刑事につづき、森戸係長と瀬尾刑事とが飛び込んできた。菅井部長と阿部刑事とは、まだ事態の急変を知らずに、徳持の行方を求めて、徳持の担当事件の参考人がいる埼玉県越ケ谷付近を歩いているはずであった。

七

現場検証が終って、徳持刑事の遺体を富士見町所轄の麴町署に移したときは、すでに夕闇が迫っていた。臨時に死体置場とされた警察署うらのガレージに横たえられて、徳持の遺体は初めて死者としての重みを得たようであった。

遺体が安置されると、重苦しい沈黙がガレージの中を支配した。ふいに落ちた静けさだった。捜査一課長も、部下の刑事たちも、今ようやく気づいたように、死者のための祈りを捧げるように見えた。

無言で合掌する者がいた。瞑目《めいもく》する者がいた。そして、食い入るように遺体を見つめる者がいた。大沢課長、つい今しがた駆けつけた菅井部長、それに腰木刑事、阿部刑事、そのほか一課や四課の刑事たち。

安田刑事は噛みしめていた唇をはなし、顔をそむけてガレージをでた。

菅井部長が後を追ってきた。

「現場の様子を話してくれ」

部長は興奮を隠しきれない声で言った。

「徳さんは寝ているような恰好で毛布にくるまり、ベッドに横向きにされていました。扼殺のようです」

安田は説明した。現場の模様、検証の経過、フロント主任やメイド、ボーイたちの供述内容、そして三〇五号室から消えた客のことなど。

「遺留品はないのか」

「ありません。指紋もきれいに消していったし、宿帳に書いた墨田区の番地には、小迫という該当者も見当りません。最初から偽名を使っていたわけです」

「そいつの身元は？」

「わかりません。しかし、ことによると関口ではないかという気がします」

「関口？」

部長は意外だというように聞き返した。

「そうです」

「なぜだ」

「メイドやボーイから、そいつの人相などを聞いていたら、自然に関口の顔が浮かんできました。もちろん、それには理由があります。徳さんが富士見ホテルへ行ったのは、関口に会うためだったのかも知れないのです」

安田は、徳持刑事と関口との仲について、疑わしい点を挙げた。以前から徳持に不審の行動があったことは、すでに部長にも話しておいたことだ。

「すると――」

部長はしばらく口を噤《つぐ》んだ。

「徳さんは関口に殺《や》られたというのか」

「ほかの理由も考えてみましたが、関口以外に思い当りません。徳さんが本署へ連絡せずにホテルへ行ったということは、それが職務のためではなく、個人的用件だったことを示しています。そして、逃走中の関口が富士見ホテルにいることを知っていたということは、徳さんが関口の仲間だった証拠じゃないでしょうか。あらかじめ打合わせがしてあったのか、急に呼出しをかけられたのか、その辺の事情ははっきりしませんが、とにかく、部長もぼくも腰さんも知らなかった関口のところへ、徳さんは誰にも内緒で行っていたのです」

「そして仲間割れか」

「多分そうでしょう。あるいは、こんな場合も考えられます。関口はヘマをして逮捕状をとられた。彼が逮捕されれば、情報提供者の徳さんも安心していられない。共謀していたことがバレたら、徳さんはクビになる上、かなりの実刑をくう。そこで関口を高飛びさせようとした。関口は応じない。反対に脅してきたかも知れません。徳さんは窮地に立った。そして、危険人物の関口を消してしまおうとした。徳さんは飛びかかっていった。しかし、関口の方が力は強かった。徳さんは逆に扼殺されてしまった……」

「それはきみの想像だな」

「そうです」

「課長に話してみたか」

「いえ。ただ、三〇五号室から消えた男が、関口に似ていることは話しました。今夜中に、モンタージュ写真をつくることになっています」

「どうも信じられないな。おれは徳さんを信用していた」

「ぼくだって同じです。しかし、現に殺人事件が起こってみると、そう考えざるを得なくなりました。ぼく自身、まだ半信半疑の状態ですが」

「ボーイやメイドたちは、ほかにおかしな人物を見てないのか」

「気づかなかったようです。そいつの部屋へは電話一本かからなかったし、少くとも、フロントを通した来客はなかったそうです。ただし、あのホテルは、表通りのレストランをぬけて非常階段を利用すれば、フロントやロビーにいる人々に見られないで三階へ行けるんです」

安田はホテルの構造を説明した。

「うむ」

部長は唸ったきり黙りこんでしまった。

「それから――」

安田は頃合いをみてつづけた。

「わたしが現場に行ったときは検証が始まっていたので、あとで鑑識から聞いたことですが、徳さんの靴下が湿っぽく、しかも汚れていたそうです」

「どういうわけだ」

「分かっていません」

「死体は靴をはいてなかったのか」

「いえ、両足ともきちんとはいていました。鑑識係が脱がしてみて、濡れていることと汚れていることを発見したのです」

「つまり、靴を脱いでぬかるみを歩いたということか」

「そうですね。しかし、汚れの方は大したことなく、泥んこの道を歩いたわけではないようですが、とにかく、課長や係長も首をひねっていました」

「わからんな」

部長もまた首をひねった。

「わたしはこれからモンタージュ写真作成の立会いで、科学捜査研究所へ行くところですが、部長もいっしょに行きませんか。係長と瀬尾さんがホテルに残って、フロント主任やメイドたちを検査所へ連れてくることになっています」

安田は、部長にも高橋直子の話を聞かせたいと思って誘った。

「森戸のほかに、きみと瀬尾くんが行くなら沢山だろう。一つ仕事に、何人もかかり合っている暇があるか」

部長は不機嫌に言うと、ガレージの方へ戻っていった。

安田刑事はひとり取残された。風が涼しかった。月はなく、星も見えなかった。背後に落ちた安田の長い影は、庁舎から洩れる明りのせいだった。

安田はタバコの火をつけて歩きだした。アスファルトを踏みしめる靴音には、深い怒りがこもっていた。脳裡に焼きついた徳持の死顔が、抑えようのない怒りを駆りたてているのだ。

しかし、誰に対する怒りなのか。徳持か、否――関口か、やはり否だ。そんな個人だけへの怒りではない。それはもっと大きなもの、たとえば法律、たとえば政治、それと今度の事件を含めたすべてへの、一人や二人の力ではどうにもならないものへの腹立たしさだった。彼の怒りには、死者への悲しみと、自分への無力感とが隠されていた。

関口は冷酷な男だった。その異常なくらいの性格は、すでに何人かの女を騙《だま》し、金を絞りあげては平然と捨てて顧みなかったことを思えば充分だろう。安田刑事は、彼に捨てられて自殺したデパートの店員の検視に立会ったことがある。遺書は、死んでもなお関口への愛を訴えていた。しかし、このとき彼の顔に浮かんだものは、一片の冷笑でしかなかった。ヤクザ仲間の間でさえ、彼のリンチの烈しさは恐れられている。風評では、腕を折られて郷里へ逃げ帰った者もいるのだ。

安田は、いつか関口の母親に会ったこともある。もう一年以上前のことだ。関口はたまに帰宅する度に、母を殴り妹を殴り、そしてありったけの金をせびり取っていく。金目の物があれば、妹の晴着まで持出して売払ってしまう。だから、倅《せがれ》の関口を刑務所へぶちこんで欲しいと頼みにきたのだ。小さな、ひ弱そうな老女だった。父親は何年も前に女をこしらえて、たまにしか帰宅しないという。

安田はその話を聞いたときにも、無性に腹が立ってたまらなかった。母親を殴っても、妹の晴着を奪い取っても、それらは犯罪にならない。かりに犯罪が成立したところで、それが警察の手がけねばならない仕事かどうか。関口がグレだすには、大人の世界から多くのことを学んだはずである。彼の性格だって、おそらく生まれつきではないのだ。

無口で善良にみえた徳持刑事が、どのような葛藤を経て関口に誘い込まれたかは分からない。しかし、その内面の一部は、安田にも想像できた。

菅井部長が現職に抱いているような不満は、多かれ少かれ誰もが持っている。徳持はそれを口にださなかっただけだ。瀬尾刑事の辛気くさい愚痴が迎えられるのもそのためだし、勉強家の阿部刑事が、一足跳びの出世を狙って通信教育をうけているのもそのためだ。腰木刑事のような万年刑事は、いつまで経ってもうだつがあがらない。刑事というのは、わけても報いられることの少い職業である。そして、絶えず社会の矛盾に突当ることを余儀なくさせられている。そこから常に学ぶことは、うまい汁を吸うやつは、いつだって決まっているし、苦い根をかじらねばならないやつも、やはりいつだって同じということだ。犯罪は悪い者ばかりが犯すとは限らず、そして、悪い者ばかりが逮捕されるとも限ってはいない。往々にして、その反対のことさえ珍しくなかった。立身出世にのみ汲々《きゅうきゅう》としながら威張りくさっている検事がいる、犯罪者の通謀係のような真似をして恥じない悪徳弁護士がいる、言論の公器を口実に、捜査を妨害してまでも特ダネをあさる新聞記者がいる、その新聞記者のご機嫌とりにのみ熱心な警察幹部がいる……。

貧しさに耐えかねて窃盗を働いた者が、一方において実刑判決をうけ、妻子を残して刑務所へ送られるかとみれば、家を建て女を囲うために収賄した役人が、他方においては執行猶予の軽い判決を得て堂々と社会に復帰していく。贈賄側もまた同じことだ。

そして、刑事たちが苦労して検挙したぐれん隊どもも、ようやく起訴まで持ちこむとすぐ保釈で釈放されてしまうし、あるいは軽い罰金刑で大手を振って戻ってくる。捜査はまるでイタチごっこなのだ。

しかし、それでも多くの刑事たちは、それほど不平をこぼすこともなく、人々の生活を守っているという職責に誇りを持って、黙々と汗を流しつづけているのである。

今、安田の怒りは、堕落していった徳持の内部が想像できるだけに、むしろそれ故にこそ、自分たちの誇りを汚されたような気がして、いっそう耐え難かった。

八

三日経った。

徳持刑事の死体が発見されたその夜のうちに、麴町署と本署との合同捜査本部が本署に設けられた。本庁からの応援も、捜査一課と捜査四課との合同である。同僚の死に対する捜査陣の意気込みは、他の殺人事件の比ではなかった。

死体解剖の結果は扼頸による窒息死、手足に擦過傷があったが、いずれも軽微なもので、ほかに死因とみられる外傷はなかった。犯行推定時刻は死体発見前日午後三時頃から五時頃までの間。

フロント主任やボーイ、メイドの協力を得て作成されたモンタージュ写真は、かなり関口の容貌に近く、関口の仲間から入手した写真に対しては、メイドの高橋直子が数人の中から関口を指さし、三〇五号室から消えた客に似ていると述べた。

関口は直ちに全国の警察へ手配された。

しかし、この三日間、関口に関する情報は皆無だった。すでに高飛びしたとは察せられるが、その行方については一片の手がかりさえつかめなかった。

腰木刑事と組になった安田刑事が、地方ロケから戻ってきたテレビ俳優の野見山収に会ったのは、三日目の午後になってからだった。場所は六本木のNETテレビに近い寿司屋の二階、テレビ・スタジオのロビーで待合わせると、野見山は人目を避けるためか、すぐにそこへ案内したのだ。野見山の馴染で顔がきくらしく、オレンジ・ジュースを運ばせただけで、あとは人払いをした。

「関口のことですか」

野見山はすでに電話で聞かされていた用件を、あらためて尋ねた。不安のためだろう、落着かない様子だった。

野見山収――たいていの人は名前を聞いただけで頷くにちがいない。毎日かならず、何かしらのテレビ・ドラマに顔をだしているし、同じくテレビ女優北園紀美の夫としても知られている。二人が共演することは滅多にないが、北園紀美はどんな役でもこなせる中堅女優として茶の間の人気を集めているし、野見山の方も脇役ながら、たとえば人妻との不倫に悩むといったような、中年男の役どころがぴったり柄にはまって、渋い知的な顔、深いサビのある声、それらに相応《ふさわ》しい安定した演技力が、とりわけ婦人層の人気を呼んでいた。そして二人は、演劇界でも評判の、オシドリ夫婦とされている。

しかし、ブラウン管に写った役柄はもとより、マスコミの流す風評もまた現実とは別だった。現に今、刑事たちの前に不安の眼を瞬いている野見山収は、二十歳になったばかりの女を犯して、自殺までさせている。しかし、いまは役どころの魅力もなく、じじむさい、一人の中年男に過ぎなかった。

「遺憾ながら、関口はまだ捕っておりません。そこで、野見山さんが彼を告訴するに至った経緯《いきさつ》をあらためて伺いたいのですが、できるだけ詳しく話してくれませんか」

腰木刑事が例の舌ったるい口調で話をきりだした。三十万円の恐喝は、関口ひとりの知恵によるのかどうか、彼の背後を探るのが目的だった。

「事件の最初からですか」

野見山はジュースを一口飲んで言った。セックス・アピールがあるという声だけは、聞き馴れた俳優の声と変わらなかった。

「そうです、染谷幸江を知ったときから話してください」

腰木刑事はジュースに口をつける代わりに、タバコをくわえた。染谷幸江というのは自殺した女である。腰木も安田も、その死顔しか見ていないが、色の白い、下ぶくれの愛らしい顔だちだった。黒い睫毛《まつげ》の長さが、今でも安田の記憶に残っている。看護婦をしていた医院の調剤室から盗んだ劇薬を飲んで、短い命を終ったのだ。大学ノートの間にはさまれた遺書は、便箋三枚に、裏切った男への痛ましいまでの恋情と恨みを、細い字でびっしりと書きつらねてあった。

「わたしが急性盲腸炎になって、近所の小松医院に入院したのは、去年の十月でした」

野見山はしばらくうつむいていたが、静かに、割合落着いた様子で話しだした。

「入院するとすぐ手術をしてもらいましたが、腹膜炎も起こしかかっていたらしく、入院期間は普通より延びて、結局二十日になりました。看護婦をしていた彼女とはその間に知り合ったのです。わたしのファンだというので、わたしも初めから好意をもちました。しかし、恋だの愛だのということでは決してありません。わたしは四十八だし、彼女の方は二十歳です。それに、わたしに妻のいることは彼女も承知していました。従って、いっしょに寝たといっても浮気にすぎない。そんなことは分かりきった話で、消灯時間を過ぎてから彼女が病室にやってきたのも、わたしが無理に誘ったわけじゃありません。第一、彼女はすでに処女じゃなかったんですからね。退院の前日で、わたしはすっかり元気になっていたし、極《ご》く軽い気持で抱いてやったのです。その場限りの浮気で、まさかアトをひくようになるとは考えもしませんでした。

　ところが、退院して四、五日すると、彼女が突然スタジオへ訪ねてきました。忘れるように頼んでも聞き入れてくれません。わたしの予定を調べては、テレビ局のロビーで待っているという始末で、わたしは本当に困ってしまい、週に一度か十日に一度位は、何とか都合をつけて彼女に会うことにしました。時間をかけて、諦めさせる方向へ持って行こうとしたのです。そしたら、今度はふいに妊娠したなんて言いだすじゃありませんか。わたしは、彼女が看護婦で避妊の知識があるという言葉を信用していたのです。これではまるで詐欺でしょう。わたしは子供を堕《お》ろす費用を与え、はっきり別れることにしました。いつまでも不純な関係をつづけていたところで、だれのためにもなりません。わたしは二度と会わないと言ってやりました。そして、その通り実行したのです。できるだけ冷淡に突放すのが、結局は彼女のためだと考えた上のことです。まさか、それで彼女が自殺するなどとは想像もしませんからね。もちろん、わたしは自分の過ちを反省しておりますし、彼女に対しても、一社会人としての責任を痛感しております」

野見山はここでいったん言葉を切り、残っていたジュースを飲み干した。

おそらく、彼の供述に嘘はないだろう。しかし、彼はもっと正直に曝《さら》けだすべきことを隠していた。遺書によると、野見山は幸江を女優にしてやると言って口説いているのだ。そして妊娠を告げられるまで、甘い言葉を囁きつづけ、彼の方から誘いの電話をかけたことさえあったのである。もちろん、遺書が真実をのみ語っているとは言えないかもしれない。しかし、少くともそこには真実の一部があり、野見山の言葉だけをまともに受取る筋合はなかった。

「関口が初めて現れたのは――」

野見山はつづけた。

「幸江が死んで一と月位経ってからでした。突然、自宅の方へやってきて、十万円寄こせというのです。もし金をださなければ、幸江との仲を赤新聞に売込むし、遺書の内容をビラに刷って、東京中のテレビ局にばらまくと脅しました。幸い、妻はその場にいませんでしたが、わたしは関口の言いなりになるほかありません。もし、幸江とのことが世間に知れたら、俳優としての人気はガタ落ちになりますし、そうなれば、テレビ局でも使ってくれなくなるでしょう。夫婦の仲もおしまいです。翌日、わたしは、二度と恐喝しないし面会にも現れないことを誓わせて、関口に現金で十万円渡しました。ところが、それから十日と経たないうちに、関口はまた現れました。十万円では少かったから、もう十万円よこせと言うのです。しばらく押問答をしましたが、結局はわたしの負けです。関口という男は、わたしの弱味を見抜いていたし、わたしの弱味はそれこそ決定的なものでした。わたしはまたしても十万円とられました。しかも、図に乗った関口は、それでもまだ不足で、一週間後にまた五万円、さらに十日経ってまた五万円、わたしは一と月余りの間に三十万円恐喝されました。わたしは深い泥沼へ引きずり込まれていく思いでした。どうもがいても、助からないことが分かったのです。不安のために、熟睡することもできなくなったし、本番の台詞《せりふ》さえトチるようになりました。

そこへ今度は、これが最後といって五十万円要求してきました。もう我慢ができません。それに、そんな大金があるはずないのです。若くて映画の主役をもらっていた頃とは違います。たかがテレビの脇役に、どうしたらそんな大金ができますか。これまでの三十万円だって、ようやく都合した金です。かりに借金をして五十万の金を都合したとしても、関口のやつは必ずまたやってくるにきまっています。このままでは、わたしは一生絞り取られることが分かってきました。そこで、さんざん悩んだ末に、以前、警察署のロケでお世話になったことのある刑事課長さんを思いだし、勇気をだして相談に行ったのです。わたしの目的は関口を刑務所にぶちこむことではなく、恐喝をやめさせることです。課長さんは気持よく相談にのり、話を聞きわけてくれました。一応、関口を逮捕して説諭し、恐喝しないことを誓ったら釈放するようにする、そうすれば、彼が警察との約束を破ることはないだろうし、裁判になって、わたしと幸江との秘密が世間に知れることもないというお話でした。それなのに、関口は逃走してしまい、いつまた彼が現れ、あるいは復讐《ふくしゅう》のために秘密をバラすかと、わたしは心配でたまりません」

野見山の話が一段落した。

今度の供述は間違いないようだった。彼は度重なる恐喝者の恐怖に耐えきれなくなって、刑事課長のところへ泣きこんできたのだ。逮捕され起訴されれば、所詮、関口は黙っていないだろうし、新聞記者にも知られてしまう。それでは野見山自身も破滅する。そこで課長は、いったん逮捕して二十日間の拘留をつけ、思いきり油を絞った上、二度と野見山から恐喝しないことを条件にして起訴猶予による釈放を検事に頼む手筈《てはず》だったのである。しかし、そう野見山に言い聞かせたことは表面上のことで、課長の真の目的は、二十日間の拘留期間を利用して関口の余罪を徹底的に洗い出すことにあった。野見山の事件はそのオトリにすぎなかったのだ。従って、野見山の事件に関しては一応釈放するが、次は洗いあげた余罪の容疑で、その日のうちにでも再逮捕する腹だったのである。

「最初に関口が恐喝に現れたとき、彼とは初対面だったんですか」

聞き上手の腰木刑事は、しきりに相槌《あいづち》をうって話の進行を促していたが、ここでようやく質問に移った。

「そうです、名前を聞いたこともありませんでした」

「そのとき、関口は一人できましたか」

「はい」

「最後に会ったときまで、何回位会いましたか」

「恐喝されたのは合計四回ですが、金を渡すのは大てい二、三日後でしたし、金が遅れて催促しにきたこともありますから、全部で十度位だったと思います」

「いつも一人だったんですね」

「はい。自宅へは最初のときだけで、あとは電話で打合わせをして、その都度、場所を変えていました」

「仲間がいる様子はなかったですか」

「……気がつきません」

野見山は質問の意味を解しかねたように、不審そうな視線を腰木刑事から安田刑事へ移した。

「電話で打合わせてきた相手の声は、いつも同じでしたか」

安田が質問を替わった。

「同じだったと思います」

「関口は、遺書の内容を言いましたか」

「……」

野見山は考える間をとった。

「いえ、遺書の内容については、わたし自身が刑事さんに見せられて知っていたので聞かなかったし、関口も内容までは言いませんでした」

「知っているようだった、というわけですね」

「はい。遺書を見たということは言いました」

「染谷幸江の遺書は、検視の際にわたしが発見したもので、その内容までは新聞記者にも教えなかった。警察部外の者は誰も知らないはずなのです。ところが、あんたのお話によると、関口が遺書の内容を知っていたというのはハッタリだろうが、とにかく、関口は彼女が自殺した事情をかなり詳しく知ってたように思われる。それらの情報をどこから仕入れたのか、関口はそれを言いましたか」

「いえ、別に……」

「どこから聞いてきたと思います?」

「……おそらく、小松医院の看護婦じゃないでしょうか。お喋《しゃべ》りな看護婦がいて、うっかり洩らしたんですよ。もともと、わたしは警察のミスとは思っていません。誰から洩れたにしても、関口の耳に入ったのが不運だったのです。自業自得といわれれば一言もありませんが……」

野見山は神妙に頭を垂れた。

たしかに自業自得である。他人を批難することはできないし、同情される理由もない。

しかし、野見山は徳持刑事から情報が流れていることは知らない。同僚の看護婦が、幸江から野見山との仲を聞かされていて、そこから噂が流れたとみるのがいちばん自然だが、もっと確実な情報源として、徳持が存在したにちがいないのだ。

安田刑事は、関口の背後関係についてなお幾つかの質問を重ねたが、得るところはなかった。逃走した関口は、以後、野見山のもとに現れていないという。

野見山は腕時計を気にしだした。三時からリハーサルがあるのだ。

「もし、関口から連絡があったら、すぐに知らせてください。決して怖がることはありませんよ」

腰木刑事が最後に言った。

「もちろん、そう致します」

野見山は、幸江自殺の真相を公表しなかった警察の配慮を感謝し、今後もよろしく頼むということをくどいくらいに繰返して、何度も頭を下げた。

九

「野見山も大分参っているらしいな」

野見山の後姿を見送って、腰木刑事は歩きだしながら言った。

「かなり、こたえてますね。それでも、よく決心をして告訴してきたと思いますよ」

安田刑事は、腰木刑事に歩調を合わせた。ゆっくりと、まるで公園を散歩しているようだ。

「三十万円取られたと聞いても、最初から同情する気にならなかったな。もっと、ふんだくられればよかったんだ。そして、もっと苦しんでもよかったのさ。おれたちが隠してやったのだが、女房にも知られずに済んだなんて運がよすぎる」

「あれで、女房とはうまくいってるんでしょうか」

「どうかね。北園紀美という女優も、芸能界の裏話に通じている連中に聞くと、かなり浮気な女らしい。お互いの浮気には気づいても知らんふりをして、結構うまくやっているのだろう。男出入り女出入りも、芸のためということかも知れない。野見山収と北園紀美のオシドリ夫婦なんてのは、ナンセンスそのものだ。今度の野見山の場合は、相手が素人娘だったのがいけないのさ。その女に自殺されたことが表沙汰になれば、人気商売にとって致命的なスキャンダルだ。関口はうまいカモを見つけたといってもいい」

「徳さんのことはどう思います」

「徳さんか……」

腰木刑事は呟《つぶや》き、急に口が重くなった。徳持が関口とグルになっていたことは、胸の中で考えるだけで沢山なのだ。

腰木刑事の気持がわかって、安田も口が重くなった。同じ気持なのである。できることなら、徳持のことは忘れてしまいたいのだ。

バスで渋谷にでてから国電に乗り換えた。四時近くなっていた。

駅前の横断歩道を渡り、有楽街に入る。赤座不動産に寄ってから、帰署する予定だった。

安田刑事と腰木刑事とのコンビが、関口に別所ひろ子という愛人のいたことを知ったのは、赤座不動産へ行く途中だった。ソープセンターから赤い顔をして出てきた赤座組の子分千葉が、

「昼間からソープランドとはいい身分だな」

と声をかけた腰木刑事の厭がらせに、

「関口の兄貴に新しい女《スケ》のいたことを知ってますか」

ふいに向こうから洩らしてきたのである。

別所ひろ子——千葉も詳しいことは知らないらしいが、関口の使いで、ひろ子の住んでいる初台のアパートへ行ったことがあると言うのだった。

関口の愛人については、これまでに三人の女が捜査線上に浮かんでいた。ほかに、彼と一、二度寝たことがあるという程度の女が六人、いずれも聞込みによって得た情報だった。しかし、捜査の結果判明しえた限りでは、以上の九人が九人とも、関口の方から一方的に関係を絶っており、最近は交渉のないことがつきとめられていた。彼女らの誰かが、逃走中の関口と連絡をとっているふしは見られないのである。

すると、最近の関口には女がいなかったのか——むろん、捜査部内でそう考えた者は

いなかった。だからこそ今も、二人の刑事は関口の新しい女関係を洗うために、赤座不動産へ行くところだったのだ。

「ふうん」

腰木は気のりのしない態度を装った。

「どんな女だったかな」

安田刑事も同様だった。

「この土地の女じゃないし、それに、ハルミや元江みたいなズベ公じゃありませんよ」

千葉はやや得意そうに、太った体を揺すった。ハルミも元江も、かつて関口と関係のあった不良少女だ。この二人については、すでに調べが済んでいる。

関口の愛人について、千葉が口を滑らしたのは、刑事の歓心を買うためである。こうしてご機嫌をとっておけば、何か事の起こった場合に手加減をしてもらえるだろうという計算にちがいなかった。

千葉は、チンピラたちの間でトン公と呼ばれている。トンは豚である。つまり豚のようにぶくぶく太っていて、豚のように大飯を食う。動作は鈍いし、頭の回転はさらにいっそう鈍い。二十八歳というが、二十二、三歳にしか見えない。その代わり人は好いらしく、はるか年下のチンピラにトン公と呼ばれてもニコニコしている。彼の怒った顔を見た者がないのだ。バカではないが半バカくらいのところで、こういうのが何故ヤクザになったのかは、どう考えてもわからない。鉄火場の見張りの役にも立ちそうにないのである。

しかし、それでも、日中からソープランドで遊べるのはヤクザ稼業の余得だろうし、何がしかの役に立っている証拠で、あるいは、ご機嫌とりの口を滑らしたのも、犯罪《ヤマ》をふんだあとの不安から、つい言わなくてもいいことを喋ってしまったのかも知れなかった。そしておそらく、自分が洩らしたことの重大さには気づいていない。ソープランドの熱い湯気に蒸された上、セミ・ヌードのソープ嬢に全身をマッサージされ、快い気分になって外の風に吹かれた途端に刑事の声を聞いたので、やや逆上気味なことだけは確かだった。

「関口は惚れてたのか」

腰木がつづけた。

「もちろんですよ。兄貴の方から惚れていったらしいし、誰にも手をつけられないように内緒にしてました」

「お前にだけ話したのか」

「そうです。だから、おれだって今まで誰にも言わなかった」

「赤座にも内緒か」

「そうだと思います」

「すると、お前がおれたちに話してくれるのは特別なんだな」

「ええ、いつもお世話になってますから……」

千葉はペコンと頭をさげて、一人前の挨拶をした。そして、洟《はなしる》がたれてもいないのに、鼻の下を人差指でこすった。

「女の年はいくつだ」

「十九って聞きました。ちょっとイカス女ですよ。脚がスカッと長くて、もったいないような腰で……」

「もったいない腰なんてのがあるのか」

「腰にパンチがあるんですよ。痩せてる割に、オッパイなんかもりもりしてるし、あれでは兄貴じゃなくても頭にきます」

「体つきより、顔の方をもっとはっきり言えないかな」

「そうですね……」

「髪は染めてないのか」

「染めてなかったと思います」

「背は？」

「中位です」

「丸顔か」

「丸くはありません」

「細いのか」

「細くもありませんね」

「映画女優で、その女に似てるようなのはいないか」

「さあ……？」

千葉はキョトンとした眼をソープランドの入口の方へむけて、太い首をかしげた。いっこうに要領を得ない。

そして答える代わりに、

「すんませんがタバコありますか」

またペコンと頭をさげた。

腰木は箱ごとタバコを渡した。千葉は一本だけ抜いて返した。

安田がマッチをつけてやった。

「すんません」

千葉はまた頭をさげ、うまそうに煙を吐いた。質問されたことなどは、忘れた様子である。

「関口の使いで、お前が別所ひろ子という女のところへ行ったのは、いつ頃のことだ」

腰木の訊問がつづいた。

「……一か月くらい前です」

「すると、彼女が今でも初台にいるかどうか、わからないわけだな」

「はあ」

「関口は何とも言ってなかったのか」

「別に聞いていません。うっかりその女のことを聞いたりすると、うるせえって怒鳴られました」

「関口は、その女と同棲してたわけじゃないのか」

「……よく分かりません。たまに泊りに行ってた程度じゃないですかね」

「女は、親兄弟といっしょに暮らしているのか」

「いえ、一人で住んでるみたいでした」

「その女をどこでひっかけたのか、関口は話さなかったか」

「話しません。兄貴は秘密主義が好きなんです」

「バーにでも勤めているような感じだったか」

「そういうことも全然わかんないんです。でも、バーの女って感じじゃなかったな。遊んでるみたいでした」

「遊んでいても暮らせるのか」

「そうでしょうね」

「お前だって遊んでいるからな」

腰木は皮肉をとばして、別所ひろ子のアパートへ行く道順をきいた。

千葉の返事は要領を得なかったが、「初音荘」というアパートの名前までは想いださせることができた。それだけ分かれば、あとは初台駅を降りて聞けばいい。

「初音荘へ行くんだったら、あたしがご案内しましょうか」

千葉は、なおも刑事たちの機嫌をとるように言った。

「そんなにサービスをして構わないのか」

「それくらいは平気ですよ。あたしが案内したってことが、わからなければいいんですから」

「そうか。今は忙しくて女《スケ》の方まで洗っていられないが、そのうち初台へ行く気になったら声をかけよう。それよりも、最近、赤座金次郎と関口とがうまくいってなかったって話はどうなんだ。何かまずいことがあったのか」

「すごい早耳ですね。そんな話、だれに聞いたんですか」

「寝ぼけるんじゃない。四、五日前、お前の口から聞いたばかりだ」

「おどろいちゃうな。そうだったんですか」

「この前はゆっくり話を聞く暇がなかった。もう一度聞かせてくれ」

「もう一度って?」

「赤座と関口のことさ」

「……別に大した話じゃないんです」

「大した話じゃなくてもいい」

「兄貴がオツマミをサボったんですよ」

「ふうん」

腰木は頷《うなず》いて、先を促した。斜陽化している赤座組にとって、バター・ピーナツ、センベイ、塩昆布などの酒のツマミ類を、有楽街のバーやキャバレーに卸《おろ》す仕事は、重要な資金源になっているのだ。安易で確実に儲かる上、決して法律に触れることもない。これを一手に押えていれば、ほかの仕事はいっさいやらなくてもいい位の儲け高になる。バーやキャバレーは、直接食品問屋から仕入れる方が格安と知りながら、後難を恐れて赤座組から買っているのである。

しかし、ツマミ類の納入については、町の生えぬきの赤座組が一応、有楽街を押えた恰好になっているが、それも少し油断をすれば、いつ久我組などのぐれん隊にシマを荒らされるかわからないし、すでに赤座組以外からもツマミ類を仕入れているキャバレーが、数軒あらわれ始めているのだ。

ところが、その販売を任されている関口が、最近はかなり投げやりな仕事ぶりで、赤座を怒らせているというのが千葉の情報だった。

「とにかく、兄貴は秘密主義ですからね。仕事をさぼって、ほかに何をやってたかなんてことはわかりません。それで組長《おやじ》さんは余計ブンムクにむくれてるんですよ」

千葉はベラベラと喋りつづけた。

別所ひろ子の話を巧みにそらして、聞きたいだけのことを聞いてしまうと、腰木刑事は安田刑事に目くばせをして、その場に千葉を置去りにした。

「千葉のやつ、ひょいと喋りやがったな」

腰木は笑いながら言った。

「これからすぐ、初台へ行ってみますか」

安田は気がせいていた。

「そうしよう」

腰木刑事は大きく頷いた。

一〇

初音荘に別所ひろ子を訪ねた頃は、あたりがすっかり暗くなっていた。初音荘の所在は、京王線初台駅近くの酒屋で聞いて直ぐにわかったが、訪ねる前に、所轄の交番や区役所の出張所に寄って、ひろ子の身元その他について調べられる限りのことを調べておいた。

本籍は宮城県仙台市国分町、昨年三月本籍地より文京区指ケ谷町に転入、さらに同年十一月初台町転入となっており、年齢十九歳、新宿洋裁学院の生徒である。

初音荘は初台駅から代々木八幡の方へむかって五分位、ストークのマダムの住むアカシア荘に較べるとかなり落ちるが、明るいクリーム色のモルタルを塗ったモダンな感じのアパートだった。

一階の二号室、ひろ子は部屋にいた。六畳一間の壁際にシングル・ベッドが押しつけてあって、ほかに人のいる気配はなかった。狭い台所も、こけし模様の暖簾《のれん》のむこうに丸見えだった。

女がひろ子であることを確かめ、黒革の警察手帳を見せると、腰木刑事も安田刑事も、あとは応諾を待って室内に上るほど紳士的ではなかった。

「失礼します」

二人は勝手に靴を脱いだ。

それに対して、ひろ子は立ったまま一言も口をきけないでいた。狼狽《ろうばい》していることは明らかだった。

タイトスカートに愛らしい花模様のブラウスが清潔な感じである。やや細面の、色は白く、化粧はしていない。桃のように肌理《きめ》のこまかいすべすべとした頬が、かすかに紅潮していた。大きな美しい瞳は、あまりに黒くて青みがかってみえる。少女に特有の、粗っぽい色気のある眼だ。その眼が、内心の不安を隠そうとして、じっと二人の刑事を見つめた。

安田は室内を見まわした。

ベッドは乱れていない。小型の三面鏡と洋服簞笥《だんす》、それに台所からはみだした電気冷蔵庫を除けば、部屋の隅の本立にモード雑誌の類が不揃いに立てかけてあるだけだ。壁のハンガーにはワンピースとならんで、水色のネグリジェがかかっている。男と同棲しているような匂いはなかった。

しかし、安田刑事は、本立の脇に片づけられたウイスキー会社の宣伝用灰皿を見逃がさなかったし、ベッドの下に脱ぎ捨ててあるチェックの靴下が、男物であることも見逃がしはしなかった。

「坐ってくれませんかね、立っていられたのでは話ができない」

腰木はさっさと小さな食卓の前に坐ると、眩《まぶ》しそうにひろ子を見上げて言った。

ひろ子は素直に坐って向かい合った。部屋が狭いので、そうやって向かい合うほかはなかった。腰木の横に腰を落とした安田の背中は、ほとんど壁とすれすれだった。

「関口は今どこにいますか」

腰木はさりげない口調できりだしながら、タバコの火をつけると、手をのばして本立の脇の灰皿を引きよせた。吸殻の割合長いのが三本、口紅のあとはない。

「さあ……？」

ひろ子は聞き返すような眼をした。

「知らないんですか」

「はい」

「おかしいな」

腰木は灰皿の中の吸殻をつまみあげ、指先でもむようにしてから、それを安田に渡した。

安田は受取った。拇指《おやゆび》と人差指の間にはさんで、軽くもんでみる。しっとりとした感じで、そう何日も前の吸殻ではない。

「嘘をついちゃいけないな」

腰木は弱ったというように言った。

「……………」

ひろ子は堅く唇を結んだ。それが答える代わりのようだった。

「関口と最後に会ったのは、いつですか」

今度は安田が訊いた。

「……もう何か月も前です」

「何か月もと言うと？」

「三か月位前かしら」

「駄目だね。きみはまた嘘を言っている。つい一と月前に、千葉という太った男が、関口の使いでこのアパートに来たはずだ。その前後に会っていないということはない」

「でも……」

「何ですか」

「関口さんのことを、どうしてわたしが知ってなければいけないのかしら」

ひろ子は意外な気の強さで、反抗してきた。

「いけないとは言っていない。知っていたら教えてもらいたいんだ」

「なぜ？」

「探しているからだよ。いいかい、きみが関口をかくすということは、関口が悪いことをして逃げていることを知っている証拠になる。もし何も知らないなら隠す必要はないんだ。犯人を逃がしたり隠したりした者は、犯人蔵匿罪《ぞうとくざい》で処罰される」

「そんなこと、あたしの知ったことじゃないわ」

ひろ子はプンとしたように横を向いた。

安田も腰木も、彼女を甘く見すぎていたようだった。

「それじゃ別のことを聞きましょう」

腰木はとりなすように言った。

「きみは新宿洋裁学院の生徒だったね。今、何年生ですか」

「知らないわ」

「きみが答えないなら、学校へ行って調べますよ」

「しつこいのね」

「何科です」

「デザイン科、二年よ」

ひろ子は横をむいたまま答えた。不安が消えたのではなさそうだが、怒っている顔だった。やや仰向き気味の鼻が、いたずらっぽく愛らしかった。時折、尻上りのアクセントになって故郷を思いださせるが、外見は洗練された都会のわがまま娘だ。東京の風にすっかり馴染んでいる。

「ご両親は？」

「仙台で旅館をやってるわ」

「よく、きみ一人を東京にだしたと思うけど、仙台には洋裁学校がないのかね」

「いくつもあるわ。でも、あたしは東京へきたかったのよ。上京してしばらくは叔父の家にいたけど、叔父は中学の先生で、あんまり堅苦しくてうるさいから、逃げだして一人で住むことにしたのよ」

「お父さんやお母さんは、それを承知したのかね」

「承知するも承知しないもないわ。反対されたって、あたしは平気ですもの。自分の生活は自分の責任で自由にやるのよ。誰にも干渉されないわ」

「こっちの生活費はどうするんです」

「その位は父が送ってくれるわ。親だから当然よ」

「だいぶ都合のいい自由だな。それで学校へもろくに行かず、ぐれん隊の関口なんかと遊び歩いてるのか」

「学校へは毎日行ってるわ。それに、関口さんのことをどうしてぐれん隊だなんて言うの？」

「ぐれん隊じゃなければ、なんだと思ってるのかね」

「不動産会社の社員よ。あたし、ちゃんとした名刺をもらってるわ」

「なるほど。たしかに赤座不動産は税金逃れとはいえ会社組織だし、そこで働いている者は社員ということになる。しかし、赤座不動産の社長を社長と呼ぶ者はいないね。たいていの者は組長と呼ぶ。そいつの嫌いな言葉をつかえば親分さ。関東高松組という大きなヤクザ者の組織がバラバラに分裂して、その一つとして町に残ったのが赤座組だ。赤座金次郎はその二代目組長、時節柄バクチだけではとうに食えなくなり、土地家屋の周旋屋になったが、これも最近ではぼろい儲けも少く、そこでバーやキャバレーにオツマミの押売りをしているケチな会社だ。嘘だと思うなら、事務所を覗いてくればいい。小っぽけな二階建の階下を事務所にして、入口のガラス戸にありもしない土地を売りつけようというビラがベタベタ貼りつけてある。関口はそこの幹部でオツマミ係だった」

「信じないわ」

「信じない方が幸せだろう。関口は悪いやつだ。何人もの女を騙《だま》している。彼のために自殺した女さえいるんだ」

「嘘よ。警察の言うことなんて、みんなデタラメに決まってるわ。そんなこと言って、反対にあたしを騙すつもりでも、あたしは騙されないわ」

「関口が何をやったか、きみはそれを知ってるのか」

安田がたまりかねたように口をはさんだ。

「知ってるわ」

ひろ子は挑みかかるような視線を安田にむけた。

「言ってみたまえ」

「友だちのことじゃないの」

「友だちのこと？」

「そうよ。悪い友だちの巻き添えで、ひどい迷惑をうけてるって話してた」

「友だちって誰のことだ」

「知らないわ」

「迷惑というのは、どんな迷惑なんだ」

「聞かなかったし、聞こうとも思わなかったわ」

「それじゃ教えてやろう。関口は人殺しをしたんだ」

「嘘!」

大きな眼がひきつったように開き、唇を洩れた叫びは、舌がもつれたように喉の奥に飲みこまれた。

「嘘ではない。関口は平気で人を殺し、その同じ手で、赤ん坊をあやせる男なんだ」

「ちがうわ。関口さんは決してそんな人じゃない。いつだって、とてもやさしかったし、あたしを愛していたわ。関口さんは、膝の上に這いあがってきた蟻《あり》んこ一匹殺せない人よ」

「愛していたって、人殺しはできる。好きな女に金のネックレスを買ってやるために、恨みのない他人を殺すやつもいるんだ」

「だから……だから関口さんも、人を殺したっていうの」

「だからとは言わない。ぼくが言っているのは、彼が人殺しをしたという事実だけだ」

「なぜ、あの人が人を殺したの」

「わからない。捕えてそれを白状させるんだ。そして刑務所へ叩っこんでやる。彼が絞首台に立たされても、おそらく泣く者はいないだろう。ただし、ここにきてみて泣きそうな女が一人だけいることを発見した」

「そうね――」

ひろ子はふいに表情をあらため、冷くすまして言った。

「あたしは泣くかもしれないわ。子供のころ、学校の小使さんが飼っていた猫が死んだときも泣いたくらいですもの」

「あんたは、そんなに関口を愛しているのかね」

腰木がまた質問を代わった。しんみりした口調だった。

「………」

ひろ子は答えなかった。膝の上の両手は強《こわ》ばったように動かない。そらした視線は、ベッドの下に脱ぎ捨てられた男物の靴下を見つめていた。白い頸筋に、静脈が青く浮かんだ。

「かりに、あんたが関口を愛しているとしたら、わたしたちの話を信じられないのも無理はない。しかし、安田くんも今そう言ったように、関口は悪い男なんだ。殺人容疑で追われている。あんたが庇《かば》ったところで、かならず捕るだろう。ほとんど時間の問題なのだ。あんたが庇うことは、あんたのためにならないばかりではなく、彼自身のためにもならない。追いつめられた彼が、またどんな犯罪をおかすとも知れないのだ。もし、わたしがあんたの立場だったら、まず関口に会って自首をすすめるが、どうかね。それが本当の愛情というものじゃないだろうか」

「………」

ひろ子は額にほつれた髪を振り払うように顔をあげた。

「刑事さんたち、何か誤解してるんじゃないかしら。本当のことを言って、あたし、もう半月以上関口さんと会ってないわ。スケート場で知り合っただけのお友だちだし、愛してるなんて言葉はおかしいくらい。あの弱虫みたいな関口さんが人を殺したなんて、ほんとにびっくりよ」

「彼がどこにいるか知らないんですか」

「知らないわ。さっき言ったとおりよ。きっと、誰かほかの女の人のところへ行ったのね。早く捕ればいい気味だわ」

ひろ子は冷い微笑を浮かべて言った。

「その男物の靴下は誰のです」

安田がベッドの下を指さした。

ひろ子は靴下に視線を流した。

「ボーイ・フレンドのよ。昨日の晩ここに泊って、置いていったんだわ」

「ふうん。そいつは素足に靴をはいて帰ったのか」

「この頃はそれが流行《はや》ってるのよ」

「そのボーイ・フレンドの名前を聞きたいな」

「聞かせたくないわ」

「とにかく――」

腰木が代わった。

「今の警察は言いたくない者に喋らせることはできない。協力してもらえなければ、引っこむほかはないんだ。しかし、余計なことだがこれだけは注意しておくよ。関口から離れないといけない。あんたはまだ若いんだ。大人の仲間入りをしているつもりかもしれないが、とんでもない間違いだ。今の若い者は、何をするのも自由だという。そして勝手気ままなことをしている。しかし、説教くさい言いかたになるが、きみたちは決して自由ではない。自由だと信じているだけで、自由な物の考え方さえできない年頃だということを忘れている。そして、そのことに気づくのは大てい遅すぎるんだよ。ダンスをやる、スケートをやる、それもいいだろう。あるいはボーイ・フレンドと寝ることだって、決して悪いとばかりは言わない。しかし、その前に考えることが沢山あるはずだし、しなければならないことも沢山あるんだ。あんたは可愛らしい。可愛いという文句が不服なら、美しいと言い直してもいい。両親からの仕送りをうけて、洋裁学校へ通っている。生活には何の心配もないし、楽しいこともいっぱいある。若いということは、それだけでも素晴しいことなんだ。おそらく、将来はバラ色に輝いてみえるだろう。だが、今のあんたを見ていると、わたしには危っかしく思えてならないんだ。今にも転んで、大怪我をしそうな気がする。もっともっと、自分を大切にしなければいけないな。人の一生というのは、何千万円積んでも、かけがえがないのだ」

「ずいぶんご親切なのね」

「わたしにも、ちょうどお前さんと同じ十九歳の娘がいるのさ」

腰木刑事は、苦いものを嚙みつぶしたような顔をして立上った。

ひろ子は戸惑ったような顔をして、腰木刑事を見守っていた。

一一

「どう思うね」

初音荘をでると、腰木刑事が問いかけてきた。すでに、彼自身の答は用意できているような聞き方だった。

「張込んでみましょう」

安田刑事は答えた。返事はそれだけで充分だった。ひろ子の部屋で、かりに男物の靴下やタバコの吸殻を見つけなかったとしても、ひろ子の動揺した様子は、二人の刑事の疑惑をかきたてたにちがいなかった。神妙な態度が急に反抗的になり、さらに一転して皮肉をこめた無関心を装ったのだ。たかが小娘の幼稚な芝居に、彼らが騙されるわけもないのである。ひろ子が関口を庇おうとしたことは、彼がまだ女の身近にいることを示していたし、刑事たちの来訪は、彼女を何らかの行動に駆り立てるはずであった。

「とりあえず、こっちの情況を本署へ報告して、それから適当な張込み場所を探してこよう」

腰木はその場に安田を残して、初台交番の方へ走っていった。近所に長時間ねばれるような飲食店がないので、防犯協会員などの警察に協力的な家を探さねばならないのだ。もしそれも見つからないとすると、かなり厄介な張込みを覚悟しなければならない。

しかし幸運なことに、間もなく戻ってきた腰木は、初音荘のすぐ筋向かいの二階家が、代々木署の杉本巡査の自宅だという情報を携えてきた。しかも、その巡査は非番で家にいるはずだという。

「ついてるぜ」

腰木は童顔をほころばせた。

杉本巡査を訪ねて用向きを告げると、杉本は快く二人の刑事を二階へ案内した。室内の電灯はつけない。

「ご苦労さんですね」

杉本は通りに面した肘掛窓《ひじかけまど》から、下を見降ろして言った。髪の薄さから推しても五十歳は越えている年輩で、家族も多いらしく、腰木たちが訪ねたときは、階下でテレビのプロ・ボクシングを見ていたようだった。着物をきているせいもあって、警察官にはみえない。

「どうです、初音荘の玄関がまる見えでしょう。二号室の女については顔も知らないくらいで役に立てませんが、とにかく、あそこは出入口が一か所しかないから、ここで張っていれば絶対見逃がしませんよ。何でしたら、うちのカミサンに様子を見にやらせましょうか。女房の方は、初音荘に何人か知ってる人がいるはずです」

杉本はさすがに積極的な協力を示して、階下へ降りた。

窓の両隅を細目に開け、その両隅に腰木と安田は離れて腰を落とした。二号室は明りのついているのが分かるだけで、覗けないのが残念だが、玄関の見通しは申し分なかった。

「本署の方はどうでしたか」

視線を初音荘玄関に注いだまま、安田が訊ねた。

「みんな出払っていて、課長だけしかいなかった。関口の情報は全然ないらしい」

腰木の舌ったるい声は、体を斜めにずらした安田の背後の方から届く。

「こっちの方が、うまく当たればいいですがね」

「うん」

「ひろ子って女、案外真面目そうな女じゃないですか」

「そうだな。少くともズベ公ではない。ズベ公ではなし、そうかといって堅気の娘ともいえない。近頃は遊び好きで、あんなふうに変テコなのが多いんだな。そして、連中の親たちは、娘がどこでどんな遊びかたをしているのか、全然知らないでいるんだ。先だっての宿直のときに調べた娘なんぞは、まだ十七歳になったばかりというのに、誰の夕ネだか分からねえような赤ん坊を二度も堕《お》ろしていた。それが歴とした会社の重役の娘で、高校の成績もいい方だというから分からない。しかも、慌てて駆けつけた母親の涙をみても、まるでケロッとしてるんだからな。当人は万引きをして捕ったことだって、運が悪いくらいにしか考えていないんだ」

腰木は慨嘆調になった。

そこへ、杉本がお茶を持って、ふたたび暗い二階に上ってきた。暗いといっても、街灯や近隣の明りで、互いの顔くらいは判別できた。

しばらく、愚痴の多い雑談がつづいた。捜査は、犯人側よりも、むしろこっち側の予算の壁にぶつかって阻《はば》まれてしまうことが多い。自動車も満足に使えないで、何が科学捜査かというような不満は、どこの警察でも共通のことである。仕事はふえるばかりで、人員はいつだって足りたことがない。

しかし二人は、杉本の愚痴につきあうよりも、初音荘の出入りに心を奪われていた。家をでて初音荘へ入っていった杉本の妻が、ほどなく戻ってきた。

「あまりよく分からないんですけどね」

杉本と同年輩位の太った女房は、話好きそうな眼を瞬いて言った。

「別所ひろ子さんて娘さんの部屋に、以前は二十七、八歳位の、色の白いインテリくさい男がきているのを、たまに見かけたそうです。でも、最近はさっぱり姿を見せなくなって、代わりの男がくるようになったということもないそうです。よく夜なか過ぎに帰ってくることがあって、何をやって遊んでるんだろうなんて噂されてますけど、アパートの廊下で会えば愛想よく挨拶するし、洗濯物も毎日干してあって綺麗好きらしく、ほかに悪い評判はありません。部屋代もきちんと払っているそうですわ」

腰木がきいた。

「おくさんは、別所ひろ子という娘をごらんになったことがおありですか」

「ええ、何度も見ております。可愛らしくて、感じのいい娘さんじゃありませんか」

「外見はそうなんですがね……」

腰木は憮然《ぶぜん》と呟いた。

杉本夫婦は間もなく階下に降りた。

「腹がへったな」

腰木が言った。

「仕様がないでしょう」

安田は冷淡に言った。

「お食事は？」

と杉本の妻にきかれたとき、

「たった今すましてきました」

と答えてしまった腰木がいけないのである。迷惑をかけまいとして遠慮したのだろうが、きちんと自前で代金を払って、そば屋の出前をたのむくらいのことは、そう遠慮しなくてもよかったのだ。

安田も空腹は同様だった。

しかし、藪蚊《やぶか》や蚋《ぶよ》に攻められ、あるいは、寒中全身が凍《い》てつくような寒さにふるえて、五時間も六時間も暗闇の中で張込むことの苦労を思えば、こうして畳の上に腰を落としていられるだけでもありがたいし、空腹くらいに文句は言えないはずであった。安田も腰木も、どしゃ降りの雨の中をずぶ濡れになって、徹夜したことだってあるのだ。そして、そんな苦労も、彼らは犯人を逮捕すると、すべてが癒やされる思いに浸るのである。恵まれない彼らにとって、そのときの充足感が何よりの報酬なのだ。

「あのしっかりしていそうな娘が、なぜ関口みたいなのに引っかかったのかな」

腰木は自問するように言った。

「善人だから女に惚れられるってものじゃありませんからね」

安田刑事は投げやりに答えた。

「そうだな」

腰木は嘆くようにしんみり言った。

「悪い野郎に限って、いい女をつれていやがる。女ってのは、生まれつきバカなのかも知れないな。さんざん玩具にされた挙句に、恨むことさえ知らないようなのがいる。別所ひろ子の前に関口と同棲していた女がそうだし、赤座金次郎の女房だって、全くあんなやつにはもったいないほどいい女だ。しかし、そういう女はむしろ利口なんで、善良なだけで一生うだつのあがらない男と結婚する女の方がバカなのかも知れんがね。おれの女房などもその口だ。しょっちゅう、ぼやいている」

「………」

安田刑事は黙っていた。

腰木刑事の言ったことはその通りだが、嘆いてみてどうなるものでもない。美人はそれだけ眼をつけられやすいし、人が好ければ騙されやすく、金の力に弱いのは女だけのことではない。悪事を働いて荒っぽく稼ぐ連中は、とにかく生命力が旺盛で、その逞《たくま》しい行動力は魅力の一種かもしれないのだ。女の側のバカとか利口とかいうこととは、本質的に異なる事情がある。政治家や役人にしても、悪いやつほど栄えていくではないか。そして、女は明るい灯を慕う虫のようなものだろう。そうかといって、自分までひがむにはあたらない。素晴しい美人を妻にしている刑事だっていないではないし、世はさまざまなのだ。

時刻は九時半を過ぎた。すでに人通りは少く、街なかのざわめきも、静かな夜の中に沈んでいた。かすかに、ほんのかすかにではあるが、花の匂いが漂っている。バラのようだが、よくは分からない。女の肩のような半円の月が、東南の空高く浮かび、時折淡い雲影にかくれては、すぐにまた親しい光を地上に投げかけていた。

初音荘は小さなアパートの割に、人の出入りが多かった。しかし、二号室は明りを灯《とも》したままだし、ひろ子の姿は現れない。むろん、期待している関口も現れなかった。階下のテレビはボクシングが終って、ドラマに移ったらしい。腹がへりすぎたせいか、腰木刑事も話しかけてこなくなった。

「今夜は駄目かな」

十時を過ぎたとき、腰木が言った。

「まだ十時ですよ」

「それもそうだが……」

腰木はまた沈黙した。

さらに三十分経った。

「徳さんは、なぜ殺されたと思うね」

腰木は話相手が欲しいようだった。

「わかりません」

安田はぶすっとして言った。徳持を殺した犯人を追っていながら、彼は徳持のことを考えたくなかった。できることなら、忘れていたいのだ。

「おれは、徳さんのむっつりしたところが好きだったんだがな。人間というのは、毎日顔を合わせて、いっしょに仕事をしている者のことさえ分からない」

「………」

「徳さんが殺されたのは自業自得みたいなものかも知れないけど、遺《のこ》されたおふくろさんたちが可哀そうだ。あんたは会ったことないだろうが、やさしくて、ほんとにいいおふくろさんなんだ。倅《せがれ》が関口の仲間だったなんてことだけは、何とか知らないままにしておいてやりたいな」

「………」

「徳さんに、好きな女がいたのを知ってるかね」

「いえ。そんな女がいたんですか」

安田は初耳だった。

「いればよかったと思うだけさ。童貞のまま死んだとしたら、可哀そうだからな」

「………」

安田は答えなかった。

腰木が話をかえた。

「ところで、徳さんの靴下が湿っていた理由は分かったのだろうか」

安田は返事をする代わりに、立てていた片膝を組替えただけだった。分からないことは、まだほかにもあった。徳持は何の目的で富士見ホテルへ行ったのか。捜査当局の誰一人として知らなかった関口の所在を知っていた彼が、なぜ部屋を間違えて隣々室へ跳び込んだのか。関口の所在を知っていたことが、彼と関口との共犯関係を示しているが、とすると、テレビ俳優野見山収の恐喝された三十万円のうちの何割かは、当然の分け前として徳持に与えられたはずだろう。その金を徳持はどこに費《つか》ったのか。すでに共謀したとみられる野見山事件がある以上、ほかにも明るみにでない犯罪がかなりあったとみてもいい。それなのに、それらの悪事の報酬を、徳持はどのようにして処分していたのか。安田たちの知っている徳持はいつも貧しかったし、彼の母親も、給料以外の金を彼から受取ったことはないと言っている。貯《た》めこんだ預金通帳や株券のごときものも発見されていない。そして、酒や女やバクチと、彼をつなぐ線もついに発見されないのである。

十一時十分前、二号室の明りが消えた。それは就寝するためか、外出するためか分からない。

しかし、安田と腰木とが立上ったのは同時だった。

二人は駆けるように階段を降りた。杉本夫婦のいる茶の間へ謝礼の声をかけ、夫婦が顔をだしたときには、すでに靴をはき終っていた。

杉本家を跳び出して、暗い路地に駆込む。三十秒と経たないうちに、ひろ子が玄関の軒灯の下に現れた。鉛筆のように細い黒のスラックス、半袖のスポーティなブラウス、右手には小さなボストン型のバッグを提げていた。

ひろ子は一瞬立ち止まって、月あかりの空を仰ぎ、活発な足取りで歩きだした。表通りにでてから、代々木八幡の方へむかった。時折うしろを振返るが、それは尾行を警戒するためでもなさそうだった。

「タクシーを拾いそうだな」

安田が言った。

腰木は頷いて足を緩めた。気づかれないように距離をおいて、初台駅方面からくるタクシーを先に拾ってしまうのだ。

「どこへ行くつもりかな」

腰木がきいた。

「さあ？」

安田は首をかしげるほかなかった。この夜更けに、十九歳の娘がどこへでかけるのか。ここからいちばん近い盛り場は新宿だが、新宿の深夜喫茶へでも行くつもりなら、京王電車を利用するにしても、タクシーを拾うにしても方向がちがう。方向から推して、まず彼女らの行きそうな場所は六本木だ。赤坂界隈のナイトクラブは間もなく閉店時刻だし、彼女の服装はナイトクラブへ行く服装ではない。最近の六本木は、朝方までバンドを置いてダンスを踊らせていた法令違反のクラブが、次々に営業停止をくって姿を消した。以前は外人客が多くて異常な雰囲気をもったそういうクラブが、不良少年少女のタマリ場にもなっていたのである。

しかし、そのようなクラブが消えてしまっても、遊び盛りの若い連中は、かならずそれに代わる遊び場を見つけだすし、六本木界隈は依然終夜営業のレストランが多く、結構夜の明けるまで賑わっている。彼らのために、コーラ一杯で夜半から朝まで騒がせる店もあるのである。

六本木のレストランで、関口と待合わせの約束があったのか。それとも、騒々しい仲間を求めに行くだけなのか。

間もなく、二台の空車がほとんど連結車のように続いて、初台駅の方から走ってきた。

二人は先頭の車をとめると、素早く跳び乗った。

「どちらへ？」

運転手は車をとめたまま聞いた。疲れたような、無愛そうな声だった。

「はっきりしないんだ。前へ行った車を追ってくれ」

腰木が言った。ちょうどそのとき、追いこしていった車が、前方百メートルほどのひろ子の前に停車した。

「それは困りますね。わたしは渋谷の社へ帰るところなんですよ。制限走行距離《メーター》も超えているし……」

「文句はあとで聞こう。急いでくれ。前の車が走りだしたじゃないか」

安田は厳しく言葉をはさんだ。

「警察のかたですか」

「そうだ」

「仕様がないな。その代わり、途中でガソリンが切れたって知りませんよ」

運転手はぶつくさ言いながら、車をスタートさせた。

一二

途中でガソリンが切れそうなことを言ったのは、運転手の厭がらせにすぎなかった。相手が警官でなければ、弱味につけこんで、料金の割増しを吹っかけかねないやつだろう。交替時間で会社へ帰るというのもその手口の一つで、深夜、タクシーのなかなか拾えない場所では、こういう悪質な手合いにぶつかることが珍しくない。

ひろ子を乗せた車は、人通りの絶えた舗道をとばして、どうやら青山方面へむかうようだった。

「違反してもいいんでしょうね」

運転手は言ったが、からかうような口調だった。スピード違反のしつづけだし、そうしなければ、先方の車を見失ってしまう。違反はやむをえなかった。そうでなくても、タクシーの尾行は難事中の難事だ。車の混雑している日中はほとんど失敗するといってもいいくらいで、プレートのナンバーを書留めておいて、大ていは後刻タクシー会社へ照会して、行先をつきとめることになる。

ひろ子を乗せた車が停ったのは、神宮外苑に接した東京ボーリング・センターの前だった。

タクシーを降りたひろ子は、駆けこむように、ボーリング・センターの中へ吸い込まれた。

「はずれましたね」

タクシー代を払った腰木につづいてタクシーを降りると、安田はひろ子の消えたガラスドアを眺めて言った。広い舗装道路と、ナラ、ブナなどの生い茂る林に囲まれた付近一帯の闇の中で、そこだけが明るい光を撒《ま》きちらしていた。ひろ子の行先を六本木に見当をつけた安田に対して、腰木の方は、場所は不明ながら関口の隠れ家と睨《にら》んでいたのだ。

二人はしばらく間を置いてボーリング場へ入った。一階二十三台のアレーは満員だった。ほとんどが派手なシャツを着た若い男女、それに外人の姿も多い。コントロールデスクの上のビラに、土曜金曜は午前三時、その他の日は午前一時まで営業すると掲示してある。今日は金曜だから、ゲームはまだこれからが本番のような雰囲気で、磨きぬかれたアレーベッドを、ゴロゴロと転がっていくボールの重い音、ピンの倒れる爽快な音にまじって、あちこちのベンチから歓声が湧く。ざっと見渡した限りで、ボーラーの姿は百人を越えていた。奥手にあるスナック・バーも満員だし、ジューク・ボックスの前にも、数人の若者がたかって腰を動かしていた。ボーラー・ベンチの、いちばん色彩のはなやかなグループの中に、見覚えのある女優の姿もあった。

しかし、肝心のひろ子は見えなかった。

二人は二階へ上った。二階もやはり満員の盛況だった。

ひろ子は、中央から右よりのアレーにいた。ちょうどアプローチに立って、ボールを投げるところだった。黒いボールを、重そうに両手で胸の前にささえ、右手の親指中指薬指の三指が、ボールにあけられた三つの孔《あな》をしっかりとつかんでいる。上半身をかがめ、前方のストライク・コースを見つめる。スタート、ゆっくりと前進しながら、膝を折った左足に重心がかかったとき、ボールはゆるい弧を描いて、ファールラインの前で彼女の手を離れた。

ボールは三角形に並べられた十本のピンにむかって、ほとんど直線を走った。勢いよく倒れるピンの音。

ベンチにいたショート・カットの女が叫んで、拍手をした。十本全部倒れたのだ。

「初めっから、すごい調子じゃねえか」

スコア・テーブルにいる横縞のTシャツを着た青年も、拍手をして讃嘆の声をおくった。

ひろ子はベンチを振返り、得意そうに微笑した。明るい、なんの煩《わずら》いも感じさせない微笑だった。遊び盛りの娘が、無心にゲームを愉《たの》しんでいるとしかみえなかった。ボールを投げるスタイルなども、なかなか堂に入っていた。

ひろ子はベンチに戻り、それまでスコアをつけていた青年と代わった。

彼女の加わっている仲間の五人、いずれも十八、九歳から二十二、三歳までの女三人男二人で、昼間は何をやっているのか、職業などの見当はつかなかった。

いや、彼らの職業がわからないというなら、このボーリング場の一階二階を通じて、二百人余りの人々が、日中何をしている者たちなのか、その全員がわからないといってよかった。まともに会社や学校へ行っているなら、深夜まで遊んでいる時間はないはずなのだ。ボーリングは健康なスポーツかもしれないが、眼前にみる連中が健康な生活を送っているとは思えなかった。

ひろ子は、真っ赤なシャツを着て黒いスラックスの膝を組んだ少女と、コカコーラを飲みながら喋り合っている。

「どういうことになるのかな」

腰木が首をひねった。

「もう少しねばりましょう」

安田は、関口がここに現れることを期待していた。むろん、確信はなかった。

二人は非常口に近いレストランに入って、空腹を癒やすことにした。レストランの素通しガラスから、ひろ子たちの様子はよく見えた。

安田はスパゲッティを、腰木はスパゲッティのほかに、サラダつきのハンバーグとカレーライスを注文した。彼はそんなに食べすぎるから、始終胃の具合が悪いのだ。そして、胃の薬ばかり飲んでいる。

——全く不経済だ。

腰木は自分でもそう思っている。

食事を終ったのが午前零時四十分。

ひろ子たちは相変らず歓声あげながら、ゲームをつづけている。

「あんなボールを転がすだけのことが、そんなに面白いのかな」

腰木は不審そうに言った。

「やってみなくては分からないでしょう」

安田は当り前のことを言った。

「しかし、こうやって夜なかに遊んでいる連中は、昼間は眠っているだけなのかね」

腰木は安田と同じような疑問を口にした。

「階下に映画俳優の×××がいたけど、そういう芸能関係の連中とか、バーやキャバレーに勤めていて、昼間はあまり遊ぶ余裕のない連中が多いのかも知れませんね」

「ひろ子なんかは学生じゃないか」

「学生もいろいろですよ。学生くらい曖昧なのはないでしょう。与太者も自動車強盗も、コール・ガールもバーのホステスも、大学の学生証くらいはもってます」

「そういえば、先々月の初めに強姦で挙げた四人組も、みんな学生だったが、もう釈放されて歩いてるぜ。瀬尾さんが会ったそうだ」

「保釈ですか」

「いや、裁判が早く終って、執行猶予になったらしい」

「四人とも？」

「そうだ。裁判官なんてのは、自分の女房か娘でも強姦されない限り、事件のことはいっこうに分かっちゃいないね。おれたちが頑張っても同じことだ。犯人が少年の場合だと、起訴もされずに、家裁おくりで釈放《パイ》だからな。そんな風に甘やかすから、チンピラがいい気になるんだ」

「少しは被害者の身にもなってみろですね」

安田は腰木の口ぐせを言った。それは安田自身にとっても、苦い自嘲と憤怒のこもる言葉だった。刑事の仕事は犯人を検挙して証拠を固めるまでで、起訴不起訴は検事の決めることである。検事のやることにも不満は多いが、そうしてせっかく起訴にこぎつけても、刑を決めるのは裁判官の仕事で、刑事の苦労などは一顧をも与えられない。執行猶予にした犯人が再犯をおかしても、それは裁判官や検事の知ったことではなく、刑事だけがまたコツコツと足を棒にして、捜査しなければならないのだ。もちろん、犯人の更生を期して執行猶予にすることが悪いというのではない。ただ、それがいたずらに甘すぎて、かえって犯罪を助長しているのではないかというのが、現場で働く刑事たちの大きな不満だった。

「きたぞ」

ふいに、腰木が押殺した声で言った。

安田もほとんど同時に気がついて、腰木の顔をみたところだった。

関口が現れたのだ。さすがに周囲を警戒する様子で、ベンチのうしろからひろ子の肩を叩いた。

ひろ子が振返って、立上った。関口の方は、黒っぽい背広の背中しか見えない。

ひろ子はベンチを出た。関口とならんで、レストランの方に歩いてくる。

「こっちにくるな」

安田は緊張して、顔を伏せた。期待が薄れかけていただけに、緊張は烈しかった。しかも、相手は警官殺しの犯人なのだ。コソドロを捕えるのとは、わけがちがう。

「うむ」

腰木は唸るように応じた。

ガラスが透明なので、気づいて逃げられる可能性が大きい。二人は気づかれないように顔を伏せたが、全神経を近づいてくる関口に集中した。気づかれたら、直ちに飛びだすのだ。

しかし、店内が混んでいて、二人が隅の方にいたせいか、関口もひろ子も、二人の刑事がいることに気づかなかった。

彼と彼女は、反対側の隅に空いたテーブルを見つけて着席した。刑事たちの方からは、ちょうど横向きに対坐している。

腰木が静かに立上り、つづいて安田が立った。

ゆっくりとテーブルの間を縫って、関口の背後にまわった。

「あっ」

ひろ子が、刑事たちの顔を見て叫んだ。

二人の刑事が、両脇から関口の腕をつかんだのは、ひろ子の声に関口が振返ろうとした瞬間だった。

「こんな所で会えるとは思わなかったよ」

腰木刑事は、緊張のために、こしらえそこなったような笑顔で言った。

関口は抵抗しなかった。

一三

関口が連行されると、直ちに調べが開始された。

主として取調べに当るのは刑事課長の大沢警部、ほかに捜査四課の伊藤警部、森戸係長、菅井部長、腰木、安田の両刑事がその場に立会った。不眠つづきのために、みんな眼を赤く腫《は》らしている。

「まだ東京にいたとは意外だったが、今まで、どこにいたんだ」

大沢警部は静かに訊問の口を切った。口調はやわらかいが、どっしりと重味のある声だった。

「さあ？」

関口は首を傾けた。相手をバカにした態度だった。

「忘れたのかい」

「そうですね」

「しかし、富士見ホテルではヘマをやったじゃないか。警官殺しというのは、高くつくんだぜ」

「何のことか分かりませんね」

「とぼけてはいけない。新聞で徳持のことは読んだはずだ」

「おれが徳持を殺《や》ったというんですか」

「ちがったかね」

「新聞に発表するつもりなら待った方がいいでしょう」

「ふうん、誰が殺ったと言いたいんだ」

「知りません」

「否認か」

「おれが殺ったんじゃないことは確実ですよ」

関口はふてぶてしく腕を組み、背中を椅子の背に凭《もた》れて微笑さえ浮かべた。

「まず、徳持が富士見ホテルのお前の部屋で、殺されたわけを聞こう。ついでに、お前がホテルをずらかった理由も聞かせてもらう。断っておくが、お前が富士見ホテルにいたことは、証人がいる」

「ふうん。こいつは驚きだな。富士見ホテルなんて行ったこともないのに、下手な脅しはやめてくれませんか」

「これも否認か」

「当り前ですよ。証人がいるなら、遠慮なく呼んできたらいいでしょう」

「フロント係の主任と、ボーイが一人にメイドが一人、この三人がお前を見ている」

「とんだ人違いだな。おれは鼻の頭にイボがあるわけじゃないし、眼玉が三つあるわけでもない。ごく当り前なのに、どうしておれだということがわかるんです」

「おそらく眼《ガン》つきが悪かったんだろう。それに、宿帳のサインも残っている」

「おれの名前があったんですか」

「バカをいえ。手配中のお前が本名を書くわけがあるか。小迫豊尊——宿帳にはそう書いてあった」

「そんな変てこな名前は、ますます縁がありませんね」

「まあいいだろう。否認しても自供しても、証拠があれば結果は同じことさ。偽名のサインは鑑定でわかるし、三人の証人には面通しをしてもらう」

「おれに似た顔のやつなんて、東京中にいくらもいますよ」

「心配か」

「デッチあげられたんじゃかなわねえ」

「富士見ホテルにいなかったとしたら、あの日、お前はどこにいたんだ」

「新宿ですよ」

「新宿のどこだ」

「……ちょっと言えませんね。それを言うと仲間に迷惑がかかって、そいつらに消される危険がある」

「ありきたりの弁解だな。話をかえよう。徳持とは大分仲がよかったらしいが、なぜだ」

「仲なんかいいことありませんよ。徳持とは小学校も中学校も同級だった。しかし、相手が刑事では、いっしょにコーヒーを飲む気もしない」

「恐喝《カツアゲ》のネタをもらうときだけが幼馴染か」

「何のことです」

「もっとわかりやすく話をしてやろう。小松医院の看護婦染谷幸江が、テレビ俳優の野見山収にふられて自殺したという話は、誰から聞いたんだ」

「聞かなくても知ってましたよ。あの女と野見山との関係は、彼女自身の口から聞いていたし、自殺したことを新聞で知ったときは、自殺の理由が新聞にでていなくても、すぐに、野見山にふられたせいだなって、思いました」

「ふうん、お前は以前から染谷幸江を知ってたのか」

「ちょっとですがね」

「なぜだ」

「扁桃腺《へんとうせん》が腫れてルゴールを塗ってもらったことがあるし、喫茶店で見かけて、長話をしたことも何度かある。それに、あの女が野見山にふられて死んだことは、看護婦たちの間でも評判だった」

「野見山から三十万円恐喝したことは認めるのか」

「認めます」

「素直だな。そう素直に認めるくらいなら、なぜ逃げたりしたんだ。逮捕状がでたとたんに、お前はずらかっていた。逮捕状のでたことを、どうして知ったんだ」

「知ってたわけじゃありませんよ。あの朝のことは偶然で、運がよかったんだ。そして、刑事《デカ》さんたちがおれを探してると聞いて、戻る気がしなくなった。それだけですよ」

「それを聞かしてくれた相手は？」

「言いたくないね。そんなことはどうだっていいでしょう。事件のことに関係ないはずだ」

「しかし、あの朝のことが偶然だとすると、逮捕状がでたことも知らなかったのに、なぜ逃《ふ》けようとしたのかね」

「仲間うちでヤバイことがあって、東京にいられなくなったからです」

「ヤバイことというのは？」

「言えないな」

「なぜだ」

「課長さんだって分かってるでしょう。ヤクザというのは、口の堅いのが身上だ。仲間うちのことを喋れば、こっちの命が危くなる」

「弁解はいつも同じだな。赤座の親分《おやじ》に内緒で、野見山を脅していたというのもヤクザの仁義か」

「ふん」

関口は肩を揺すり、ふてくされたように顔をそむけた。青白い額に滲《にじ》みでた汗がひかり、眉間に一本の太い皺《しわ》をよせて、何かをいっしんに考える眼である。その眼にむかって、刑事課長以下、刑事たちの鋭い視線が集注していた。

「徳持が殺された日のアリバイを言っちまえよ。新宿をぶらついていたなんて言っても、通りゃしないんだぜ。その辺のアリバイが立たなければ、殺しでぶちこむほかはない。アリバイがあるなら、さっさと言ったらいいじゃないか。余計な手間をかけるもんじゃない」

腰木刑事が口をはさんだ。彼が喋ると、好人物の父親が道楽息子をさとすように聞える。

関口は答えなかった。

「それとも」

今度は菅井部長が言った。

「麻薬《ヤク》のことか何かで新宿へ行ったので、滅多に口を割れないというのか」

「…………」

関口はやはり答えなかった。眉がけいれんするようにピクッと動き、顔をあげて部長を見たが、不敵な薄笑いを浮かべ、それから退屈したように口を開いて、天井を見上げただけだった。

伊藤警部が腕時計を覗いた。午前三時になろうとしている。顔をあげて刑事課長を見ると、刑事課長の腫れぼったい眼が頷き返した。

「とにかく──」

刑事課長は言った。

「もうじき夜が明けるが、一眠りしてから、ゆっくり考えるんだな。寝起きのいいところで、あらためて話を聞こう」

刑事課長の眼が、腰木刑事と安田刑事に、関口を留置場へつれていけと命じた。

一四

手錠をかけられた関口の両脇に、腰木刑事と安田刑事が寄添って、地階の留置場へむかって階段を降りたとき、

「柔道場へひっぱるんだ」

菅井部長が追いついて、先に立った。

安田と腰木は顔を見合わせた。菅井部長の考えが、二人に分かったのだ。地階の、留置場とは反対側の奥にある柔道場へつれていって、関口を拷問するつもりなのである。

戦時中は、いわゆるヤキと称する拷問が当り前のように行われていたし、戦後も一時は、自白しない被疑者に対して拷問することが珍しくなかった。むろん、拷問は、相手の犯行と信じているから行うのである。しかし、「自白は証拠の王」といわれた旧刑事訴訟法時代とちがって、現在は憲法において、「何人も、自己に不利益な供述を強要されな

い」「強制、拷問若《も》しくは脅迫による自白又は不当に長く抑留若しくは拘禁された後の自白は、これを証拠とすることができない」「何人も、自己に不利益な唯一の証拠が本人の自白である場合には、有罪とされ、又は刑罰を科せられない」と規定され、さらに新刑事訴訟法においては、被告人の黙秘権、供述拒否権まで認められている。つまり、罪責の有無はあくまでも証拠によって裁かれねばならず、無理に自白させたところで、法廷で拷問したことをあばかれたら、せっかくの自白も、逆に裁判官の心証を害するだけだし、拷問したことが証明されれば、拷問した刑事の方が特別公務員の職権濫用、暴行陵虐《りようぎやく》の罪責を負って罰せられねばならない。したがって、現在は、暴力による拷問はほとんどあとを絶ったということができる。

しかし一方、この人権の尊重を重視した法律のために、みすみす犯人にちがいない者が、証拠不充分で無罪釈放となる場合も少くなかった。拷問すれば自白させることができて、その自白に基けば証拠を発見できる場合があるにちがいない。それを証拠が不充分なばかりに、十中八九まで犯人とわかっていながら、検挙できない事例も多いのだ。そして、強引に逮捕にふみ切っても、黙秘権をつかわれてしまえば、捜査陣はどうすることもできないのである。責任は証拠をあげられない捜査の未熟にあるのだが、むかし風の刑事気質《かたぎ》の菅井部長などは、拷問から自白、自白から証拠という旧刑訴法時代の捜査からぬけきれず、時として、被疑者を柔道場へひっぱりださずにはいられなくなるのだ。

「どうします」

安田は腰木に言った。

腰木は返事をする代わりに、関口の腕をとって、菅井部長に従った。その眼は、やむをえないというよりも、同僚の徳持を殺した関口への、烈しい怒りを語っていた。

道場では、すでに、菅井部長が靴をぬぎ、上着をぬいで待っていた。

「さっきは、大分でかい口をきいてたな」

部長は待ちかねたように関口の背広の襟をつかむと、道場の中央へ引きずりだして足払いをくわせた。

「あっ」

関口は大げさな悲鳴をあげて転倒した。手錠をはめられたままなので、抵抗することはできない。

部長はすぐに引起こすと、勢いよく踏込んで腰払いをかけた。関口は他愛なく転倒した。部長は息つく暇を与えずに引起こした。そして大外刈り、背負い投げ、体落し……

睡眠不足で充血した眼をかがやかせて攻撃した。

見ている腰木と安田はハラハラしているが、それでも、部長が、決して相手に怪我《けが》をさせないように注意していることだけは分かっていた。怪我をさせたら、それが証拠となって、裁判の時に問題になるからである。部長の要領は、かすり傷一つおわせずに相手を苦しめるので、あとで拷問のことが問題にされても、拷問はしなかったと言い通すことができる。証拠がなければ、有罪の犯人が無罪になるように、拷問した事実も消えてなくなる。これが部長の考えだった。

「部長さん」

いつまでもつづく拷問に、腰木刑事がたまりかねたように声をかけた。

部長は荒い息を吐いて、握っていた関口の背広の襟を放した。ぐっしょりかいた汗が、ワイシャツの背にしみていた。

関口は仰向けに横たわったきり動かなかった。眼を閉じて、苦しそうに喘《あえ》ぐばかりだ。

「安さん、すまないが水を一ぱいくれないか」

部長が言った。

安田はすぐ水飲み場へ行き、薬缶《やかん》に水をくんだ。

そこへ、後を追うように腰木がとおりかかり、安田をみると、

「あとは止めさせた方がいいだろうな。関口のやつ、すっかり伸びている」

足をとめて言った。

「どこへ行くんですか」

安田は水道の栓をとめて聞いた。

「課長たちの様子をみてきてくれというんだが……」

「ヤキをいれたこと、課長が知ったら怒るでしょうね」

「怒るさ。しかし、部長がヤキをいれたくなった気持もわかるね。徳さんを殺されて、

頭にきてるんだ。おとなしくしてたら、関口は喋るような野郎じゃない」

「でも、ヤキをいれて逆効果ってこともあるんじゃないですか。関口はかえって依怙地《えこじ》になって、絶対に口を割らないかもしれない」

「なに、ヤクザだのぐれん隊なんてやつらは、案外だらしないのが多いものさ。仲間といっしょのときはやたらと威勢がいいけど、一人きりになると、まるっきり意気地がなくなる。もともと、やつらは弱虫で寂しがり屋なんだ」

「しかし、ヤキをいれるのは反対だな」

「わたしだって、ヤキは反対さ。部長も、相手が関口じゃなかったらヤキをいれなかったろう。関口は例外だ」

腰木は苦い顔をして行ってしまった。

腰木は、自信過剰で権力意識の強い刑事の型とはちがっているが、やはり戦前に育った刑事のタイプを脱していない。法律が変ったからといって、人間がそっくり変ることはできないのだ。菅井部長なども戦前派刑事の典型で、被疑者の扱いは荒っぽいし、捜査も勘に頼って科学性に欠けている。その代わり、仕事は人一倍熱心で、むかし風の刑事気質というのは、生活のすべてを仕事に打込んで悔いないようなところがある。そして、戦前は、署長より発言力が大きい実力のある刑事が、どこの署にも一人くらいはいたものなのだ。

そこへ行くと、戦後何年か経って刑事になった若い刑事たちは、時折、サラリーマン刑事というような名で批難される。彼らにとって、刑事は銀行員と同様に職業にすぎず、職業を離れたもう一つの生活を大切にしているからだ。彼らは野球見物にも行くし、映画やジャズにも熱中する。そして、平穏な家庭と老後の安定に小さな望みを託している。どうせ出世の見込みもないのに、仕事のために生活を犠牲にするなどというのは、バカげたことだと考えているのである。

安田刑事はどうか。――わからないな、彼は自身でも首をかしげる。仕事には情熱をもっているつもりだし、刑事という職業が、銀行員と同じとも考えていない。しかし、犯人と対決して、そこに命をかけて悔いないかどうか。彼は、自白を得るために拷問することに反対だが、そうまでして自白を得ようとする熱意も欠けているような気がする。それは法律上の問題なのか、熱意の問題なのか、その辺のところがよくわからない。とにかく菅井部長は、有罪と信じた犯人に対しては、法律を破っても有罪に持込もうとする傾向があった。単に犯罪を憎み、自分の成績をあげるためではなく、職人に職人気質があるように、古風な刑事にも一種の名人気質があるのである。

「どうも――」

赤茶けたハンカチで胸の汗を拭いていた部長は、コップと一しょに薬缶を安田から受取ると、自分で注いで二杯たてつづけに飲干した。そして、

「お前も飲むか」

関口に言った。

関口は上半身を起こし、まっ青な顔で両脚を投げだしていたが、いらない、というように首を振った。

部長はコップと薬缶を畳の上において、関口に近づくと、彼の前にかがみこんだ。

「いい加減に白状したらどうだ。お前が徳持を殺ったことに、間違いはないいんだ」

「冗談じゃありませんよ。徳持のことは本当に知らないんだ」

さすがに元気はないが、関口はへこたれていなかった。

「まだヤキがたりないというのか」

「いくらヤキを入れられても同じですよ。知らないものは知らないんだ」

「富士見ホテルへは、ほんとうに行かなかったのか」

「行きません」

「それじゃ、小迫豊尊というのは誰なんだ」

「そんなこと、おれが知るはずないだろう。全然、関係がないんだ」

「まあ、いいさ。課長も言ったように、一眠りしてからよく考えるんだな。おれを舐《な》めやがったらどんな目にあうか、ついでにとっくり考えておけ」

部長は立上り、

「こっちも久しぶりに一眠りするか」

安田をみて、眩しそうな眼で笑った。

一五

大沢刑事課長以下数人は近くの署長官舎へ、そしてある者は署長室の応接用ソファに、そしてある者は寝台車みたいな三段ベッドに、それぞれ毛布をかぶって就寝したのは、すでに東の空が明るみかけた四時半頃だった。

安田刑事は三段ベッドの最上段にもぐったが、なかなか寝つかれなかった。眼はあけていられないほど眠いのに、神経が昂ぶっているのである。そして、いつか夢をみているような気がしていたかと思うと、腰木刑事の声に起こされた。午前八時になっていた。眠れない眠れないと思いながら、やはり眠ったらしかった。

関口に対する取調べは、午前九時から開始された。

その間に、安田刑事と腰木刑事は組んで、富士見ホテルを訪ねた。

「捕りましたか」

フロント主任の渡辺は、カウンターから上半身をのりだすようにして、感嘆の声をあげた。

「間違いないと思いますが、本人は自白しておりません。それで、あなたとボーイの神保さん、それからメイドの高橋さんに面通しをお願いしたいのです。署までご足労いただけるでしょうか」

腰木は言った。

渡辺は快く承知した。そして、すぐ神保と高橋直子を呼ぶと、警察の車に同乗した。

「そいつの顔を、わたしはそうはっきり覚えているわけではないけど、もう一度見れば必ず思いだしますよ」

車中、渡辺は三〇五号室の客の印象を語りつづけ、神保や高橋も、それぞれの記憶を反芻《はんすう》するように語った。

関口の面通しは、関口を中央にして、両脇に四人の刑事が加わった。都合五人、薄茶色のサングラスをかけて一列にならんだ。部屋は、外国映画にでてくるような面通し室（特殊ガラスを用いて、証人側から被疑者たちを見ることはできるが、被疑者たちの側からは証人の姿が見えない）の設備がないので、捜査係の大部屋をあてた。

壁際に五人がならび、三人の証人はその前方に導かれた。

五人ならんでみると、サングラスのせいもあって一様に人相はよくないが、なかでも体の大きな看守係の巡査などは、前科五、六犯もありそうな兇悪な面構えで、むしろ関口が、いちばんおとなしく見えた。それぞれ、右手に番号札をさげていた。

「よく見てくださいよ。左から一二三四五となってますからね。間違ってもかまいませんから、あとで、思ったとおりのことを言ってください」

刑事課長が言った。

佇立《ちょりつ》する五人は無表情だった。サングラスにさえぎられて、眼の動きはわからなかった。

「結構です」

最初に、フロント主任の渡辺が言った。

「わたくしも」

高橋直子がつづいた。

「あんたは？」

森戸係長がきいた。

「ええ」

ボーイの神保も頷いた。

課長の合図で、五人が部屋を出ていった。

「三番ですね。小迫という名前で三〇五号室に入ったのは、三番の男にちがいないと思います」

渡辺が上気したような声で言った。

「高橋さんは？」

課長がきいた。

「わたくしも三番です」

「神保さんは？」

「ぼくは確信がないのですが、二番か、右端にいた五番じゃないかと思います」

神保は答え終っても、考えるように首を傾げていた。

二番というのは、防犯係から駆りだされた加藤という巡査だった。そして五番は、捜査係の阿部刑事だった。

神保の証言は問題にならない。

しかし、人間の記憶がアテにならないことは、心理学者の実験で明らかにされているし、刑事課長以下の刑事たちも、いくたびか苦い体験をしている。極言すれば、目撃者の証言くらい信頼できないものはないのだ。四日も五日も前に、すれちがった程度に顔を合わせた相手のことなどは、はっきり覚えていない方が普通なのである。しかし、そうかといって、目撃者の証言ほど重要なものも、また少いのだ。

「三番が三〇五号室の客だということは、どうして見分けましたか」

課長は、渡辺と高橋直子にむかった。

「背恰好から、何となくそう感じました」

渡辺の答は、やはり頼りなかった。こんな証言では、法廷において、弁護人の反対訊問で軽く崩れてしまうだろう。

「何となく、というだけですか」

「色が白くて、髪のかたちなんかも似てたような気がするし……」

「それから？」

「……口だとか鼻だとか、何となく全体の印象です」

「高橋さんはどうですか」

「わたくしは主任さんの言ったようなことのほかに、お客さんの右顎に小さなホクロがあったのを思いだしたんです。三番の人の右顎には、そのホクロがありましたわ。間違いないと思います」

「ふむ」

課長は、関口の右顎を思いだそうとした。言われてみると、右か左の顎のあたりに、小さなホクロがあったような気がする。事実とすれば、有力な証言だった。

「確かに、関口の右顎にはホクロがありますよ。小豆粒の半分位で目立たないが、ぼくも気づいていました」

安田刑事は、はっきりと思いだして言った。

「そうか」

課長の顔が明るくなった。いずれにしろ、それはもう一度関口を見れば分かることだった。高橋直子の記憶は、ほとんど決定的な証言であり、渡辺の証言がそれを補強してくれるだろう。

刑事課長らは、供述調書をとるために、三人の証人をつれて調室へ去った。

「関口は吐きませんか」

腰木刑事は調室に戻ると、菅井部長にきいた。

部長は空いていた椅子に背中をもたれ、両足を机の上に投げだして、いかにも疲れた様子でタバコをくわえていた。伸びかかった濃い不精ひげが、この数日間の心労を語っているようだ。

「駄目だ」

部長はタバコをくわえたまま、物憂そうな声で言った。

「例の調子で、森戸がねちっこく調べていたが、まるっきり関口に舐められている。関口は、おとなしく調べても喋るようなやつじゃない」

「富士見ホテルへも、行かなかったと言ってるんですか」

「知らぬ存ぜぬの一点張りさ。頑張っていれば、釈放されると思っているのかもしれない」

「面通しのときも、割合平気な顔をしてましたね」

「そこがやつの図太いところだ。しかし、もしメイドが彼のホクロに気づかなかったら、どうなったか分からないだろう。とにかく、ホテルの部屋からは指紋がとれなかったし、ほかにも、物的証拠は何一つでてこないんだ」

「メイドの証言だけじゃ心細いですね」

「捜査はまだ終ったわけじゃないさ」

部長は足を降ろすと、大きな伸びをして、部下の刑事たちの活動を促すように、

「この際、チャンスだから、赤座組を徹底的に洗ってやるんだな。それに、関口と久我組との関係を洗う必要もある。関口はとっぽい（狡猾）から、赤座を売っていたかもしれない」

と言って立上った。

一六

関口に対する取調べは午前中に再開され、午後も引続き夕刻まで、大沢刑事課長と森戸係長がかかりきりで調べたが、関口は頑強に供述を変えなかった。肝心な個所へくると、「知らない」とか「それは言えない」というばかりである。高橋直子の証言を聞かされても、ふてぶてしい笑いを洩らすばかりだった。

関口と徳持とのつながりや、彼の犯行に関する情況証拠を集め歩いて、安田刑事が捜査本部に戻ったのは、あたりが暗くなった六時半頃だった。

「ネタはとれたかい」

やはり引揚げてきたばかりで、腰木刑事と机をならべてザルソバを流しこんでいた菅井部長がきいた。

「いや」

安田は元気なく首を振った。聞込みは少くなかったが、どれも巷間《こうかん》の噂話にすぎず、関口の犯行に結びつくような話はなかった。

「関口に別所ひろ子という女のいたことは、誰も知らなかったようですね」

安田はそんなことしか報告できなかった。

「関口のやつ、よくよくその女に惚れてたんだな」

「そうですね。本気で惚れちまったら、人前でそうペラペラ喋れるものじゃない」

腰木刑事が口をはさんだ。

そのとき、大きな体がのっそりと現れて、

「こんばんは――」

三人の刑事にむかって頭をさげた。左手にコカコーラの瓶を二本、胸のあたりに果物らしい包を右手で抱えている。

トン公と綽名《あだな》されている赤座組の千葉だった。

「珍しいな」

腰木刑事が気さくに声をかけた。

「何をしにきた」

「差入れなんです」

千葉はまた頭をさげた。おずおずと、怯《おび》えているような落着かぬ眼だ。警察というところが、心の底から苦手なのだろう。

「感心だな。遠慮しないで、こっちへこいよ」

腰木が手招きをした。

「はあ」

千葉はひょこひょこ頭をさげつづけて部屋に入ると、果物らしい包とコーラ瓶を、腰木の前の机に置いた。そして、菅井部長と安田刑事にむかって、

「こんばんは」

あらためて挨拶をした。いかにも間がぬけているようで、それが彼を憎めない男にしていた。

「その後、例のバーの女の子はどうした」

部長がからかうように聞いた。

「トミエですか」

「名前なんか覚えちゃいない」

「あれは駄目になりました。材木屋のおやじとくっついちまったんです」

千葉は面目なさそうに俯《うつむ》いて、人差指で鼻の下をこすった。

「ところで」腰木が言った。「誰のところへ差入れにきたんだ」

「関口の兄貴です」

「物はなんだ」

腰木は果物らしい包をとって、紐《ひも》をとき始めた。

「バナナです」

「自分の金で買ってきたのか」

「いえ、組長《おやじ》さんに頼まれたんです。よろしく言ってました」

「ふうん、赤座のやつ、関口のことをぶうぶう怒っていたが、面倒だけはよくみるんだな」

「三百五十円のやつを、八百富のおかみさんは三百二十円にまけてくれましたよ」

「八百富のかみさんは、お前に気があるのか」

部長が笑いながら言った。

果物の包が解けて、熟しすぎたバナナの黄色い房があらわれた。

「あんなガーガー声で喋る色気のない女に、興味ありませんよ」

千葉は少しテレて、また鼻の下をこすった。

「関口のことで、赤座は何か言ってなかったか」

安田が言った。

「いえ、あとでご挨拶に伺うといってましたが、それだけです。とにかく、みんな兄貴が悪いんだから仕様がありません。おやじさんも、だいぶ弱っているようで、熱川温泉へ行くなんて言ってたのに、中止しました」

「お前もいっしょに行くはずだったのか」

「いえ、あたしなんかソープランドがせいぜいで、ほんとの温泉まで行く金がありません。今月なんぞ、サラリーも遅配なんです」

千葉はぶつぶつとぼやき始めた。近頃はヤクザも会社組織になって、きまった仕事を与えている子分には、今まで小遣いと称してやっていたものを、わざわざ月給袋にいれて渡しているのだ。その方が子分たちもサラリーマンになったような気がするし、親分も社長らしい気分を味わえ、しかも、ごっそりと脱税できる仕組だった。むろん、会社名義は世間への体裁で、別途の収入《みいり》は帳簿にのらないし、蔭でやっていることは、ヤクザに異ならない。

千葉は愚痴をこぼしたが、相手にされずに、すごすごと帰っていった。

「バナナを食わしてやるか」

部長は看守係に電話をかけ、関口を呼んだ。

差入れについては、被疑者留置規則により、「糧食の授受は、これを禁止してはならない」と定められ、適当な時を選び、看守係室か調室などで、係官が立会って食べさせるのである。その際、逃走用具や自殺用薬品、あるいは秘密の通信文などの搬入を防ぐために、差入れ品は一応検査をする建前だが、食糧の場合はそう重視されず、パンならば二つに割ってみる程度で、コッペパンの中に剃刀《かみそり》の刃がひそんでいるなどということはほとんどなかった。

間もなく、関口が手錠をかけられたまま、看守に付添われてやってきた。

「赤座の差入れだよ。たったいま千葉がもってきた」

腰木が机の引出しについた金具の把手《とって》で、コーラの口金をあけてやった。

関口は無言で受取った。逃走中の疲れと、厳しい取調べの連続で、さすがに頬骨のあたりに憔悴《しょうすい》がみえた。ぎごちない手つきで瓶を握り、喉がかわいていたのか、ゴクゴク喉を鳴らしてコーラを飲んだ。

突然コーラ瓶が床に落ち、「うッ」という呻き声を洩らして、関口が前踞《まえかが》みにのめって転倒したのは同時だった。

「どうした」

三人の刑事が駆け寄って、関口の顔を覗いた。

関口は真っ青だった。唇は早くもチアノーゼ症状を呈し、ひきつったように開かれた両眼は烈しい恐怖を示していた。

「おい」

菅井部長が関口の肩を揺すった。

「う、う……」

関口はしきりに唇を動かそうとするが、顔の筋肉がひきつったように震えて、声はでなかった。そして、全身がガクンと揺れたかと思うと、眼をあけたまま、唇をだらんと開いて、それっきり動かなかった。

その間、三十秒と経ったかどうか。

「医者だ」

部長が叫んだときは、すでに関口の呼吸が停まっていた。

一七

関口が死んだ。千葉の差入れたコーラを飲んで、ほとんど即死だった。

捜査本部は狼狽した。

菅井部長は、直ちに大部屋の大沢刑事課長にその旨を告げると、千葉の行方を追って飛び出していった。つづいて腰木刑事、その他の本部員たちも先を争うように出ていった。

安田刑事は、警察医への電話をかけ終ると、まず、赤座金次郎に会うために、赤座不動産へ行った。

しかし、赤座は不在だった。先に行っていた腰木刑事が事務所の前に立っていて、「逃《ふ》けたらしい」と言っただけだった。千葉の住んでいるアパートには菅井部長が行ったはずだし、安田刑事は、腰木といっしょになお二、三のヤクザを訪ねて、むなしく署へ戻った。

千葉の行方は分からなかった。

午後九時過ぎになって、菅井部長も悄然と戻ってきた。千葉はアパートへ帰らないし、どこへ行ったか、全く手がかりがつかめないのである。つぎつぎに戻ってくるほかの本部員たちも、結果のむなしさにかわりはなかった。そして、彼らはふたたび千葉を求めて、ちりぢりに夜の町へ散っていった。

翌日午後二時頃、駅前交番の巡査から赤座が帰宅したという知らせをうけたとき、捜査本部には、たまたま中間報告に戻った安田刑事と、腰木刑事との二人しかいなかった。

二人は直ちに赤座の事務所へむかった。

間口二間、木造のチャチな二階建で、赤座不動産という仰々しい看板がかかっている。

階下が事務所、二階が女房と二人暮らしの住居だった。

「昨日は旅行かね」

腰木はさりげなく事務所へ入っていった。千葉の言ったことから、あるいは熱川温泉へ行ったかも知れないという想定で、熱川の客は昨夜中にことごとく洗ってある。赤座金次郎は熱川にいなかったのだ。

「熱海に一晩泊ってきましたよ。ほんとは熱川までいくつもりだったんだが、関口のことや何やかやで行く気がしなくなって、おれは中止にしたつもりだったけど、結局女房にせがまれて、近場の熱海にしました。どうも関口のことでは、まだご挨拶にも伺いませんで――」

赤座金次郎は回転椅子から立って、愛想よく二人の刑事を迎えた。関口が死んだことは知らないらしい。あるいは、知っていながら知らないふりをしている。

赤座金次郎、四十六歳、色黒く、精悍そうな太い眉、角ばった顎、痩身だが、筋肉はバネのように緊まった感じで、さすがに眼の配りかたも尋常ではない。それでいて、相手の気をそらさない微笑をたたえ、気のよさそうな商店のおやじにも見えた。もと五反田で芸者をしていたという正妻のほかに、妾が三人いて、それぞれバーやお茶漬屋をやらせているという男だ。

「千葉はいませんか」

腰木がつづけた。

「いえ、わたしはついさっき戻ったばかりですが――、おい、トン公を知らないか」

赤座は事務所の隅にいた若い男に言った。芝田といって、つい半月ばかり前に傷害罪で捕ったことのある男である。

「知りません。あたしは二時間くらい前からきてたけど、まだ見ませんよ」

芝田が答えた。

「お前はいつ出てきたんだ」

腰木は芝田にむかった。

「昨日です」

「保釈か」

「ええ、保釈金を三万に値上げされました。この前は二万円だったんですがね」

「三万なら安いものだ」

腰木は不機嫌に言った。さんざん苦労して検挙したかと思うと、もう保釈金を積んで釈放されているのだ。こういう連中は、罰金刑を言い渡され、罰金を払えば、それで貸借勘定が消えたくらいにしか考えてない。

「トン公が何かやったんですか」

赤座は、腰木と安田に応接用のソファをすすめ、自分もむかい合って腰をかけた。

「昨日の夕方、組長《おやじ》さんの代理だといって、関口の差入れにきたよ」

腰木が言った。すすめられたソファに腰かけず、立ったままだった。

「へえー、トン公にしては、気のきいた真似をしたもんだな。関口のやつ、喜んだでしょう」

「お前さんが、彼にやらしたんじゃなかったのかい」

「いえ、わたしは自分で行くつもりで、トン公には別に言いません」

「ほんとうか」

「ほんとですよ。トン公の差入れがどうかしたんですか」

「どうしたかという話はあとにしよう。関口は何か危《ヤバ》いことがあって逃《ふ》けたと言っているが、久我組あたりと喧嘩《でいり》でもあったのかね」

「知らないな。このところ、みんなおとなしくさせてあるはずだし、喧嘩があったなんて話は聞きませんね」

「何も喧嘩じゃなくてもいいんだ。関口がまずいことをやったというようなことがあったら、そいつを聞きたい」

「…………？」

赤座は思い当ることがなさそうだった。そして、

「お前は何か聞いてないか」

芝田にきいた。

「聞きませんね。とにかく、おれは昨日拘置所から出たばかりだし……」

「ちょっと見当がつかないな」

赤座はまた腰木にむかった。

「逃《ふ》けたってのは、例の恐喝《カツアゲ》でパクられそうになったからじゃないんですか。それに、本当かどうか知らないけど、関口の野郎は、お宅の徳持さんを殺《や》ったって話だし……」

「関口が徳持を殺ったって話は、どこから聞いたんだ」

「刑事《デカ》さんの動きをみていれば、その位のことはわかりますよ。徳持さんの殺られた記事が新聞にでたとたんに、刑事さんが入れかわり立ちかわり、わたしのところへもやってきましたからね」

「どうして、関口は徳持を殺ったと思う?」

「わかりませんね。関口のやつ、全く仕様がねえ野郎だと思って恐縮していました」

「その仕様のねえ関口が、昨日の夕方死んでしまったよ」

腰木は言葉の効果をはかるように、ゆっくりと、赤座の眼を見つめて言った。

「関口が死んだ?」

赤座はひきつったような声で聞き返して、生唾を飲んだ。喉仏が上下して、あとは言葉を失ったように、二人の刑事の顔を見つめるばかりだった。

「ほんとですか」

赤座はようやく言った。

「千葉が持ってきたコーラを飲んで、おれたちの眼の前で死んだ」

「………」

「千葉は、そのコーラをお前さんに言われて持ってきたと言っている」

「いい加減なことを言っちゃいけませんよ、腰木さん。冗談じゃない。トン公のやつ、どこにいるんですか。引っぱってきて、とっちめてやる」

「とっちめたいのは、こっちの方だ。昨日の夕方、千葉はコーラとバナナを差入れに現れたっきり、どこへ消えたのか行方がわからない」

「自分の家《ヤサ》にいないんですか」

「昨夜はとうとう帰らなかったんだ」

「どこへ行きやがったんだろう」

「本当に知らないのか」

「知りませんよ。わたしは昨日の午後四時に東京駅を発って、ついさっき帰ってきたんだ。疑うなら、熱海の旅館を調べてもらってもいい。関口への差入れをトン公に頼んだなんて、とんでもねえ言いがかりだ」

「それでは、千葉はどうしてそんなデタラメを言ったんだ」

「知らないね。わたしが知るわけないでしょう」

「二階へ上らしてもらえるかな」

「いいですよ。どうぞお上んなさい。お千代もいますから、熱海のことを聞いてみたらいいでしょう」

赤座は先に立って、事務所の奥から二階へ通じる階段を上った。

赤座の妻千代子は坐椅子にもたれて、ぼんやりしていたらしかった。膝を直して立上ると、

「あら、いらっしゃい――」

腰木と安田をみて驚きながらも、愛想笑いを忘れなかった。あかぬけた和服の着こなしは前身を思わせるが、近所づき合いはいいし、子分たちの面倒もよくみるというので、評判のいい女だった。

部屋数は三間、六畳の二間つづきに、寝室が別になっている。赤座はまず、三間の境の襖《ふすま》を開けひろげると、つぎつぎと押入れをあけ、洋箪笥《ようだんす》の扉を開いた。千葉を隠していないことを見せたかったらしい。

「結構ですよ」

ダブルベッドの、赤い花模様の掛蒲団まで見せられて、腰木刑事はバツが悪そうに言った。

「お前、トン公がどこにいるか知らないか」

赤座は千代子に言った。

千代子は眉をよせた。知らないようだ。

「どうも失礼しました」

腰木は千代子に頭をさげ、赤座にも、

「千葉をみた者がいたら知らせてください」

安田刑事の肩を叩いて、階下へ降りた。

そこへ、赤座組のチンピラが三人現れ、肩先をすくうように挨拶をした。

「千葉をみなかったか」

腰木は早速きいた。

「さあ……」

三人は顔を見合わせた。

「今日は見ませんね」

三人のうちの、いちばん背の低い太った男が、代表するように答えた。

「おれも見なかった」

となりでタバコをくわえていた男がつづけた。もう一人の痩せた男も、首を傾げて、千葉をみていないようだった。

「昨日は？」

今度は安田がきいた。

「おひる頃、ビンゴ・ホールの近くで会ったけど、それっきりだな」

タバコをくわえた男の答である。

「そのとき、千葉とは話さなかったかい」

「いえ、嬉しそうに歌かなんか歌ってやがって、ヨーとかなんとか挨拶して行っちまいました」

「おれが会ったのは、おひる前だったかな。ソープセンターでいっしょになったんですよ。そして、今晩マージャンをやるからこいよなんて言ったら、行くから場所をとっといてくれなんて言ってたけど、それっきりだな、マージャン屋で待ってたのに、トン公のやつ、とうとうこなかった。そうだったよ、な」

背の低い太ったのが、痩せた方を見て同意を求めた。

「トン公の言うことは、いつだってアテにならないんですよ。あいつは、約束したって忘れちまうんだ……」

痩せた男も、結局は昨夕来、千葉に会っていなかった。

腰木と安田は、赤座不動産をでた。

バナナの買入先については、駅の南口マーケット内の八百富という八百屋で、午後六時頃、千葉が自分でもそう言ったように、三百五十円の房を三百二十円にまけさせて買ったことが、すでに瀬尾刑事によって確かめられた。そのとき、千葉が二本のコカコーラの瓶をさげていたことも判明している。

ところが、その肝心のコーラについては、数組の刑事が買入先を探し歩いているが、いっこうに手がかりがなかった。千葉の失踪という事実をみれば、コーラに初めから毒薬が仕込まれていたと考えることはできない。どこかで買求め、そして差入れにくる途上において、毒薬を仕込んだことは確かなのだ。

関口が飲みかけたコーラの残りと、他の一本にも含まれているにちがいない毒物の名は、腰木と安田が署をでるとき、まだ科学捜査研究所の回答がきていなかった。

しかし、赤座不動産を訪ねても、終始沈黙がちだった安田刑事の胸は、すでに千葉の失踪を知ったときから、不吉な予感に苛《さいな》まれていた。

「赤座はシロらしいな」

腰木刑事が雲の厚い空を見上げて言った。

安田は返事をしなかった。

一八

安田刑事は、一つの仮説を追うことに没頭した。

まず、千葉の失踪をどう解釈すべきか。果して、コーラに仕込まれた毒薬は、千葉の手によるものなのかどうか。もしそうだとしたら、彼はなぜ関口を殺さねばならなかったのか。そして、もしそうでなかったとしたら、彼は何者に頼まれてコーラの差入れに現れたのか。赤座の言葉を信ずるなら、千葉は、差入れの依頼人は赤座だという嘘をついている。その嘘は彼自身の創作か、他の何者かに指示されたのか。とにかく、千葉には関口を殺す理由が見当らないし、コーラに毒薬が仕込まれていたことは、彼の全く知らないことだったとも考えられるのである。差入れに現れたときの様子がそうだし、彼には関口を殺すだけの、度胸も知恵もあるとは思えないのだ。

これを逆に、殺された関口の側から考えてみる。刑事殺しの犯人として逮捕された彼は、放っておいても死刑か無期懲役だろう。強いて仲間の手をかりて、殺されるまでのことはない。殺す方でも、無用の危険に手をだしたということになる。なぜか。殺人者は、なぜ関口を殺さねばならなかったのか。ここで重要なことは、関口が徳持殺しをまだ自白していなかったということである。そして、死んだことにより、永遠に自白できなくなったということだ。とすると、犯人の目的は、関口の自白を阻むためではなかったろうか。自白されては困るからだ。そいつもまた、徳持殺害に深い関係をもっていたからである。

徳持が殺された日、千葉には明確なアリバイがあった。彼が徳持殺害に関係しなかったことは、認めてやっていい。別所ひろ子の所在を洩らし、関口逮捕の端緒をつくったのが、ほかならぬ千葉なのだ。千葉が関口を殺したとみるのは、どう考えても無理だ。彼は、何者かにコーラの差入れを頼まれ、すでに毒薬が仕込まれていると知らずに、コーラを受取ってしまったのではないか。

とすると、千葉の失踪はただの失踪ではない。千葉を利用して関口を殺した犯人は、今度は千葉の口をふさぐ必要に迫られたはずである。

「千葉は殺されているかも知れませんね」

安田刑事は腰木に言った。

「相手は誰だと思う」

腰木刑事は聞き返した。彼も同じ考えを追っていたらしかった。

「コーラに毒を入れたやつですよ。そして、関口といっしょに徳さんを殺ったやつだ。ことによると、ぼくらは大へんな誤解をしていたので、徳さんは関口とグルどころか、その正反対だったのかもしれない」

安田は思い切って言った。関口が殺され、千葉が消え去って以来、考えに考えつめてきたことだった。それは、かつて、徳持の行方がさわがれたとき最初に考えたことだった。

「正反対というと……?」

腰木は不審そうな眼をした。

「徳さんは、関口を追っていたと思いませんか。徳さんは関口と幼馴染だった。捜査情報が洩れるたびに、関口を追っていたと思いませんか。徳さんは関口と幼馴染だった。もしそれが無実なら、徳さんは苦しかったろうと思う。徳さんに面とむかって、その疑いを質《ただ》す者はいなかったから、徳さんは自分から弁解するわけにもいかなかった。それに、口先の弁解が何の役にたつだろう。疑いを晴らすには、徳さんの蔭で疑いを免れている者をつきとめるほかはない。そのためには、まず関口の犯罪《ヤマ》をつかみ、逮捕して自白させること、それだけが唯一の方法だった。非番の日や退庁後に、徳さんが赤座不動産にいたり、ソープセンターの付近をぶらついていたということなども、彼が関口のシッポをつかもうとしていたのだと解釈することができる。そのうち、野見山収の告訴により、関口に逮捕状がでた。徳さんは担当させてもらえなかったが、関口の逮捕には大きな期待を持ったと思います。ところが、逮捕状を執行する間際に、関口は素早くずらかってしまっていた。これまでの情報洩れとちがって、今度こそ、警察内部に関口の通謀者がいることは否定しようがなかった。疑いの眼は、またしても徳さんに向けられた。徳さんの立場は悪くなるばかりだった。もはや絶対に、自分の手で関口を逮捕しなければならない所に追いこまれたんです。むろんこれは仮説にすぎないけれど、もし疑いが無根なら、ぼくだって同じ立場に追いこまれたにちがいない。――そして事件の当日、徳さんは富士見町へストークのマダムを訪ね、偶然付近を歩いていた関口を発見したのではないだろうか。徳さんは、その関口を尾《つ》けて富士見ホテルへ行き、彼を逮捕しようとしたんだ。そして、その場にいた関口ともう一人の男に、殺されたのではないかと思う。腰さんはそう思いませんか。ぼくにはそうとしか考えられなくなってきた」

「……しかし」

腰木はしばらく考えこむように沈黙してから言った。

「関口はなぜ徳さんを殺したのかね。彼の容疑は、殺しをやってまで逃げねばならないほどのものではなかった。野見山を恐喝した事件だけなら、せいぜい半年か一年位の懲役で、うまくいけば執行猶予がつく。初めから逃げずに逮捕されたって、大したことじゃなかったはずだ。それなのに、彼は重罪犯人のように逃亡し、挙句は現職の刑事である徳さんを殺してしまった。おれも徳さんを関口の仲間《レツ》だったとは考えたくなかったのだが、どうしてもその点が理解できずに、やはり仲間割れで殺されたとみるほかなくなったんだ。富士見ホテルに関口といたもう一人というのは、わかっているのか」

「わかりません。しかし、関口の殺されたことが、その存在を証明しています」

「うむ」

腰木は低く唸った。

「千葉みたいなウスノロが、留置中の関口を殺すなんて器用な真似ができるわけはないな」

「逮捕状のでたことを洩らして関口を逃亡させたのが、徳さんじゃなかったと仮定すると、ほかに関口のほんとうの仲間がいたとみなければならない。おそらく、そいつはわれわれの周囲に、あるいはわれわれの内部にいるのかもしれない。関口に逮捕状のでたことを知っていた者は限られているし、逮捕された彼が、黙秘権を使っていたことを知る者の範囲も限られている」

「ちょっと待てよ。どうしてもそういうことになるのかね」

腰木は緊張した顔で、頭の中を整理できずに戸惑っているようだった。

「徳さんを殺したあと、関口はフロント係やメイドに顔を見られているから、逃亡せざるをえなかった。しかし、共犯のもう一人は、顔をみられていないので、その場さえずらかれば、あとは平気な顔をしていることができる。もし、腰さんにアリバイがなければ、ぼくは腰さんも容疑者の中に入れます」

「厭なことを言うなよ。徳さんの殺された日、おれはずっと安さんといっしょだったじやないか」

「だから、疑いませんよ。ぼくは自分のアリバイによって、腰さんを信じることができるんです。そして、腰さんだけは信じていいと思うから、こうして話しているんです」

「すると、おれ以外の者で、関口の逮捕を知っていた者を全員疑おうというのか」

「一応そのとおりです。しかし、刑事課長は大丈夫でしょうね。課長は、野見山収の告訴をうけて、関口の逮捕に踏み切りました。もし、課長と関口との仲が最初からくさければ、告訴をもみ消すことができたはずです」

「森戸係長はどうなんだ」

「疑います。菅井部長も疑わねばならないし、瀬尾さんも阿部くんも同様です。そのほか、関口と組んで通謀しうる者は、捜査係の全員にわたるでしょう。関口の逮捕状をとったことは、特に署内で秘密とされていたわけではない。関口がパクられたら自分との仲もバレると思って、誰かが彼を逃亡させたんだ。そして関口が逮捕されると、今度は徳さんを殺したのがバレてしまうと思い、関口が黙秘権をつかっているうちに、千葉を利用して殺したんですよ。もし、関口とグルになって、野見山の恐喝に一役買っていたやつが警察官でなかったとしたら、富士見ホテルで徳さんに追いつめられたとしても、徳さんを殺さなくてよかったはずだ」

「――――」

腰木刑事はもう何も言わなかった。安田と肩をならべて歩いていたのが、ややもすれば遅れがちになった。

安田刑事は、腰木に合わせて歩度を緩めた。

「今の話は、しばらく腰さん一人の胸にしまっておいてください」

安田は言った。犯人を警戒させてはならないからである。あるいは、安田の考えたことは杞憂《きゆう》にすぎないかもしれない。そうであってくれればいい、と安田自身も思う。しかし、安田と同じように、すでに犯人内部説をたてている者がほかにいるとも考えられる。そして、誰がそのように考えたにしても、それは迂闊《うかつ》に口にできることではないのだ。昨日今日の、捜査本部の重苦しい空気は、単に関口が毒殺され、千葉の行方が知れないというだけの原因ではなく、互いに同僚の一人一人を疑い、疑心暗鬼にとらわれているからではないのか。

すべての人物を疑え——これは捜査というものの非情な一面である。

「ぼくは、みんなのアリバイを洗ってみます」

安田は本気にそう考えて言った。徳持がホテルで殺されたとみられる時刻——森戸係長は署内にいたらしい。菅井部長は所在捜査のため赤羽へ行っていた。瀬尾刑事は証人として地裁の法廷にでていた。阿部刑事は、当直なので外出しなかったという。これらのすべてを疑わねばならない。本人に気づかれないように、アリバイを洗うのである。

贈収賄者から事件の揉《も》み消しを頼まれて収賄していた刑事、悪徳弁護士と組んで恐喝を働いていた刑事、ヤクザに情報を流して謝礼をもらっていた刑事……貧しい生活の中で、さまざまの誘惑に耐えかね、ついに自分の身を滅ぼしていった同僚の例は、安田が身近に聞いただけでも五指を越えていた。そのたびに安田がみせつけられるのは、人間の醜さというよりも弱さだった。多くの被疑者を取調べる刑事生活から学んだことも、同じく人間ゆえの弱さである。そして、自分もまた弱い人間の一人だと思う。この弱さは憎むべきなのか憐むべきなのか、それとも、いたわりに満ちた愛を注ぐべきなのか。安田には分からない。彼は自分の心をも含めて、人の心が信じられなくなっている。彼の場合、刑事という職業に烈しい嫌悪を抱くのは、そんなことを考えるときだった。

——誰が犯人であっても、驚くことはない。

彼は自分の胸に言いきかせた。

一九

本署に戻ったのは、午後三時頃だった。

「みんな第三小学校へ行きましたよ」

安田と腰木の顔をみて、受付係の巡査が言った。

「第三小学校？」

腰木が聞き返した。

「千葉の死体が見つかったそうです」

「行こう」

腰木刑事はせっかちに飛び出した。「運動場の北側の、林の中ですよ」と巡査が付加えたが、それはあとにつづいた安田だけが聞いた。

町のはずれの、赤土の崖を背にした第三小学校まで、普通に歩いて約十分の道のりを、二人は寸秒も休まずに駆けとおした。若い安田は、腰木に足を合わせる余裕があったが、腰木の方は間もなく息が切れて、校門をくぐる頃には、足もとがふらついて今にも倒れそうだった。

校門を入ると左側の木造二階建が校舎で、その前面にアスファルトを敷いた運動場はかなり広く、右手東側の隅には金網張りのバックネットが立っている。北側のアスファルトのつきた所から向こうは雑木林で、高台の住宅地につづく。この雑木林を売払った金で、校舎裏の空地にプールを作りたいという案が、ＰＴＡの例年の議題として持越されているが、これには区会議員をしている土建屋の利権が取沙汰されていて、実現に至っていない。

運動場にほとんど子供たちの姿がないのをみて、安田は初めて今日が日曜日だったことに気づいた。

黒塗りの乗用車が停まっているのがみえる方向へ、二人は運動場を斜めに渡った。三十メートルほど奥の林に、野球をしにきていたらしい少年たちの、野球帽をかぶった姿がかたまっていた。それから先は張番の巡査にさえぎられているのだ。その向こうに数人の刑事、大沢刑事課長の大きな体も見えた。

それらの刑事たちに囲まれ、千葉の太った体は仰向けに横たえられていた。唇を歪めるように開き、苦しそうな死顔だった。喉首を走る紫色の深い索溝は、締めつけた犯人の力を示していた。兇器は細紐様のものらしかった。

「発見者は？」

安田は近くにいた阿部刑事にきいた。

「瀬尾さんです。そこの井戸の中に、放りこまれていたそうです」

阿部は、死体のすぐ脇の古井戸を指さした。土管の直径約一メートル、雑草の生い茂った地上から、直径と同じ高さくらい突出ているが、とうに汲む者もないままに水は涸《か》れ、石ころやゴミ、土くれなどがつまって、土管の外と同じように茂った雑草が見えた。すでに、深さは二メートルとなかった。

その古井戸の向こう側で、瀬尾刑事が菅井部長に死体発見の模様を話していた。森戸係長の姿がまだ見えなかった。

安田は瀬尾の話を聞くために近づいた。

「しかし、どうして死体がこんな所にあると分かったんだ」

菅井部長の口調は、訊問するときのように厳しかった。

「どうしてということはないんですが」

瀬尾は流れ落ちそうな額の汗を、右手の甲で拭った。まるい鼻の両脇にも、びっしり汗をかいていた。顔がほてっているように赤い。

「千葉がいなくなったのは、ことによると殺されたんじゃないかと考えたんです」

「なぜだ」

「なぜってこともないのですが、関口を殺《や》るなんて千葉にしてはできすぎているし、千葉が誰かに利用されたとすると、その利用したやつは千葉の口をふさぐだろうと思いました」

「それで、この古井戸に当りをつけたのはどういうわけだ」

「ふいに思いついて、ここなら死体の隠し場にもってこいじゃないかと考え、一応、確かめておこうと思ってひょいと覗いたら、千葉が死んでたんです。びっくりしました」

「予想してきたのなら、びっくりすることないだろう」

「それでも、やっぱりびっくりした。まさかと思ってたんです」

「千葉を見つけたあと、みんながくるまでそのままにしておいたんだな」

「そうです。すぐに本署へ電話をしてここに戻り、みんながくるまで待ちました」

「しかし、井戸の底はかなり暗い。それで、よく千葉だということが分かったじゃないか」

「それは分かります。真っ暗なわけじゃないし、マッチをすってみれば、千葉だということくらいは体の恰好だけでも分かります」

被疑者に対するような部長の聞き方に、瀬尾はさすがにムッとした顔で答えた。

「ふむ」

部長は不機嫌そうに眉をしかめて頷き、やや離れた林の中で、犯人の遺留品を探しているらしい刑事の方へ行ってしまった。

菅井部長もやはり犯人が警察部内にいると考え、死体発見者の瀬尾を疑ったのだろうか。そのいわれがないならば、瀬尾が怒るのも当然だった。

「よく見つけましたね」

安田刑事は、瀬尾をねぎらうように言った。千葉の死体を発見したことは、瀬尾の殊勲である。本来なら、讃嘆の言葉をおくるべきだった。しかし安田は、そこに言い知れない抵抗を感じていた。

「不愉快な野郎だ」

瀬尾は菅井部長の立去ったあとを見送り、吐きだすように呟いた。

「今頃こんなことを言っても始まらないが、実は、ぼくも千葉が殺されたと考えていた。しかし、この古井戸には気づかなかった」

安田はやわらかに言った。

「ひょいと思いついて覗きにきてみたら、千葉のやつが放りこまれていたんだ。それだけのことで、おれの手柄でも何でもない。おそらく、部長だって、千葉みたいなウスノロが関口を殺ったと思ってなかったろう。とすれば、やつが殺されていると考えるのは当り前なんだ。その当り前のことに対し、菅井の野郎は厭な口の利き方をしやがった」

瀬尾は部長の方を睨《にら》みつけた。侮辱され、その場で反抗しえなかった者の、卑屈感を怒りにまぎらせようとする眼だった。

「絞殺らしいけど、首に紐は巻かれてなかったのか」

安田は質問をつづけた。

「いや、本部の連中がきて、いっしょに死体を引揚げたときからあの通りだ。麻縄みたいな物でやったのだろうが、犯人がはずしていったにちがいない」

安田に答える瀬尾の様子は、まだ部長への怒りが鎮まっていないようだった。

そこへ、腰木刑事の声が安田を呼んだ。

「ちょっときてくれ」

腰木は死体を離れて、林の中に立っていた。そして運動場の方へ戻ろうとしているようであった。

安田は追いついた。

「コカコーラの中の毒薬がわかったらしいよ。スコポラミンだ。今、鑑識の新井さんが課長に報告している」

腰木は言った。

「スコポラミン……」

安田は呟いた。頭の中で、大きな蜂が唸っているような感じだった。

「そうだ、スコポラミンだよ。何か思い出さないか」

「うむ」

安田は死体現場の方を振返った。そして、視線を戻すと黙りこんでしまった。スコポラミン——致死量0・005乃至《ないし》0・01グラムという劇薬である。水溶性の白い粉末で、麻酔、鎮痙、散腫、血管収縮などの作用があり、心臓病や悪阻《つわり》、モルヒネ中毒などの鎮吐剤として、あるいは喘息《ぜんそく》発作の鎮静、手術麻酔、嗜眠《しみんせい》性脳炎等の治療に広く用いられている。ただし、それはごく微量を溶液に溶かして用いるので、量を誤れば、直ちに中枢神経が麻痺して死に至らしめる。そこで、一般の治療用としては、適量を調合した薬が製薬会社によって製造されているが、原剤もまた、それぞれの目的に応じて、あるいは研究用として用いられている。

野見山収に失恋して自殺した看護婦、染谷幸江はこの劇薬を勧めていた小松医院の調剤室から盗み、服毒して命を絶ったのである。

スコポラミン、この劇薬の名の記憶は新しかった。青酸カリや昇汞《しょうこう》のように、工業用に用いられ手に入りやすい毒物とちがって、利用者は医療関係に限られる。

「どう思うね」

腰木は、安田の返事を待っていた。

「染谷幸江が自殺したとき、瓶に残っていた毒薬をどうしたか覚えてますか。毒薬は半分以上残っていたし、その瓶は、医者から任意提出書をとって警察に持ってきたはずだ」

安田は言った。

「小松医院に返したんじゃなかったかな」

「いや、ぼくは覚えがありません」

「監察医務院には持っていかなかったのか」

「持っていったけど、すぐ返ってきましたよ。そのあと、証拠品の保管棚に入れたことだけは憶えているが……」

「それじゃ、まだ保管棚に放りこんであるのかな」

「そう思いますか」

「そう思わないのか」

「あるいはそうかも知れない。しかし、中身はかなり減っているはずですね。とにかく、署に戻って毒薬瓶があるかどうか調べてくれませんか。今なら、署へ行っても捜査の連中は誰もいないから好都合だ。ぼくは、小松医院へ行ってみる」

「そんな勝手に動きまわってかまわないのか」

「かまうもんですか」

安田刑事は腰木の肩を押すようにして、検視の始まった林の中の死体現場をあとにした。

二〇

小松医院は夫婦とも医者で、看護婦が三人、内科、小児科、産婦人科と三つの診療科目を掲げ、個人経営の医院としては入院設備も整っており、警察や小中学校の嘱託医を兼ねて評判がよかった。

院長の小松久俊は往診にでかけるところらしかったが、快く診察室のとなりの書斎へ迎えてくれた。待合室には病弱そうな女が赤ん坊を抱いていたし、診察室では、妻の秀子が患者を診ていた。

「毎日お忙しくて大へんでしょう。事情はよく知りませんが、徳持さんはほんとにお気の毒でした」

久俊は親しみのこもった口調で話しかけ、安田に椅子をすすめた。きれいな総白髪だが、まだ五十歳を越えたばかりだ。ほどよく太っていて、やさしい落着きのある態度は信頼感を抱かせる。安田刑事も風邪をこじらして診てもらったことがあるが、触診の指先にも、ゆたかな経験が感じられるのである。

「早速ですが――」

安田は話を急いだ。

「こちらの看護婦さんが自殺されたとき、スコポラミンの瓶をお預りしましたけど、お返ししたでしょうか」

「いえ、まだ返してもらわないはずですが、何でしたら、家内にも確かめてみましょうか」

「お願いします」

安田は頭をさげた。

「一応調剤室の方も調べてみましょう」

久俊は気さくに腰をあげて出ていったが、間もなく戻ってきた。

「やはり、返して頂いてませんね。家内も看護婦も覚えがないというし、調剤室にも見当りません」

「そうですか。それなら監察医務院におくって、それっきり忘れていたのかもしれません。お手数をかけました」

「あの薬のことで、何か事故があったわけじゃないでしょうね」

「いえ、ちょっと気になって、お訊ねしただけです。実は、例の看護婦さんのことで何ったんですが……」

「染谷くんのことですか」

「そうです。染谷さんが自殺された理由を、先生はご存じだったでしょうか」

「それは知ってますよ。わたしはお宅の課長さんから、遺言の内容について聞かれましたからね」

「奥さんはどうでしょう」

「家内も知ってるだろうな。多分わたしが話した」

「看護婦さんたちは？」

「看護婦やお手伝いは知りません。課長さんに口止めされたので、家内のほかは誰にも話しませんでした。野見山という男には腹をたてたが、結局は彼女がバカだったというほかないでしょう。おとなしくて、いい娘だったんですがね」

「最後にもう一つお訊ねします。理由も話さずに質問ばかりで恐縮ですが、患者のカルテはみんな保存してあるでしょうか」

「あります。一度でもうちにきた患者なら、あんたのように風邪をひいて一度だけしか来なかった人でも、ちゃんとカルテが残っていますよ」

「たとえば、扁桃腺が腫れてルゴールを塗ってもらったというだけの人でも」

「もちろんです」

「それでは、関口隆夫という男をご存じないでしょうか」

「知ってます。赤座のところに出入りしているヤクザでしょう。彼が殺されたことは、今朝の新聞で読みました」

久俊は淡々と答えた。かなり好奇心は動いているらしいが、刑事の職業を理解しているので、質問したい気持を押さえているのである。

「関口がこちらのご厄介になったことはありませんか。本人は扁桃腺が腫れて、看護婦さんにルゴールを塗ってもらったと言っていたのです」

「さあ……？　わたしは記憶がないが、あるいは、家内が診ているかもしれない。診察ぬきで、勝手に看護婦にやらせたりすることはありませんからね。ついでに、カルテがあるかどうか調べてみましょう」

久俊はまた部屋をでていった。

今度は二十分近く待たされた。現れたときは、妻の秀子もいっしょだった。秀子は白い診察衣を着ていた。女性も一つの職業にうちこんで五十歳になると、男の医者に劣らぬ貫禄があった。夫の久俊同様に体格のいいせいではない。髪に一本の白髪も見えず、広い額の生え際が美しかった。

「関口という男は、うちにきたことがありません。カルテもないし、看護婦たちも覚えがないと言っています」

秀子が言った。

すると、関口はなぜあのような嘘を言ったのか。

「それから染谷くんの自殺した理由については、家内もいっさい喋っていないそうだ」

久俊が口を添えた。

「ほんとに、誰にも話しませんでしたけど……」

秀子は不安そうに眼を細めた。昨日殺された関口のことなので、安田の来意が気がかりなのは無理もなかった。

「ありがとうございました。あとは別のことで看護婦さんたちに訊ねたいことがあるのですが、よろしいでしょうか」

「もちろん結構ですよ。三人ともいっしょに呼びますか」

「いえ、できたら一人ずつ順番にお願いします」

「わたしはもういいですか」

「お忙しいのに、ほんとにありがとうございました。詳しいことを、いずれはお話できるようになると思います」

「気にしなくていいですよ。それじゃ、わたしは出掛けるので失礼します。ほかに役に立つことがあったら、遠慮なく家内に言ってください」

久俊は、ついに厭な顔ひとつ見せず、それは秀子も同様だった。捜査にいけば、迷惑がられて冷くあしらわれるのが普通で、ここの夫婦のように協力的なのは、全く珍しいのである。安田刑事は心から感謝した。

小松医師夫婦と入れかわりに、看護婦のユニホームを着た十七、八歳の少女が現れた。小柄だが、赤い頬いっぱいに小粒のニキビが吹きでて、いかにも元気そうだった。

「関口という男を知りませんか」

安田はきいた。

「いえ、さっきも先生に聞かれたんですけど、あたしは顔をみたこともありません」

看護婦は物怯じせず、はっきりと答えた。

「染谷さんのことはご存じですね」

「はい」

「なぜ自殺したか知ってますか」

「いえ、調剤室の劇薬を服《の》んで死んだということは聞きましたが、ほかのことは知りません」

「遺書があったかどうかということは？」

「知りません」

「それでは、どうして染谷さんは死んだと思いますか」

「ノイローゼじゃないんですか。先生はそう言ってましたけど」

「以前からノイローゼの徴候があったんですか」

「それほどひどいと思わなかったんですが、始終いらいらしてるみたいで、何でもないことに怒ったり泣いたりするので、おかしいとは思っていました。もとはおしゃれだったし、冗談を言って笑ってばかりいたのに、急にお化粧をしなくなり、むっつり考えこんでいて、あたしたちが冗談を言っても笑わなくなってしまったのです」

「なぜだと思います」

「わかりません。失恋したんじゃないかしらなんて話し合ったこともありましたけど、誰に失恋したのかわからないし、もともと神経質な人だったから、それでノイローゼになったのではないかと思います。下宿先のとなりが工場で、うるさくて眠れないって、よくこぼしていました」

「恋愛していた様子はあったんですか」

「ええ、相手がどういう人かはわかりませんでしたけど、それは何となく様子でわかります。一時は、毎日が愉《たの》しくてしようがないみたいでしたわ」

「テレビ俳優の野見山収という男を知ってますか」

「はい」

看護婦の表情が動いた。安田を見つめる眼が、次の言葉を待っていた。

「こちらに入院していたことがありますね」

「はい」

「そのとき、野見山と染谷さんとの仲に、何か気づいたことはありませんか」

「…………」

安田を見つめたまま、驚いている眼だった。

「あんたたちの、噂になったこともないんですね」

「全然知りませんでした」

「それでは、野見山とでも誰とでもいいんだが、染谷さんが男と歩いている姿、あるいは、男と喫茶店にいる姿を見たことはありませんか。見たという人の噂でも結構です」

「…………？」

全く知らない様子だった。

安田は次の看護婦と交替してもらった。やはり同じだった。染谷幸江の自殺の原因については、真相の一端にも触れていなかった。そして、三人目の主任看護婦も、最後に呼んだ若いお手伝いも、野見山の名が安田の唇を洩れると、一様に驚嘆の眼差《まなざ》しを向けるばかりだった。

関口は、染谷幸江の遺書内容を誰に聞かされたのか。

安田刑事は小松医院を辞去した。

二一

小松医院の帰途、安田刑事はもう一度赤座不動産へ寄った。

赤座は事務所の奥にいたが、安田をみると飛び出してきた。

「千葉が殺られたじゃないですか」

赤座はさすがに耳が早かった。

「首を締められていた」

安田は言った。

「おどろきましたね、話を聞いて、すぐ第三小学校へ行って今もどったところなんだが、死体は見せてくれなかった」

「当り前さ。死体は見せ物じゃない」

「誰が殺ったんです」

「それを聞きにきたんだ」

「わたしに?」

「そうだ」

「冗談言っちゃいけねえ、温泉から帰ったばかりなのに、知るはずないでしょう」

「小松医院の看護婦が自殺したわけを知ってるかい」

「わけがあったんですか」

「聞いてるのはおれの方だ」

「……知りませんね。あの看護婦のことは新聞にでたのも気づかなかったくらいで、関口が逃《ふ》けたとき、腰木さんからほんのちょっぴり事情を聞かしてもらったけど、なぜ自殺したかなんてことは教えてくれなかった」

「ほかの連中はどうかな」

安田は、事務所の奥にかたまっていた四人の子分に近づいた。

同じ質問をした。

しかし、染谷幸江の自殺理由を知っている者はなかった。

安田は本署に戻った。玄関の階段を上りかけたとき、反対側の第三小学校の方からやってきた新聞記者の三谷が声をかけた。

「千葉の写真はありませんか」

「ないな。赤座のところへ行ってみたらどうだい」

「ありがとう」

三谷は片手を拝むように上げ、忙しそうに踵《くびす》を返した。

「ちょっと――」

安田は追いかけた。

「例の小松医院のことなんだが、彼女が自殺した理由を知ってますか」

「いや」

三谷は不審そうに首を振った。

「それがどうかしましたか」

「知らなければそれでいいんだ」

「気持がわるいな。それが千葉の殺しに関係しているんですか」

「全然別の話だ」

「くさいな。洗ってみますか」

「いいんだ。大したことじゃない」

安田は三谷を置去りに、階段を駆上った。振返ると、三谷は動かずに立っていて、また安田に声をかけそうにした。

安田は逃げるように一係へ行った。三谷は追いかけてこなかった。腰木刑事が、誰もいない部屋に、難しい顔をして待っていた。

「ありましたか、スコポラミンの瓶は」

安田は言った。

「あったよ。しかし、かなり量が減っているな。保管棚につっこむ前の量をはっきり覚えているわけじゃないが、そんな気がする」

腰木は、眼の前の机に置いた小瓶を、見つめながら言った。

安田も、以前の量をはっきり覚えているわけではなかった。しかし、関口の死因がスコポラミン中毒だったということから推せば、この小瓶の中身は減っていなければならなかった。

「誰かが、この中身を盗んだと考えていいでしょうね。保管棚の鍵は、捜査係の者なら誰でも自由に使うことができる」

「うむ」

「小松医院の看護婦たちは、染谷幸江が遺書を残したことさえ知らないし、関口を知っている者もいない。関口がルゴールを塗ってもらったとか、染谷から直接野見山のことを聞いたという話は全部でたらめのようです」

「うむ」

「今、玄関のところで記者クラブの三谷に会いました。彼も、染谷が自殺した理由は知らないと言っている」

「うむ」

腰木は唸ってばかりいる。

「新聞記者でさえ知らなかったくらいの、つまり、警察部内者以外は誰も知らなかったはずの野見山と染谷幸江との関係を、なぜ関口が知ってたんですか。彼は幸江の遺書をタネに、野見山を脅していた。そして逮捕状がでると、ネコの匂いを嗅いだネズミのようにズラかってしまった。明らかに、彼に逮捕状のでたことを知らせた者がいるんだ。

しかも、そいつは断じて徳さんではない」

「うむ」

腰木は腕を組んだ。しばらく沈黙が流れた。

「昨日、千葉が差入れにきたのは、夕方の六時半頃だったな」

腰木がようやく言った。

「そうです。ぶつぶつ愚痴をこぼして帰っていったのが午後六時四十分か五十分頃、あたりはすっかり暗くなっていた。警察をでた千葉は、誰かと待合わせるために、第三小学校の林の中へ行ったにちがいない。おそらく、差入れの駄賃を貰えるつもりでいったのだろう。第三小学校に千葉を呼出したやつは、毒入りのコーラを彼に渡し、ついでにバナナも買って関口の差入れに行くように命令したやつと同一人だ。そいつは、差入れを赤座に頼まれたと言えというような入智恵までしている。千葉は林の中で、駄賃の代わりに首を絞められた。検死官の意見を聞かなくても、犯行が昨夜だったということは、千葉の行方がつかめなかったことでわかる。コーラの差入れが済んだ以上、一刻も早く千葉を殺さなければならなかったのだ。関口が死に、そして千葉が捕れば、千葉はペラペラ喋ってしまう」

「……」

「関口がコーラを飲んで倒れたとき、部屋にいたのは、おれと安さんと菅井部長と「その三人だけです。しかし、大部屋の方には、課長がいたし、ほかにも三、四人いた」

「犯人は林の中で千葉を待っていたはずだから、あのとき、署内にいた者は疑う必要がないだろうな」

「そうはいきませんね。千葉を探しに行くふりをして、あとから第三小学校へ行くこともできる」

「妙なことを言うなよ。おれはすぐに千葉を探しに飛び出したが、まっさきに赤座のところへ行ったんだ。赤座は不在だった。そこへ、間もなく安さんがきたんじゃないか」

「だから、腰さんについては疑いません」

「それならいいが……」

腰木は本気で心配したらしかった。

「あのとき、いちばん最初に跳び出していったのは部長だった。どこへ行ったと思いますか」

「千葉のアパートだろう」

「信じますか」

「ちがうというのか」

腰木の顔色が変った。腫れぼったい眼をいっぱいに開いて、恐ろしい物を見るように安田を見つめている。

「わかりません」

安田は言った。

「千葉のアパートへ行くことは行ったでしょう。しかし、署を出てから真っすぐに行ったのか、途中、第三小学校に寄ってから行ったのかは分からない。帰ってきたのは夜九時頃だった」

「待てよ、もう少し落着いて話してくれ」

腰木は生唾を飲みこんだ。ゴクッという音がした。落着かないのは、腰木自身だった。

「菅井部長が、関口にヤキを入れたときのことを覚えていますか」

安田は静かな口調でつづけた。雑木林の中では、警視庁の鑑識課も到着して、検視がすすんでいる。安田や腰木がいなくなったことに、不審をもっている者もいるかもしれなかった。

「覚えているさ。つい昨日の夜明け前のことじゃないか」

「部長は猛烈なヤキを入れた。ぼくは、怪我をさせたら、どうするつもりかと思って、ひやひやしてみていた。そして一方では、なぜあんなにムキになってヤキを入れるのか不思議でたまらなかった。いくら怒っていても、異常だった」

「その点はおれも同感だ。最近はヤキなんてことは誰もやらないし、ヤキが署長に知れたら、それこそ左遷は免れない。表沙汰になればクビがとぶ」

「しかし、部長は平気でしたね。そして、ぼくに水を汲みに行かせ、腰さんには課長たちの様子を見に立たせた。あとに残ったのは、部長と関口だけです。二人きりになって、何を話したかは分からない。ぼくが水を汲んで戻ると、部長は汗を拭いていた。そして、それっきりヤキをいれなかった」

「うむ」

腰木はまた唸りはじめた。

「疑いだせば、まだいろいろなことがあった。科学捜査研究所で、小迫豊尊というホテルから消えた男のモンタージュ写真をつくるとき、ぼくは当然部長も立会うと思って誘った。しかし、仕事熱心で、いつも必ず立会うはずの部長だが、そのときは、係長やぼくが立会えば沢山だといって断っている。モンタージュ写真の作成には、ホテルのフロント主任やメイドが協力することになっていた。もし、徳さんの殺されていたホテルに、関口ともう一人の男がいっしょにいたとしたら、そのもう一人は、ホテルの誰かに姿を見られていることを恐れて、ホテルの従業員に会いたがらないでしょう。菅井部長は、関口の面通しでフロント主任やメイドたちが警察にきたときも、その場に立会わなかった。それからまだあります。千葉の死体が発見されたと聞いて、ぼくたちが現場へ行ったとき、部長は、瀬尾さんを被疑者を扱うような口調で訊問していた。本来なら、死体を発見した瀬尾さんの労を、ねぎらってやるのが当り前だ。ところが反対だった。瀬尾さんを怒らせるような口の利きかたをしていた。なぜか。お芝居ですね。関口にヤキを入れたときと同じで、自分の容疑をそらすために、わざとみんなの前で演じてみせた芝居ですよ。少し度の過ぎた芝居だった。部長自身、かなり興奮していたのだと思います。

それにもう一つ、部長が風邪をひいてかなりの熱をだしながら、欠勤しないのもおかしかった。殺しの捜査中だからといえば、日頃の部長の仕事熱心から推して、休まないのも当然とみることはできる。しかし、その熱心さも、今回に限っては、モンタージュ写真の作成や面通しに立会わなかったことと余りに矛盾するのです。おそらく、どんなに高熱があっても、不安で休んではいられなかったにちがいない。捜査本部にいれば、事件の動きはそっくり分かるし、自分の地位を利用して事件をかきまわすこともできる。そして、関口に黙秘権を使わせたり、千葉に毒入りコーラを運ばせ、関口を自分の眼の前で殺すこともできるんだ」

「そして最後が、第三小学校の千葉殺しか」

「多分」

「確信はないのか」

「ありません。しかし、それは赤羽へ行ってみれば分かります。徳さんが殺された日、菅井部長は、関口の所在捜査のため赤羽へ行ったことになっている。アリバイはそれだけだ。菅井部長は、平巡査から二十年がかりで叩きあげてきた部長刑事ですよ。偽装アリバイが、どんなに崩れやすいものかを知っている。疑われたら、もうおしまいなんだ。とぼけきることはできない。部長は、疑われることはないと信じているのでしょう。もし部長と関口とが仲間《レツ》だったとすれば、自分が情報を与えて関口を逃がし、その隠れ場所を知っているのに、いないとわかっている赤羽へ、関口を探しに行くわけがない。とにかく、ぼくは赤羽へ行ってきますよ。関口の両親に聞けばわかることなんだ」

「よし、おれもいっしょに行こう」

腰木は緊張した面持で立上りかけた。

そのとき、森戸係長の机の外線専用電話機が鳴った。安田が受話器をとった。

「もしもし」

鈍い、聞きとり難い声が伝わってきた。

「菅井部長はいるかい」

「部長は外出してますが、どなたでしょうか」

安田は答えながら、視線を腰木に走らせた。腰木は体をのりだして、息をつめている。

「どなたといわれるほどの者じゃないがね。部長がいねえとは残念だな。せっかく、トン公を殺《や》ったやつを教えてやろうと思ったのによ」

「トン公というのは、千葉のことですか」

「そうさ。おれは関口を殺ったやつも知っている」

「あんたは誰ですか」

「誰だっていいさ。部長がいなくては仕様がねえや。おれは部長に恩があるから、仲間を裏切って犯人《ホシ》を教えてやろうと思ったんだ。しかし運が悪いらしいな。もうじき、いい所へ行く汽車がでるんだ。犯人は、アの字がつくやつだと、部長に教えてやってくれ」

受話器を叩きつけるような音がして、通話が切れた。

「なんだ」

腰木がきいた。

「送話口にハンカチをかぶせたような声で、名前は言わなかった」

安田は会話の内容を伝えた。

「アの字がつくやつというと、赤座金次郎か」

腰木は戸惑ったような顔で言った。

「うちの署長もアの字がつきます。天野ですからね」

「しかし……」

「気にすることはありませんよ。電話をかけてきたやつは、菅井部長のことをスガエ部長と言いました」

安田刑事は、腰木刑事の笑いを誘うように微笑した。

二三

安田刑事は、腰木刑事とともにふたたび第三小学校の死体現場へむかった。いつもは年長者の腰木がリーダーだが、今度は安田が先に立っていた。

二級国道から小学校へ曲る銀行の角に公衆電話のボックスがあった。髪を赤く染めた女がダイヤルをまわしていた。公衆電話ボックスは、第三小学校の正門脇にもあった。

人は入っていなかった。

「それじゃ――」

安田刑事はそこで腰木に別れた。

運動場を横切って林に入ると、数十人の弥次馬が現場を遠巻きにしていた。群集の間をぬける。

検視は終りかけていた。

菅井部長は唇の端にタバコをくわえて、鑑識課の係員たちの活動を見ていた。

安田は部長の視線をとらえて、――ちょっと話がある、というように合図をした。

「妙な電話がありました」

安田は人のいない方へ部長を導いて、匿名でかけてきた男の電話内容を伝えた。

「おれに恩があると言ったのか」

「そうです」

「誰だろうな」

部長が考えるような眼で、雑木林の葉群を仰いだ。

「アの字がつくというと――」

部長はつづけた。

「さしあたり赤座金次郎だが、仲間を裏切って犯人《ホシ》を教えるというと、犯人はそいつの仲間ということになる。やはり赤座あたりがくさそうだな」

「今の電話の話とは違いますが、犯人は警察部内にいると思いませんか」

　安田は部長の眼をまっすぐに見て言った。

「なぜだ」

　部長は視線をそらさなかった。

「関口が逮捕直前に逃げたことが一つ、新聞記者にも発表しなかった染谷幸江のことを、関口が知っていたということが一つ、いずれも警察部内から情報《ネタ》が洩れたとしか考えられません。そして、関口の死因が染谷の自殺したときと同じスコポラミンであり、そのスコポラミンは、証拠品保管棚に残っていますが、量が減っていました」

「それは当り前じゃないか。監察医務院で、検査するのに使ったはずだ」

「いえ、監察医務院から返されたときより、減っているんです」

「確かにそう言えるのか」

「確かとは言えませんが、ぼくの見たところでは、減っています」

「すると、劇薬も徳持が盗みだしていたのかもしれんな。そして仲間に預けておいて、関口を殺るときに利用したと考えることもできる。とにかく、情報《ネタ》を流していたのは徳持にちがいない。彼の過去を徹底的に洗えば、千葉をつかって関口を殺したやつの身元も割れてくるだろう」

「そうでしょうか。ぼくは、徳さんを関口の仲間だったとは考えません。彼は自分の疑いを晴らすために関口を追っていたのだと思います」

「証拠があるのか」

部長の声が緊張してきた。

「富士見ホテルで徳さんの死体が発見されたとき、靴下が濡れていたことを覚えていますか」

安田の声もさすがに緊張した。

部長は無言で頷いた。

「あの日、ストークのマダムを訪ねた徳さんは、帰りがけに関口を発見したのだと思います。そして尾行した。富士見ホテルへ入った。関口はエレベーターにのった。しかし、徳さんは同じエレベーターにのるわけにいかない。それでエレベーターが三階に止まったことを、文字盤で知り、階段を駆け上ったのでしょう。廊下には絨毯《じゅうたん》を敷いてあるが、階段はコンクリの剝《む》きだしです。徳さんは音をたてないように靴をぬぎ、三階に上ってからまた靴をはいた。そのとき、階段は水をうってあったにちがいない。その時刻に掃除をして水をうつことは、ついさっきホテルへ電話をして確かめました。徳さんは三階の廊下にでたが、関口は自分の部屋に入ったあとで見えない。徳さんは行きあたりばったりに、最初にドアの閉まっていた三〇二号室へとびこんだ。間違いだった。次の二部屋は空室だった。そして次の三〇五号室に、とうとう隠れている関口を発見したのです」

「それが証拠か」

「そうです」

「しかし、それで徳持が関口に殺されたという理窟はつくかもしれんが、その関口も殺されているのは、どういうわけだ」

「共犯がいたんですよ。そいつの名は、さきほど部長宛に電話をかけてきたやつが教えてくれました」

「アの字の男か」

「ちがいます。電話をかけてきたやつは、菅井部長のことをスガエ部長と発音したんです。越後なまりですね。犯人は間もなくはっきりするでしょう。確かめるために、ちょっと出かけてきます」

安田刑事はすべてを言い終った。言い捨てて踵を返すと、あとは部長の方を振返らなかった。

第二部

一

菅井部長は愕然とした。貧血したのか、立っているという感覚がなくなって倒れそうになった。眼を閉じると、瞼のうらが真っ赤に燃えているようだった。

——ほんとにスガエと言ってしまったのか。東京にきてから二十年余り経つ。故郷《くに》なまりは消えたはずだった。近頃は、誰からも訛《なま》りを指摘されたことがない、新潟へ帰って、むかしの友だちと話していると、たまに方言がでるし、自分でも訛りに気づくことがある。しかし、それは新潟に帰って酒でも飲んだときだけだ。それでも、校門の脇の公衆電話から安田の声を聞いたときは、なまりのでないように気をつけていた。声をごまかすために、送話口にはハンカチをかけて用心した。それなのに、つい訛りがでてしまったのか。安田が、勝手に聞き違えたのではないか。しかし、勝手に聞き違えたとしたら、それは、電話をうける以前から、おれを疑っていたせいだということも考えられる。意味ありげな彼の口ぶりは、犯人を暗示していた。おれのことを言ったのだ。いつもの彼なら、どこへ行くにも、かならずおれの許可をうけていく。それなのに、彼は行先さえ言わずに勝手に行ってしまった。なぜなのだ。

菅井は、右脚がガクガク震えていることに気づいた。右脚をとめると、左脚が震えた。ざわめく人声が耳に入った。検視が終り、シートにくるまれた千葉の死体が運ばれていく。菅井の足が動いた。林を迂回して、急ぎ足に校庭をつっきった。逃げるのではない。それは早すぎる。校門を出ると、安田のうしろ姿が小さく見えた。菅井は追った。気づかれぬように、物蔭を利用し、適当な距離を置いて——尾行の要領だった。

菅井は不安に胸を緊めつけられた。まさか、と思いたかった。しかし、安田が菅井に疑惑を抱いたとすれば、その行先はきまっているはずだった。菅井にはアリバイがないのだ。アリバイの代わりに、子供だましのような嘘が露見するだろう。

しかし、安田はなぜ、おれを疑うようになったのか。菅井にはそれが分からなかった。安田は、徳持が関口を尾行してホテルにきたと考えている。大間違いだ。徳持に尾行されたのは、おれだったのだ。ストークのマダムを訪ねた帰りに、偶然おれを見つけ、富士見ホテルまで後をつけたにちがいない。あの日、午後二時頃、関口からふいに電話がかかってきた。逃走させてから四日経っていた。とうに大阪へ高飛びして、東京にはいないはずだった。ところが、関口はまだ大阪へ行かなかったのだ。「話があるから、至急富士見ホテルへきてくれ」という電話だった。ろくな話でないことは分かっていた。

しかし、彼を放っておくわけにはいかなかった。彼が逮捕されたら、おれの生活は破滅してしまう。彼の恐喝の情報《ネタ》は、みんなおれが流してやっていたのだ。示談で済ませた強姦事件の加害者、コール・ガールを買っていた大学教授、男色クラブの会員だった会社重役……等、それらはいずれも法律の罰条に触れない。輪姦以外の普通強姦は親告罪だから、たとえ被害者が告訴しても、加害者から示談金を受取って告訴を取消すと犯罪にならないし、売春防止法は売春を禁止しているだけで、売春婦の相手になった男を罰する規定はない。おれが狙ったのは、そういう連中だった。事件にもならず新聞ダネにもならずに済んだが、それらの事実が世間に知れたら、社会的信用を失って破滅に追いこまれそうなやつらを選んだ。おれが男色重役の名を関口に教え、関口がそいつを訪ねて恐喝する。もちろん、巻き上げた金は半わけだ。法律が制裁を加えないから、代わって制裁してやる。それで金が入るなら、悪い仕事ではない。おれはそう考えた。いや、そう考えたのではなく、そう考えることにしたのだ。口実が欲しかったからだ。

おれは富士見ホテルへむかった。森戸係長には、関口の両親がいる赤羽へ行くと言って出た。飯田橋で国電を降りると、富士見ホテルはすぐにわかった。関口に電話で言われたように、一階のレストランをぬけて非常階段を上った。三階まで、誰にも会わなかった。三〇五号室――関口はベッドに寝そべって待っていた。

「十万円ばかり都合してくれませんか」

関口は起上って言った。それが用件だった。金が足りなくなって、大阪へ飛べないというのだ。おれが断れないことを見越した上での、強請《ゆすり》だった。おれは、危く彼を怒鳴りつけるところだった。しかし、怒鳴ったところで、断ることは不可能だった。おれは、彼の機嫌を損ねたくなかった。

おれが関口を信頼していたのは、彼の計算高い頭のよさと、徹底的にエゴイスティックな冷さに惚れたからだ。彼は決して、義理人情などという薄っぺらな情緒に動かされない。それが気に入ったのだ。おれは長年の刑事生活から、法律がぬけ穴だらけだということを知っていた。悪いことをしても、捕らぬ方法はいくらもあった。おれはその方法を、関口に譲ってやった。彼はおれの信頼に応えた。持ちつ持たれつの関係で、野見山収に告訴されるまでは、お互いに実にうまくやっていた。しかし、彼はとうとう足を滑らしてしまった。おれにも内緒で、野見山の経済的限界を無視した要求をしたのだ。課長へじきじきに告訴され、逮捕状まで出されては、おれとしても彼を救う手段がなかった。おれにできることは、逮捕状のでたことを彼に知らせ、高飛びさせることだけで精いっぱいだった。逮捕された彼が、決しておれとの関係を喋らないと考えるほど、おれも甘くはなかったのだ。

しかし、せっかく逃がした関口が、今もって都内にうろうろしていたのはどういうわけか。

おれはここで弱味をみせてはならないと思って、すぐには返事をしなかった。

すると、突然うしろのドアが勢いよくあいた。振向いた眼の前に、徳持の蒼白な顔が、不気味な笑いを浮かべていた。

徳持はおれを無視して部屋に入ると、関口の襟首をつかんで引きずりあげた。そして、

「やはり、きさまが仲間だったのか」

軽蔑しきった眼で、おれを振返った。

おれが徳持に飛びかかったのは、ほとんどその瞬間だった。考えるより先に、体が動いて徳持を突飛ばした。あとのことは、よく覚えていない。うしろから抱えこんだおれの腕が、徳持の喉にくいこみ、彼の全身から力がぬけるまでに、さして時間はかからなかった。

関口は茫然と眺めているばかりだった。

おれは徳持の顔がみえないように、彼の体を俯伏《うつぶ》せにした。濃い緑色の絨毯に、暗紫色にむくんだ左の頬をつけて、首がねじまがって壁にむかった。死んだことは、すでに脈をとってみるまでもなかった。白っぽく日焼けした背広の肩、同様に着古した紺のズボン、そのまくれあがったズボンと靴下との間にみえる毛深い脚……。

「どうしますか」

やや経って、関口が冷やかに言った。

おれはほかにも考えることがあり過ぎた。ナイト・テーブルを間に、ベッドが二つならんでいることも気になっていた。

「ここは二人部屋だな」

おれは言った。

「個室が空いてなかったんですよ」

関口はすぐに答えた。

「どうして、大阪へ飛ばなかったんだ」

「……」

関口は返事をする代わりに、気をもたすような笑いを浮かべた。

「女か」

「ちがいます」

「それじゃ、なんだ」

「たいしたことじゃありませんよ」

「きさまがもたもたしているから、こんなことになった」

「おれのせいにするんですか」

「当り前だ」

「冗談を言っちゃ困るな。おれだったら、こんなのに尾《つ》けられるようなヘマをしない。おまけに、殺さなくていいものを殺してしまった」

「おれが言ったように、四日前に大阪へ飛んでいたら、こんなことにならなかった」

「とにかく、こいつを殺したのはおれじゃありませんよ」

「バカ野郎、きさまは、手をださなかったと言って済むと思っているのか。おれを甘くみるんじゃないぜ。きさまを巻き添えにする手はいくらでもある」

「しかし、おれは菅井さんが逃げろというから逃げたんですよ。野見山の恐喝事件は、せいぜい一年か二年、刑務所で遊んでくればいいんだ。時効まで大阪なんぞで暮らすより、その方が気楽でいいかも知れない。だから、菅井さんが自首しろと言うなら、今から自首したって構わない。とにかく、徳持を殺ったのはおれじゃないんだ。これだけは、はっきりしている。おれはどうしようもなくて、見ていただけだ」

「そうは言わせない。刑法というやつはうまくできていて、見ていただけでも共犯になるが、おれがお前を巻きこむと言った以上、見ていただけなんて虫のいいことは言わせない。かならず、お前を主犯に仕立ててやる。パクられたら、おれは絞首台行きだろうが、そのときは絶対にお前も道づれにする。いいか。もとは、お前のヘマから始まったことだ。自分だけ、いい子になろうなんて考えるな。しかし、もしお前がパクられても、黙っていれば必ずおれが助けてやる。お互いに、もっと分かりのいい話をすることだ。徳持をそのままにしておいたら、どうなったと思う。しっかり頭をはたらかせろ。そして、二度と死んだやつのことを考えるな。逃げることだけを考えるんだ。人生ってやつは、まだまだいくらでも楽しめるようにできている。そうだろう。今頃お前にこんな文句を言わなくてはならんなんて、おかしな話だぜ」

おれは、静かに脅してやった。

関口はわかってきたようだった。今後の問題は、徳持の死体をどう始末するかにかかっていた。

おれたちは真剣に考えた。死体を外へ運びだすことは無理だった。途中で見つかったら、それまでだろう。結局、死体は置去りにして、発見を遅らせる以外に方法はなかった。

その方法——死体をベッドに運び、頭だけ見えるようにして毛布をかぶせる。そうすれば、朝になってボーイがきても、寝ていると思ってすぐに行ってしまう。決して起こすようなことはしない。そして念のために、関口はホテルを脱けだす前に、ドアの戸に「起こさないでください」という掛札をかけ、さらにフロントへも電話をして、徹夜の仕事で眠るのは朝方になりそうだから、明日はこっちから呼ぶまで起こさないでくれと言っておく。

そのためには、実行を夜まで待つ。それまで、死体はバス・ルームに放りこんでおけばいい。関口が大阪に落着くまでの時間をかせぐのだ。

「うまくやれるか」

おれは関口に言った。

「やるほかないでしょう」

関口はしぶしぶ承知した。

「しかし、十万円はどうなりますか」

「十万円なんて大金は持っていない」

「そうですかね」

関口は横を向いた。クリーム色の壁に、油絵の風景がかかっていた。しかし彼は、不服を示すために顔をそむけたので、絵を眺めるためではなかった。ベッドに片あぐらをかいて、反対側の左足を絨毯に落とした。その左足を伸ばすと、靴の先が死体の尻に届いた。靴先で戯れるように小突く。

「よせ」

おれは言った。廊下に引きずりだして、叩きつけてやりたかった。しかし、できなかった。

「たった十万でいいんですがね」

関口は顔をそむけたまま、足をぶらぶらさせた。

「そのくらいの金は、きさまが持っているはずだ」

「みんな使っちまったんですよ。知らない土地でおとなしく暮らすには、さしあたり十万くらいないと……」

「何と言われても、十万は無理だ」

「いくらなら都合できますか」

関口は上眼をつかって、おれをみた。

「餞別のつもりで、半分くらいなら何とかしよう」

「五万ですか」

「不服なら勝手にしろ」

「いや、思いきって値切ったもんだと思いましてね」

「その代わり、金を受取ったら、今夜中に姿を消せよ。もし、今度東京にいることがわかったら、おれにも別の考えがある」

「別の考えとは？」

「実行するとき教えてやる」

「教えてもらわない方がよさそうだな。それで、五万円は今もらえますか」

「これから都合する」

金を渡すために、おれたちはもう一度会わねばならなかった。場所は池袋の喫茶店、今夜九時から十一時まで、もし、その間におれの都合がつかない場合は、さらに翌日の同じ時間に待合わすことにした。

「うまくやれよ」

おれは関口を手伝わせて、徳持をバス・ルームに押しこんでから、励ますように肩を叩いた。和解したことを確かめ、笑って別れたかったのだ。

「池袋で待ってますよ」

関口はふてぶてしく笑った。

おれは、そのふてぶてしい笑いに満足した。信頼してもいいと思った。それは強い自信と、良心などに煩《わずら》わされることのない冷酷な性格を示していた。

部屋をでる前に、おれはバス・ルームのドアをひらき、ほんの一瞬でも冥福を祈るつもりで徳持を覗いた。顔は見えなかった。片方のズボンが膝の上まで捲くれ上って、白い脹脛《ふくらはぎ》を露出していた。おれは急に胸が悪くなった。吐き気がして眼を閉じた。今まで、おれは数えきれないほどの死体をみてきている。腐ってはみだした内臓に、びっしり蛆《うじ》がたかっていた死体、頭を割られ、眼玉のとびだした死体、そんな死体の解剖に立会ったこともある。そして、吐き気を催したことも何度かあった。しかし、このときおれの胸を突上げた吐き気は、かつて体験した吐き気とは全く別のものだった。苦い唾液が、口の中いっぱいにたまった。おれは初めて、烈しい恐怖と、苛立《いらだ》たしい悔恨に襲われた。おれは、とうとう祈らずに、ドアを閉めた。祈るといったところで、おれに信仰があるわけでもない。

おれは部屋をでた。帰りは堂々とエレベーターで降りることにした。非常階段の途中で誰かに会って怪しまれるより、この方がいいと考えたのだ。人に会っても、怪しまれなければ、記憶されることもないだろう。エレベーターの前に人はいなかった。ボタンを押す。エレベーターはすぐに上ってきたが、三階を素通りして四階にとまった。焦っていることが自分でわかった。エレベーターは、間もなく下降して三階にとまった。夫婦づれらしい白人と、ボーイが一人乗っていた。おれは平然としていた。ボーイの方を見なかった。

一階、エレベーターはフロントの横正面にとまった。フロント係は電話中で、こっちをみなかった。ロビーには、ソフトをかぶった中年の男が英字新聞をひろげていた。その男は、顔をあげなかった。おれは玄関の反対側へ廊下を折れて、レストランの仕切りドアを押した。客はかなり立てこんでいた。おれは落着いて、テーブルの間を通りぬけた。

外にでると、暗くなっていた。舗道の筋向かいに赤電話がみえた。おれは赤電話のダイヤルをまわして本署を呼んだ。関口の所在捜査について、赤羽で手間どっている旨を連絡したのだ。

「ご苦労さんです」

そう言って、電話口にでた阿部刑事の声が切れると、おれは初めて溜息《ためいき》をついた。

――そうだ、あのときのおれは、犯罪の成功を信じていた。

菅井は、安田の後姿を追いながら、そのときの熱い溜息を思いだした。熱い湯からあがったように、体中がほてっていた。安田は駅の方へむかって、一度もうしろを振向かない。いっしんに、考えごとをしながら歩いているにちがいなかった。何を考えているのか。安田は駅に着くと、警察手帳で改札口をとおった。菅井は足を速めた。

二

安田の歩調はプラットホームに上ってからも、行先に目的をもった者の歩幅を保っていた。平日なら、ラッシュ・アワーで人が溢れそうなホームも、日曜なので閑散としていた。一日中どんよりと垂れこめていた空は昏《く》れかかり、ホームから見降ろす有楽街には、気の早いネオンが灯りはじめていた。

安田は一番線上りのホームに立った。やがて、大宮行の電車が滑りこんできた。安田は乗車した。菅井は次の車輛に乗った。車内は空席があるほどではないが、比較的すいていた。安田に見つかる危険があった。菅井は次のドアまで離れた。発車した。安田はドアに背をもたれて、車内の吊るし広告を眺めているらしい。尾行してきた菅井に、気づいた様子は全くなかった。

死体の始末を関口に任せてホテルをでるとき、おれはエレベーターの中のボーイに怪しまれなかったろうか。——菅井の頭は、おのずから事件の追憶にかえった。どこでミスを犯し、なぜ安田に疑惑を与えてしまったのか。それを確かめねばならなかった。それさえ分かれば、まだ逃がれる道があるかもしれないし、少くとも、対策をたてる手がかりにはなる。ボーイには怪しまれなかった。ほかの誰にも怪しまれなかったはずだ。菅井はそう思った。ホテルをでて、本署へ電話をしたとき、阿部刑事の受け答えは自然だった。彼は頭はいいが、勘のいい方ではない。おれはまっすぐ本署へ戻った。徳持が帰らないというので、みんな深刻な顔をしていた。安田がストークのマダムに電話をしたが、徳持はとうに帰ったという。やがて刑事課長が、腰木と安田に、直接ストークのマダムに会ってこいと言った。おれはその仕事を買ってでた。徳持がおれを尾行するようになった経緯《いきさつ》を知りたかったからだ。おれは気分的に疲れきっていたし、二、三日前から風邪気味で、体が熱っぽかった。しかし、じっとしてはいられなかった。それに、関口に会うための時間をつくる必要もあった。おれは安田と二人でストークへむかった。マダムは店にでていた。開店して日が浅く、初めて行く店だった。マダムにも初対面だった。そこでおれは、マダムが阿佐ケ谷から富士見町へ転居したことを知った。おれはヒヤッとした。徳持に尾けられるようになった経過はわかった。しかし、おれは偶然徳持に発見されたらしいが、同様に、富士見町界隈でマダムにも姿を見られていないかと心配だった。幸いに、マダムにその様子はなかった。おれはマダムの住所を詳しく聞いた。富士見ホテルから、二百メートルと離れていなかった。徳持に関するマダムの供述には、偽りがないとみてよかった。

しかし、おれはストークをでると、マダムの供述の裏付《ウラ》をとることを提案した。部下に対する提案は、命令と同じだった。おれが阿佐ケ谷へ、安田は富士見町へ行かせることにした。途中の国電の中で、安田は早くも、徳持の行方について他殺の線をだした。おれは否定も肯定もしなかった。徳持が、非番の日にも仕事をやっていたらしいということは、安田の口から初めて知らされた。とすると、徳持は度々の情報洩れや関口の逃亡に対する署内の疑惑が、自分にむけられていることを知って、汚名をそそごうとしていたにちがいなかった。そして、富士見町で出会う以前から、おれに眼をつけていたのかもしれない。おれは、徳持の苦しい立場がわかっていた。彼はいい刑事だ。根性をもっている。おれは徳持を好きだった。しかし、関口を逃がしたのは、ほかにどうしようもなかったからだ。関口さえいなくなったら、おれは危《ヤバ》い仕事から足を洗うつもりでいた。だが、関口の場合を除いて、ほかの情報洩れはおれのせいではなかった。ヤクザなんて連中は、犬みたいに鼻がいいのだ。刑事の動きや顔色をみただけで、手入れに感づいてしまう。赤座組の賭場の手入れが失敗した事件だって、誰が情報を洩らしたせいでもないだろう。やつらは警察以上に仕事熱心で、警察が動けばすぐわかるように、警戒網を張りめぐらしている。

富士見町へ行く安田とは、新宿で別れた。阿佐ケ谷へ行くには、おれも新宿で乗換えだが、乗換えるふりをしただけだった。地下道から西口へでて、急ぐのでタクシーを拾った。人目につかないように西大久保を迂回して、面影橋の手前で降りた。狭い暗い道を、あとはほとんど駆足だった。どす黒く濁って流れる江戸川沿いに、付近は製薬会社や製綿工場の多いところだ。低い軒を接した家々の多くは、それらの工場からだされる内職に、貧しい明りを灯している。おれの家は、そんな家並のごみごみと建てこんだ路地奥にあった。むろん借家だ。六畳と四畳半、それに狭い台所。女房に死なれて以来、いつ帰ってもガランとして誰もいない。敷き放しの蒲団に寝そべるだけだ。月賦で買ったテレビはとうに壊れたまま、変色した畳の上で白い埃《ほこり》をかぶっていた。

おれは家にあがると、六畳間の電灯をつけた。茶箪笥の上の、女房の位牌が眼にはいった。もう長い間、線香もあげないし拝んだこともなかった。おれは女房が死ぬ前から、死後の世界などというものを信じなかった。女房は結婚後七年も経って、初めて生まれるという子供といっしょに死んでいった。おれたちのおやじやおふくろがそうだったように、貧乏の苦労をしとおして、みじめったらしく、苦しみながら死んでいった。もっといい医者にかかれば、助かったかもしれない。しかし、かりに命が助かったところで、どんな楽しい人生が待っていたというのか。

おれは遺されて、深い虚脱感に落ちただけだった。人生が一回きりだということを、しんから教えてくれたのが、そのときの虚脱感だった。もう三年も前のことだ。

おれは変った。しめっぽくなる代わりに、少しは陽気になった。自分では気づかなかったが、千枝という女を愛したとき、初めておれはそれに気づいた。そして、千枝のことを関口に知られて脅されたときも、そう大して慌てはしなかった。おれは笑って彼の肩を叩き、女子中学生と桃色遊戯にふけっていたある有名人の名を教えてやった。

それが、おれと関口とが結びついた最初だった。一回きりではすまなかった。それまで、おれは関口を少し甘く見すぎていた。関口は、おれの急所をつかんで放さなかった。小遣いがなくなると、遠慮なくおれのところへやってきた。おれはずるずると引きこまれていった。沼の深さがわかっていながら、這い上ることは不可能だった。一度足をすべらすと、沼とはそういうものだった。体がどっぷりと浸ったとき、おれは沼の悪臭が気にならなくなった。おれは良心と縁を切った。そんなものは、何の役にもたったことがない。そんなものは、落伍者の玩具にすぎない。おれはそう考えた。そう考えることが必要だった。そしておれは、積極的に関口を利用しはじめた。関口とおれは、仲間であると同時に、互いに牽制し合う脅迫者同士だった。

千枝か。おれは千枝に会いたくなった。しかし、そうしていられる場合ではなかった。部屋の隅の小さな本棚から「刑事訴訟法講義」をぬいた。ボール箱入りの分厚い本だ。箱を上下に振ると、クロース装の本が落ちて、本の間から五千円札が覗いた。十八枚あるはずだった。その中から十枚だけ抜いて、本をもと通り本棚に立てた。

すぐに家を出て、タクシーを拾った。池袋駅東口、西武デパートの手前でタクシーを降りた。激しい自動車の流れを突っ切って、車道を横断した。

小型トラックが、おれの前に急停車した。

「バカ野郎」

運転台から罵声がとんだ。

おれは、とり合わなかった。小型トラックの前を、駆足で横切った。

約束した喫茶店の、サインボードに浮かんだ文字は明るかった。ドアを押した。薄暗い店内の隅で、関口の顔が上った。

「外で話そう」

おれは近づいて言った。

関口は来たばかりらしくて、テーブルの上のコーヒーはほとんど口をつけていないようだった。

関口は無言で応じた。

喫茶店を出て、雑司ケ谷の方へむかった。繁華街をはずれると、急に舗道が暗くなり、人通りも少くなった。

「早かったですね」

関口が言った。右手に、小さなボストン・バッグを提げ、色の淡いサングラスをかけていた。

「ホテルの方はうまくいったか」

おれは歩度を緩めた。

「死体はベッドに移してきました。裏階段を降りるときも、誰にも会わなかった」

「あのホテルで、お前が三〇五号室の客として、顔を見られているのは誰と誰だ」

「フロントにいた二人と、ボーイが一人にメイドが一人、その四人だけかな。顔を合わせたといっても、そうよくは憶えちゃいないでしょう。現にこのおれが、相手の顔つきなんかほとんど忘れている」

「しかし、宿帳のサインがある」

「それは心配ありませんね。もちろん偽名をつかっているし、サインだって全然ちがうように書いた。専門家の筆跡鑑定で照合されたらバレるかもしれないけど、宿帳にサインした人物がおれだと分からない限り、照合すべき別の筆跡がないのだから、バレる気遣いはありませんよ。おれが大阪へ飛んでしまえば、それまでだ。おれは前科がないし、指紋をとられたこともないが、念のために、ホテルに残した指紋はきれいに消してきた」

「約束の金だ」

おれは内ポケットから十枚の五千円札をだした。

関口は受取って数えた。

「その代わり」

おれは関口の暗い手もとを見て言った。

「大阪へでも何処へでも、とにかく今夜中に飛ぶんだぞ」

「わかってます」

「恐喝の公訴時効は五年だ。五年経ったら、いつ東京に戻ってきてもパクられない。五年間の辛抱だ。できたら、その五年の間に堅気になるんだな。悪い仲間たちのいる東京にいては、自分だけ堅気になろうとしても、周囲の者がそうさせてくれない。だから、今度お前が東京を離れるのは、まともな生活にかえる絶好のチャンスだし、このチャンスを逃がしたら、お前は一生だめな男になってしまう。いいか、おれがこんなに説教くさいことを言うのはおかしいだろうが、どんな場合にも足を洗う潮時というものがある。お前がいなくなったら、おれも足を洗うつもりだ」

「足ってものは、洗うときれいになりますか」

関口は薄笑いを浮かべて言った。皮肉だった。

おれは答えなかった。

「足を洗うなんて文句は、あまり面白くありませんね。菅井さんは、いまさら足の裏を洗ってみせなくても、立派な部長刑事でとおっている。大阪なんぞへ飛んで、こそこそと五年も暮らす必要はない」

「厭がらせはよせ」

「しかし、このくらいの厭がらせはいいでしょう。おれはもう直ぐいなくなってしまうんだ」

「例の女とは、きれいに切れたろうな」

「ひろ子ですか」

「そうだ」

「きれましたよ。未練があれば、大阪へ引っぱっていく。女なんてのは一度寝ればたくさんだ」

「あの女に、おれとお前との関係は喋らなかったろうな」

おれは、くどいと思ったが念を押した。おれは、ひろ子という女に会ったことがない。だが、彼がその女に惚れていることは知っていた。遊び好きな女らしいが、堅気の娘かどうか知りたいと関口が言うので、彼女が住んでいる所轄署の捜査係にいる友だちに頼んで、彼女の身元を洗ってやったことがあるのだ。新宿の洋裁学校に在籍し、両親は仙台市で旅館をやっていることなどが分かった。関口がそんなことを気にするのは、かなり本気で惚れて、結婚まで考えていたからではないか。それが気がかりだったのだ。まともに暮らしていれば、相当の金を持っていていいはずなのに、大阪へ飛ぶ金もなくなったことや、いつまでも東京にとどまっている理由が、その女のせいではないかと疑ったのだ。

関口は否定した。

「友だちに刑事《デカ》がいるなんて、そんな色気のない話は、頼まれてもごめんですよ」

おれたちは歩きつづけて、線路の下の地下道をくぐった。貨物駅が近く、付近に人家はなかった。人通りも絶えていた。

「別れよう」

おれは足をとめた。そして、腰のサックから拳銃を抜いた。

関口は気づいて、はじかれたように後退した。

「慌てるな」

おれは拳銃を掌に横たえた。

「別れる前に言っておくことがある。ここでお前を殺すのは簡単だ。さっぱりして、あとくされがない。しかし、殺さない理由も簡単だ。殺したくないからだ。大阪へ行く列車はまだある。いいか、今夜中に東京を離れろよ。もし、言うことをきかずに東京にぐずぐずしていたら、そのときは容赦しない。逮捕しようとして反抗されたので射ったと言えば、おれの方の弁解はたつ」

おれは拳銃をサックにおさめた。脅しだった。これだけ脅しておけば、利害の一致している限り、彼が裏切る恐れはないと思った。脅したのは、彼に損益の計算を誤らせないようにするためだった。

関口は無言で頷いた。さすがに、怯えたらしかった。

おれは一応の安心を得た。彼の細心なやり口が、実は臆病のせいだということを、おれは知っていた。おれは関口の優位に立ったことを確かめて、背中を向けた。

おれは地下道を戻り、バス通りにでて、阿佐ケ谷におけるデタラメの捜査結果を本署へ電話してから、ゆっくりと帰途についた。

——これまでの経過の、どこにミスがあったろうか。

菅井は、となりの車輛にいる安田の様子を窺《うかが》いながら、自問した。阿佐ケ谷へ行かずに、池袋で関口に会っていたところを、誰かに見られたのか。ちがう。もしそうだったら、捜査本部は今日まで菅井を放っておかなかったはずだ。つい最前の第三小学校における安田を除けば、菅井を疑う様子をみせた者は、誰一人いなかった。安田は何を勘づいたのか。安田はドアに背をもたれ、相変らず視線をあげて、週刊誌の広告を眺めている。

電車は、新橋と有楽町で大分客が乗ったが、安田を見失うというほどではない。

電車は、とうとう上野を過ぎた。

三

菅井は絶望した。安田の行先は、もう決定的とみてよかった。赤羽へ行くつもりだ。赤羽へ行って、関口の親に会い、徳持が殺された日の、おれのアリバイを洗うつもりなのだ。おれは赤羽へ行っていない。赤羽へ行くと称して、関口に会うため富士見ホテルへ行ったのだ。そのときは、徳持を殺すようになるとは夢にも考えていなかった。しかし、今さら悔んで何になるか。菅井は落着かぬ眼で、車内を見まわした。新聞を読んでいる者がいる。喋り合っている若い女同士がいる。恋人らしい女に笑いかけている男がいる。その吊皮につかまっている男女を、訝《いぶか》しそうな眼で眺めている老婆がいる……。みんな、どことなく疲れた顔をしている。生きていることが、幸福だという顔をしている者はいない。しかし、菅井は彼らが羨ましかった。彼らの平穏な疲労が妬ましかった。菅井には、二度とそのような平穏が訪れないだろう。彼にはそれがわかっていた。ひしひしと、体中を緊めつけられるように感じるのだ。眼を閉じると、周囲の雑音が消えて、世の中で一人きりになったような気がした。彼は怖くなって眼を開いた。死刑にされるやつは、薄暗い独房の中で、毎日こんな気持を味わっているのかもしれない。徳持の死体が発見されそうな時刻を計って、ホテルへ行かなくてすむように阿部刑事と越ケ谷まで行ったり、モンタージュ写真の立会いをうまく避けたのも、みんな無駄だったのか。おれは、関口の名前さえ浮かばなければ、絶対に大丈夫だと思っていた。関口は大阪の女友だちのところへもぐって、おとなしくしていれば、その女のことは誰も知らないはずで、時効期間の五年は楽に逃げきれると言っていた。おれはそれを信じたが、徳持の死を、安田が関口に結びつけるとは予想もしなかった。殺人となると、公訴時効は十五年だ。関口に十五年の辛抱は望めなかった。しかし、関口だけなら、たとえ逮捕されても、自白しなければいい。証拠らしいものは、ホテルの従業員たちの証言だけだ。人間の記憶がアテにならないことは、裁判官がよく知っているし、三〇五号室の客に対する記憶も、時日が経てば薄れてしまう。関口はおれの言いつけたとおりに、最少限半年でも逃げていればよかったのだ。恐喝罪だけなら大した刑も科せられず、そして服役したところで、それだけのことで済む可能性があった。――菅井は額に手を当てた。熱かった。まだ熱がある。立っているのが辛かった。事件の記憶を呼戻して、検討しようという気力もなかった。もはや、何を考えても遅い。電車は赤羽へむかっており、となりの車輛には安田が乗っているのだ。菅井は軽い眩暈《めまい》がして、また眼を閉じた。暗い深い井戸の中へ、ぐんぐん落ちていくような気がした。電車が揺れて、眼を開いた。助かった、彼はそう思った。どのような危険から助かったのか。彼は吊皮をつかんだ両手に体を預けたまま、短い夢を見たようだった。井戸の中へ吸いこまれる夢。いや、もっと恐ろしい夢だった。彼は思いだせなかった。彼は安田の方をみた。安田はドアにむかって、過ぎ去っていく夜景を眺めていた。菅井も窓ガラスの外をみた。田端を過ぎて、上中里にさしかかっていた。暗かった。昼間みれば、工場の煙突が多いところだ。家々に灯った明りが、漁《いさ》り火《び》のようだった。暗い海——千枝の顔が浮かんだ。

千枝の夫は、強盗傷害罪で長野刑務所に服役している。懲役六年、化粧品の外交をしていた宮坂という男で、ある会社員宅に押入って、留守居中の主婦に全治三か月を要する重傷を負わせた上、現金八千円あまりを強奪したものだが、七か月ほど前に判決が確定した。眼玉のギョロッとした、体格のいい男だった。

菅井が初めて千枝に会ったのは、逃走中の宮坂を追っているときだった。貧しいアパート住まいで、千枝は池袋にあるデパートのスポーツ用品売場に勤めていた。

菅井は宮坂の所在をつかむために、何度か千枝を訪ねているうちに、いつとはなく、宮坂を探しにいくのか千枝に会いに行くのか、彼自身にもわからなくなった。宮坂は二タ月ばかり逃走しつづけて、実母の家に立ち寄ったところを、張込中の本庁の刑事に逮捕されたが、すでにその頃、菅井は宮坂の事件とはかかわりなしに、千枝に会わずにいられなくなっていた。恥も外聞も忘れ、異常な執着だった。自分自身をどう扱っていいのか、ただ、一日として千枝に会わずにいられず、魔性の動物に憑《つ》かれたように、彼は自制力を失った。妻に先立たれた傷痕を癒やすため、というような口実は無用だった。彼のような男に、愛という言葉が美しすぎるなら、ほかのどのような醜い言葉でもよかった。彼はただ、ひたむきに千枝を欲し、まっすぐに走った。溺れるつもりで溺れていったのである。かつての彼には、到底想像もできないことだった。なけなしの貯金を費《つか》い果たし、たまたまそこへ現れた関口の脅迫を、むしろ逆に利用して、積極的に悪事へ傾いていった。そうして得た金の力によってしか、菅井は千枝の愛をつなぐ手だてを知らなかった。千枝のためなら、何をしても、どんなことになっても、悔いないと思ったのだ。しかし、そのような菅井に対して、千枝のみせた態度もかなり不可解だった。菅井の来訪目的が、仕事以外の執着にあると知りながら、全く彼を拒まなかったし、むしろ初めて二人が関係した夜は、千枝の方から積極的に体を投げだしてきたのである。

菅井の不安は、そのときから始まった。彼は新しい苦しみを知った。

——千枝はなぜ体を許したのか。

菅井が苦しんだのは、この問のためだった。刑事というのは、人に好かれる職業ではない。しかも部長刑事といえば、薄給の小役人にすぎない。もとより、将来出世する望みなどはなく、取り得は堅い職業とみられているだけだろう。しかも、菅井は千枝より十五歳も年上だった。学歴は田舎町の中学をでただけだし、容貌なども、自分ながら女を惹《ひ》きつける魅力があるとは考えられなかった。長年の刑事生活を送った眼は鋭く、肌は日に灼《や》けて黒い。犯罪と法律のこと以外に話題は乏しいし、新聞以外はベストセラー小説の一冊とて読んでいない。いい絵を見たりいい音楽を聞いたりすれば、人なみに感動するが、その感動を会話にすることはできなかった。性質もどちらかといえば暗い方だ。酒を飲んでも、むっつりと押し黙るばかりである。

そんな面白味のない男に、彼女はなぜやすやすと体を許したのか。

デパートのスポーツ用品売場に勤めていたから、千枝は当然多くの男を知っている。

同僚には魅力的な青年もいたろうし、地位や財力のある客たちにも接していたろう。そして、千枝の魅力はそれらの男たちを惹きつけ、口説かれるようなこともあったにちがいない。男をみる彼女の眼も、おのずから肥えているはずだった。

――千枝は、なぜおれのような男についてくるのか。

千枝の夫は強盗をはたらいて人を傷つけた。生活のためではなく、キャバレーなどで遊ぶ金に窮した結果だった。おれが初めて訪ねたとき、彼女は悲しみに打ちひしがれていた。おれは彼女に同情したのだろうか。一方、妻を亡くしたおれも、その悲しみから脱けきれてはいなかった。彼女もおれに同情したのだろうか。子供じみた話だ。まるでメロドラマではないか。ちがう。お互いに、同情などはこれっぽっちもなかった。おれは欲しかったのだ。無性に千枝を欲しかった。それだけだ。

しかし、宮坂という男は、なぜ千枝を捨てて、キャバレーなどに通いつめていたのか。千枝は、宮坂についてあまり話したがらなかった。今では、ほとんど忘れてしまったような顔をしている。世間の眼を恐れたおれが、間もなく彼女に勤めを辞めさせ、さらに転居させようとしたとき、彼女は宮坂の服などをみんな売払ってしまった。宮坂のことを忘れたいからだ、と彼女は言った。しかし、忘れたいというのは、忘れられないということと同じではないのか。

電車の窓ガラスの向こうに浮かんだ千枝の顔は、眼を閉じても、瞼のうらに残った。徳持を殺したあと、菅井が下落合のアパートに彼女を訪ねたのは、それから三日目だった。おれは会わずにいられなかった——菅井は窓のむこうの千枝を見つめて思った。おれが部屋に入ると、千枝はそれまで見ていたらしいテレビを消した。そんな当り前のことだけでも、おれは、そこに彼女の実意を見たような気がして嬉しかった。

「来週の箱根行きは、駄目になりそうだ」

おれは腰を降ろして言った。来週の宿直明けにつづく公休を利用して、二人で箱根へ行く計画だったのだ。

「あら、どうして？」

千枝は不服そうに聞き返した。嬉しければ子供みたいにすぐ喜ぶし、悲しければ、すぐに泣きだす女だ。

「仕事だよ、仕様がないんだ」

「来週までに、終らないような仕事なの」

「そうとは限らないが、まず駄目だろう。刑事が殺されたんだ」

「富士見ホテルの事件ね」

「新聞を読んだのか」

「読んだわ。犯人は分からないの？」

「まだだ。おそらく長びく事件になると思うし、今日、明日に犯人が捕ったとしても、あとの調べがあるから、どのみち来週の休みはとれそうもない。せっかく旅館を予約したんだし、行きたければ、お前一人で行ってもいい」

「一人で行くなんて厭よ」

「厭なら取消すほかはない」

「冷いのね」

千枝は拗《す》ねるように横を向いた。着物の襟元へ流れる、頸筋の白い線が美しかった。その細い体を、思いきり抱きしめてやりたい衝動に駆られた。腕の中で、粉々に砕いてしまいたかった。

「その後、宮坂は元気なのかい」

おれは、コーヒーを淹《い》れる千枝の、しなやかな白い指に視線をとられながら、宮坂の消息をきいた。千枝の指――なぜ、こんなことを覚えているのか。おれは今、彼女の唇や眼の色よりも、そのときの指の白さを思いだす。その指を、おれは拝みたいような気持で見ていたのだ。

「どうなのかしら」

千枝は気のない返事をした。もともと、彼女は宮坂のことを、あまり気にとめていなかった。離婚するつもりでいるのだ。

「手紙はこないのか」

「こないわ。だいいち、あたしがこのアパートに移ったことも、彼には知らせてないのよ」

「どうして?」

「刑務所からでてきて、またいっしょに暮らさなければならないなんて、厭だわ」

「ひどく冷淡だな」

「もう懲り懲りなのよ。今度こそちゃんとした人と、ちゃんとした結婚をしたいわ。誰か、そんな人いないかしら」

千枝は悪戯《いたずら》っぽい眼をして笑った。淋しい笑いの中に、皮肉が含まれていた。おれとの結婚が、不可能なことを知った上での当てつけだった。

おれは黙るほかなかった。かりに千枝の離婚が成立したとしても、現職の部長刑事と、服役している男の妻だった女との結婚が、許されるわけがなかった。おれと千枝との、現在の関係が知れただけでも、おれは世間の指弾を免れないだろうし、退職させられることも明らかなのだ。すでに、千枝は宮坂と別れるつもりでいる。宮坂のことは好きでも嫌いでもなく、強引に押しかけられて同棲しただけだと言っている。しかしいずれにしても、おれにとっては同じことだ。ほんとに千枝といっしょに暮らしたければ、辞職しなければならない。辞職して、結婚して、そして二人は幸福に暮らしていけるだろうか。結果は考えるまでもあるまい。おそらく半年、うまくいけば、一年位は幸福かも知れない。そして、一年後に待っているのは惨めな破滅だけだ。退職したおれは、ろくな勤め口もなく、せいぜい会社の守衛にでもなるほかはない。貧しい生活がつづく。千枝はそう派手好きな女ではないが、愛は冷く萎《しぼ》んでしまう。別れ話だ。おれにはそんな経過が眼に見えた。四十歳になった男の分別だった。愛がつづくためには、幾つもの条件が必要なのだ。

おれは千枝を愛している。しかし、職を退いてまで、結婚することはできない。それは愚かな者だけが辿《たど》る自滅の道だ、彼女との関係をつづけるには、今のままがいちばんいいのだ。

千枝の洩《も》らした笑いは、そのようなおれの分別に対する皮肉だった。あるいは、結婚に踏みきれぬおれの心を見抜いた上での、軽い冗談かも知れなかった。だから、もしおれが結婚に積極的になったら、千枝は狼狽《ろうばい》するのではないか――おれはそうも考え、すると、惨めな、やりきれない気持になるばかりだった。千枝の狼狽をみるのが恐ろしかったし、口を滑らして、結婚に踏切らざるをえなくなることも恐ろしかった。

「帰らなくては――」

おれはカップの底に冷えて残っていたコーヒーを、飲み干して言った。

「もう？」

「仕事中なんだ」

「でも、今きたばかりじゃないの」

「時間がないんだ。ようやく口実をつくって、ぬけだしてきた」

「つまんないわ」

「四、五日こられないかも知れない」

おれは脱ぎ捨てた背広をとって立上った。

千枝はおれの前にまわった。甘えるような眼で、おれを見つめた。おれの手から背広が落ちた。おれが抱きよせるよりも早く、千枝の体が崩れてきた。

「あたし、こんなに好きになったの初めてだわ」

耳のうしろで、熱い息が喘《あえ》ぐように言った。おれは彼女の頸筋に唇を押しつけながら、囁かれた言葉を信じきれないでいた。

千枝は、ほんとにおれを好きなのか。おれには分からなかった。おれに体を許したのは、誰とでも寝る女だったからではないのか。そして、おれの言うなりに勤めを辞めたのは、怠けていられるという、ただそれだけのためではないのか。金の力——おれは確かに、かなりの金を彼女に注ぎこんだ。欲しいといわれれば、たいていの物は買ってやった。あのアパートもおれが借りてやったのだし、毎月、部屋代もおれが払っている。そのほかに、女の一人暮らしには充分な金を与えている。みんな、関口の上前をはねた金だ。彼女は、何を買ってやっても喜ぶ。しかし、金の力だけだろうか。彼女は、刑事というおれの職業が恐ろしかったのではないか。犯罪者の妻だということを、勤め先の同僚たち、あるいは近所の者にバラされることを恐れたのではないか。それとも、愛していた男が刑務所へ送られて、一人ぼっちの生活に心細くなっていたという、ただそれだけの理由ではないか。

宮坂の所在を捜査中、おれは千枝や宮坂の知人や友人を訪ねても、決して宮坂の容疑内容については口外しなかった。第三者に対しては、自分の知人を探しているように、口実を構えていた。捜査官として、罪のない女への当然の思いやりだった。しかし、千枝はこのことを知ると、眼をうるませて感謝した。この感謝が、やがて愛情に発展したと考えることもできる。おれが妻に死なれて不自由な独り暮らしをしていると聞いたとき、彼女は額に眉をよせて同情を示した。この同情が彼女の母性本能を刺激し、やがて愛情に発展したと考えることもできる。宮坂を逮捕したのはほかの刑事だから、そのことで彼女がおれを恨む理由はないのだ。

しかし、そこまで考えても、おれはやはり彼女の愛を信じられなかった。あまりに彼女を愛しすぎているせいかも知れない。そして、不必要に卑屈になっているせいかも知れない。おそらく、このような不安は、愛する者にとって免れることのできない幻影だろう。信じたところにしか愛がないとすれば、信じなければならない。

おれは信じようとした。そして翌日も、彼女のアパートへ行った。

「少し休ませてもらう。熱があるんだ」

おれは部屋に上るなり、畳の上に横たわった。熱は連日つづいていた。

「ほんとに熱いわ」

千枝はおれの額に手をあて、心配そうに呟いて蒲団を敷いた。

おれはゆっくりしていられないので、上着を脱ぎ、ネクタイを解いただけで、蒲団へ移った。

「汗びっしょりよ」

千枝は、ワイシャツのボタンをはずし、体温計をおれの腋《わき》の下に滑りこませながら、驚いたように言った。

おれは目をつむった。風邪をこじらしたようだった。咳《せき》はでないが、前夜は、宿直室のベッドにシミをつくったほど寝汗をかいた。売薬の解熱剤も、いっこうに効かなかった。歩いていて、時折めまいがして、足もとがふらふらした。

しかし、おれは休暇をとるわけにはいかなかった。帰宅しても、不安で寝ていられないことが分かっていた。それくらいなら、無理をしてでも出勤して、捜査の進展していく様子を見ている方がいい。捜査が行詰まり、そして迷宮入りになるまで、自分の眼でしっかり見届けるのだ。関口が安全な場所にもぐりこめたかどうか。その気がかりが消えるまでは、心を緩めてはならなかった。彼に危険が迫ったならば、それを事前に教えてやらねばならなかった。そのためには、どうしても捜査陣の内側にいて、捜査状況を細心に見守っている必要があった。

「水をくれ」

おれは嗄《しやが》れた声で言った。口が乾いて、舌が上顎の内部に貼りつくようだった。喉もカラカラに乾いていた。

千枝がコップに水を容れてきた。

体温計を抜いた。水銀の白い柱は、八度七分をさしていた。

おれは半身を起こし、背中を千枝の胸に支えられた。

水はうまかった。一息に飲み干して、吐息をついた。

おれはふたたび横になり、眼を閉じた。十分でも二十分でもいいから眠りたかった。宿直室のベッドでは、寝言を言いはしないかと、それが恐ろしくて安眠できなかった。しかし、ここでもまた、安らかな眠りに入ることはできなかった。おれは眼を開いた。千枝を見ていたかった。彼女を眺めていると、心が安まった。

千枝は、近くの映画館でみたという映画の話をした。彼女は話がうまかった。話をするときは、とても愉しそうに話す。それで、聞いているおれも愉しくなるのだ。おれは、おふくろのむかし話を聞きながら眠った子供の頃を思いだした。おふくろも話がうまかった。

千枝の話に耳を傾けているつもりで、おれはいつの間にか、うとうとしたようだった。眼をさますと、千枝はワンピースを脱いで、鏡台にむかっていた。黒いスリップの紐《ひも》が、まるい肩からずり落ちそうになっていた。

「何時になるかな」

おれは鏡の中の彼女に言った。

「もうじき四時になるわ」

千枝は乳液を指先で伸ばしながら、鏡台の脇に置いてあった腕時計に眼をやって言った。指先のゆるい旋回運動が、顔の隅々に広がっていった。

「でかけるのか」

おれは、急に不安になって言った。

「でかけないわよ、どうして？」

千枝は不思議そうに、鏡の中からおれを見た。

「今頃になって、化粧をするからさ」

「だって、あんたが来ているのに、きれいにしなくちゃ悪いわ」

千枝は軽く粉白粉《こなおしろい》をはたき、鏡に顔を近づけて、アイ・ラインを引きはじめた。

本当だろうか。おれの不安は消えなかった。おれは二日置きくらいにアパートを訪ねては泊るが、仕事の忙しいときは、一週間も十日も行けないことがある。そして、行くときはたいてい夜だ。昼間の彼女が何をしているか知らないし、おれが行かない夜を、どのように過ごしているかも知らなかった。疑おうと思えば、いくらでも疑えた。そんなことを考えだすと、おれは嫉妬のために気が狂いそうな思いだった。しかしおれは、嫉妬を彼女に知られることを怖れた。彼女の前で、決して惨めになりたくなかったのだ。だが、おれが間もなく署へ帰ることを知りながら、化粧をはじめた彼女をみると、おれは苦しくて黙っていられなかった。おれが帰ったあとで、くる男がいるのではないか、と思ったのだ。おれは自分が恥ずかしかった。しかし駄目だった。

「お前、おれが厭《いや》になったんじゃないのか」

おれは体を起こした。

「なぜそんなことを言うの？」

「なぜだか、自分にも分からない」

「どうかしてるわ」

「厭になったら、遠慮なくそう言ってくれていいんだぜ」

「バカね」

「そう、おれはバカかも知れない。一つのことしか考えられないんだ」

「それで熱がでたの？」

「多分な」

「今日のあんたって、少しおかしいわ」

鏡の中で、くっきりと細い線に隈《くま》取られた眼が微笑していた。

おれは荒々しい欲望に襲われて、立上った。しかし、おれは黙ってワイシャツのボタンをかけ、ネクタイを締めた。

「あら、帰っちゃうの」

千枝は口紅を手にしたまま振返った。

「またくるよ」

おれは上着をつかみ、引止める千枝の手を振切って外へ出た。やりきれない気持だった。矛盾した自分の行動に説明がつかなかった。おれは、自分の欲望から逃げようとしたのだろうか。なぜだ。何が怖かったのか。千枝の嘘を知ることが恐ろしかったのか。とすると、おれはやはり、千枝を信じていないのか。

──そうだ。関口のやつが捕ったのは、その夜更けのことだった。関口のバカ野郎が、あいつが死んだのは自業自得だ。おれの言うことをきかずに、東京でもたもたしていたのが悪いのだ。

もうじき、電車が赤羽につく。この次が赤羽だ。安田は赤羽で降りる。もう間違いのないことだ。おれはどうしたらいいのか。赤羽駅から関口の両親の家へつくまでに、彼をやっつけるか。不可能だ。関口の家は、賑やかな町の真ん中にある。人通りのない田《たん》圃《ぼ》道《みち》で殺すようなわけにはいかない。弥次馬がわっと押しよせて、通行人につかまってしまう。うまく逃げても、人相は誰かに見られてしまう。かりに拳銃《けんじゅう》で射殺できたとしても、弾痕を調べれば、おれの拳銃から発射された弾だということは分かってしまうのだ。どうしたらいいのか。電車はかなり空いて、安田は腰を降ろしている。さっき、ちょっとこっちを見たようだが、思いすごしらしかった。おれに尾けられていることは気づいていない。

ついに、電車はスピードを落として、赤羽駅のホームに滑りこんだ。

安田が立上った。ゆっくりとドアの前にすすむ。停車した。ドアが開いた。安田は降りた。人の流れに歩調を合わせて、北口の改札口へ歩いていく。

四

改札口をでた安田刑事は、駅前の広場をわたった。菅井は、そこまで安田の後姿を追うと、もはや尾行をつづける力がなかった。つづけたとしても、徒労にすぎないことが分かっていた。

菅井は駅前に停まっていたタクシーを拾った。

「下落合へ行ってくれ」

紺サージのジャンパーを着た若い運転手に告げた。

関口が安田刑事と腰木刑事に逮捕されたとき、菅井は捜査四課の刑事と大森へでかけて、戻ったばかりだった。

まさかという疑いは、すぐに消えた。起こるべきことが起こったという感じだった。逮捕した経過を安田から聞いている間、菅井は唇を嚙みしめて幾度も頷いた。やはりそうだったのかという思いばかりが深かった。取調べは直ちに開始され、大沢課長が訊問にあたった。菅井はその場に立会った。もし菅井が立会わなかったら、関口は何を喋りだしたかわからなかったろう。関口は徹底的に犯行を否認した。逮捕されることを予測していたのか、弁解も割合うまく考えてあった。落着いて、警察をばかにした態度が、菅井を安心させた。

しかし、菅井の安心は一時的なものにすぎなかった。関口は、菅井の脅しにタカをくくり、大阪へ飛ぶ気などはなく、捕ったら事実をぶちまけ、自分は恐喝罪だけですませる算段をたてていたにちがいないのだ。そうでなくても、関口の否認が三日ともたないことは、分かりきったことだった。刑事課長の命令で、捜査側のうつ手は目にみえるようだった。関口が否認したくらいのことは、軽く逆手をとられて、かえって関口自身を追いつめていく結果になるのだ。

取調べが終ると、菅井は関口を柔道場へ引っぱっていった。安田と腰木に対する芝居だった。しかし関口を柔道場に引きずりこむと、菅井は腹の底から烈しい怒りに駆られた。菅井自身がふらふらになるまで、関口を叩きのめした。高熱があったことなどは、すっかり忘れていた。腰木が見かねて制止した。それは菅井の計算に入っていた、関口と二人きりになれるチャンスだった。用事を言いつけて、安田と腰木を去らせると、

「すまなかったな」

菅井は関口を引き起こした。そして、東京にとどまっていて逮捕されたことを詰《なじ》る代わりに、

「さっきの調子で否認をつづけろ。そうすれば大丈夫だ。十日の勾留期間がきれるまでには、かならずおれが釈放させてやる。何か聞かれても、黙ってふんぞり返ってればいいんだ。そして、もしうまくいったら、二、三日中に身替わりをつくって、おれがパクってやることも考えている」

「身替わりって、そんなのがいますか」

「千葉だ。お前がパクられたのは、千葉がひろ子のことを喋ったからなんだ。あいつを、そのままにしてはおかない」

菅井は言葉をつくして、関口を励まし、安心させた。

しかしこのとき、菅井は偶然の思いつきで千葉を身替わり犯人にするなどと言ったが、それは、単にその場の思いつきにとどまらなかった。

菅井の狡智は、熱っぽい頭の中でめまぐるしく回転した。

朝になると、菅井は朝食にいくふりをして、千葉のアパートへ行った。千葉はいなかった。それから夕方の六時頃、川向こうの三本立専門の映画館からでてきた千葉を見つけるまで、菅井は多忙な時間から余裕をつくっては、千葉を探し歩いた。菅井の顔を知らない他署管内までタクシーをとばして買ってきたコカコーラに、証拠品保管棚から盗みだした劇薬スコポラミンを溶かしこんだのも、その間の仕事だった。菅井は、映画館うらの人気ない川っぷちに千葉を誘いだし、彼をその場に待たせると、コーラの瓶をかくしておいた第三小学校うらの林へ行って、ふたたび、待っている千葉のもとへ戻った。

「お前も聞いただろうが、関口がパクられた。恐喝だから大したことはない。しかし、大分しょげているので、差入れをしてやってもらいたいんだ。あいつはお前と同じで、可愛いやつだからな。このコーラを二本と、ついでにその辺の八百屋か果物屋で、バナナでも買っていってやってくれ。しかし、刑事《デカ》のおれが差入れしたのではまずいからお前に頼むんで、その点利口にやってくれないと困る。お前が署にきたら、おれもその場にいるから、赤座に頼まれたとでも言えば、あとはおれがとりつくろってやる。そして、余計なことは喋らずに、コーラとバナナを置いたら、すぐに第三小学校の林へ行って待っていてくれ。渡したいものがあるんだ。どうせ一人では食いきれないから、バナナは三百円位のやつで沢山だ。おつりは、お前の小遣いにしろ」

菅井は二枚の千円札を千葉の手に渡した。

千葉は話がよく飲みこめないらしく、しばらくぼんやりと千円札を眺めていたが、同じことをもう一度菅井に繰返されると、

「わかりました」

と言って承知した。

「今の話は、途中で誰に会っても内緒だぞ。第三小学校へは、おれもあとから直ぐ行く。渡すもののほかに、お前の喜びそうな話もあるんだ」

菅井は、頭のたりない千葉がヘマなことをしないように、何度も要点を注意して署へ戻った。

千葉は間もなく、バナナの包みとコーラを抱えて現れた。菅井の方を窺うような眼で見て、おずおずと怯えているようだった。安田が赤座の様子を聞いたときは、ヘマな返事をしないかとひやひやしたが、結構一人前のことを言って切りぬけた。

千葉が立去ると、菅井はほっとして、留置場から関口を呼んだ。関口は赤座の差入れに、何の疑惑も持たなかった。喉を鳴らしてコーラを飲むと、介抱される間もなく絶命した。スコポラミンの劇しい毒作用については、染谷幸江が死んだとき、菅井は小松医院の院長に詳しく聞いていたのだ。

関口の死が、千葉の持ってきたコーラによることは、その場にいた誰の眼にも明らか

だった。

菅井は直ちに、刑事課長にその旨を報告すると、千葉の行方を探すと称して署を飛びだした。行先は、第三小学校の林の中だった。

千葉は、林の中の雑草の茂みに腰を降ろして待っていた。あたりはすでに暗く、心細かったとみえて、菅井を迎える声が弾んでいた。

「ご苦労だったな」

菅井は千葉に近づいた。

千葉に、菅井を警戒する理由はなかったし、普通の男なら怪しむべきことでも、千葉にはそこまで頭がまわらなかった。菅井が、千葉のような男を選んだのは賢明だった。油断している不意をついて、素早く用意してきた麻縄をまきつけると、千葉は太った体をもがいたが、悲鳴をあげる余裕もなかった。菅井は、麻縄を握った両手に力をこめた。

「グ……」

千葉は、踏みつぶされた蛙のような声を最後に、のけぞって息が絶えた。

千葉の死体を古井戸に放りこむまで、菅井は一瞬も休まなかった。彼は兇器の麻縄をポケットにしまい、犯跡の有無を点検すると、足早にその場を遠ざかった。

危険な関口の口は永遠にふさいだし、関口殺しに一役買わせた千葉も消してしまった。千葉を絞めるときは、彼自身さすがにためらうかと思ったが、実行は案外良心の抵抗もなしに終った。鬼畜のようなというが、菅井は自分が鬼そのものになったと思った。仕事の上で、残酷な殺人者には何人となく接してきたが、菅井は三人の男を殺して、初めて殺人者の心がわかったような気がした。心は砂のように乾いていた。索漠として、何らの情も湧かなかった。喜びも嘆きも、不安も悔恨もなく、そこにあるのは、ひろびろと果てしない虚無感と、なすべきことをなしとげたという一種の虚脱感だった。

とまれ、千葉の死体が発見されることは多分あるまい。菅井はしばらくして署に戻ると、初めて、烈しい疲労の底に漂う安心をみた。麻縄は、署に戻る途中のゴミ箱に捨ててしまっていた。

ところが、いつも愚痴っぽいばかりで、ろくな仕事をしない瀬尾刑事が、翌日になると早くも千葉の死体を発見してしまった。

安田刑事の眼は、そのときから、菅井に対して鋭く注がれだしたのだ。容疑をそらし、捜査を攪乱《かくらん》する目的で、菅井がかけた最後の電話は、すでに捕えられた昆虫の、あがきにすぎなかった。

菅井は、赤羽から下落合へむかうタクシーの中で、千枝が家にいてくれるようにと、それだけを願った。

タクシーを坂の中途で降りると、菅井はすぐに路地の奥のアパートをみた。千枝の部屋には明りが灯っていた。

「旅行できるぞ」

菅井はドアをあけると、靴も脱がぬうちに、むしろ、はしゃぐような声で言った。

「箱根へ行けるの」

千枝も声を弾ませて迎えた。

「いや、もっといいところさ」

菅井は部屋に上った。

「急に出張命令がでて、青森へ行くことになった。帰りは自由だから、二人で十和田湖へ行こう」

「でも、刑事さんの殺された事件はかまわないの」

「あれは警視庁の扱いで、おれたちはやらなくてよくなったんだよ」

菅井はでたらめを言った。千枝になら、真実として通用するでたらめだった。

「まあ、ほんと？」

千枝は眼を輝かした。嬉しそうだった。

「ほんとだとも。その代わり、少し急だけど今晩発たなければならない」

「すごく急なのね」

「簡単な仕事で、青森署によばれ一時間もしないで片づく仕事だが、とにかく急用なんだ。こういうのは一種の慰安出張でね、仕事をすましたあとの公休も、一週間位は大目にみてくれる。十和田湖から先のことは、汽車の中で旅行案内をみて相談しよう。時刻表はあったかな」

「あるわ。箱根へ行くつもりで、あんたが買ってきたんじゃないの」

千枝は整理箪笥の上に置いてあったポケット版の時刻表を持ってきた。

菅井はページをめくった。

「今からなら、上野発二十一時三十分の青森行の急行に間に合うな。それで行くと、明日の午前中に青森に着く。これにしようか」

「今、七時半よ」

「二時間あれば、充分間に合うじゃないか。突然で、一等寝台は売切れかもしれないけど、普通の一等の切符なら買えるだろう。これから、おれは家に帰って旅行の支度をして、まっすぐ上野へ行く。先に切符を買って、一等の待合室で待っているよ」

「何だか、急に忙しくなったみたいだわ」

「汽車に乗っちまえば、退屈するくらいゆっくりできるさ」

「でも、あんたの風邪は大丈夫なのかしら」

「平気だよ。この前ここへ来たときよりは、ずっといいし、旅行にいけば治ってしまう」

「あたし、十和田湖って一度行ってみたいと思ってたわ」

「だから、これから行くんじゃないか。箱根へ行く話をしたとき、お前が十和田湖へ行きたいと行ってたのを覚えてたんだ」

「そうだったわね。うれしいわ」

千枝は、菅井の首にかじりついた。

五

菅井は千枝のアパートをでると、ふたたびタクシーを拾って、帰宅した。もう二度と帰れない家だった。妻の位牌の、台座につもった白い埃《ほこり》をみたときだけ、冷い風に吹かれているような感傷が湧いた。

旅行支度といっても、本の間にはさんだ八枚の五千円札を財布に移せば、あとは、知人の婚礼や葬式に参列するときのためにしまってある誂《あつら》え仕立の背広に着替えるだけだった。ほかに持っていく物はなかった。妻が遺した着物などは、とうに古着屋に始末してしまっている。残して、惜しい物はなかった。

彼は家をでた。暗い路地の、饐《す》えたような匂いも、これでお別れだと思った。

タクシーで、上野駅に着いたのは、ちょうど八時半だった。寝台車は、やはり一等も二等も売切れていた。彼は一等の乗車券と急行券を買って、一等待合室へ行った。

待合室は、人いきれとタバコの煙でムンムンしていた。千枝の姿は見えなかった。今頃、本署では安田の報告が伝えられて、大騒ぎをしているだろう。刑事課長の、白髪まじりの太った顔が浮かぶ。いい人物だ。おれは課長が好きだった。尊敬もしていた。課長がおれの犯行に気づかなかったのは、おれを信用しすぎていたせいだ。おそらく、ほかの連中だってそうに違いない。少くとも仕事の上では、おれは認められていたのだ。森戸はどうか。おれはやつが嫌いだったし、やつもおれを煙ったがっていた。しかしやつだって、おれがやったこととは夢にも思わなかったろう。頭がいいといわれているやつは、たいてい記憶力がいいだけで、たいしたことのできる者はいない。しかし、世間では、そういうやつらが出世するのだ。まあ、いいさ。森戸みたいなやつには、今度のことがいい薬になる。腰木はいい男だ。目立たないところで、しっかりした仕事をしている。決して力まないが、強い正義感をもっている。腰木のような男が、縁の下の力持ちで、日本の警察を支えているのだ。いちばん地味な苦労をしていて、いつも報いられない連中だ。安田も腰木に似たところがある。若いだけに血の気が多く張切っているが、年をとれば、腰木みたいな刑事になるだろう。ただし、彼の方が腰木より頭がきれる。おれの犯行を見破ったのがいい証拠だ。しかし、一人で赤羽へ行くなんてところは、あまり利口ともいえない。若いのだ。功をあせって、事件を自分一人のものにしようという考えだろう。おれはそんな捜査方法を、教えてやった覚えはない。本来なら、文句を言ってやりたいのだが……。瀬尾はボンクラ野郎だ。不平が多い割に、働かない。一応やるだけのことはやるが、あくまでも一応のことだ。彼の正義感はアテにならない。そこへいくと、若い阿部刑事の方が、はるかに利口だ。部長試験なんてケチなものを狙わない。いっきに、司法試験をとろうとしている。検事か判事か、弁護士になるつもりなのだ。確かに、その方が利口だ。警官としての成績などは、最低だってかまうことはない。事実、彼の勤務成績は目立たないが、それでも試験にとおれば、二年間の修習を経て検事になれる。彼は威張るようにはならないだろうが、とにかく大きな顔をしていられる。刑事課長が、地検の若僧検事に呼びつけられて憤慨していたことがあったけど、肩書の力とはそういうものだ。人が威張るのではなくて、肩書が威張るようにしてしまう。そう思うと、阿部だってどうなることか。菅井は腕時計をみた。九時五分前だった。千枝は現れない。西武線の椎名町から池袋へでて、山手線に乗れば、一時間もかからずに着く。何をしているのか。化粧は、列車に乗ってからすればいいと言ってある。服を着替えて、ハンドバッグさえ持てば、特に旅行の支度などはいらないのだ。あれも妙な女だ。十和田湖へ行くと聞いて、遠足にいく子供みたいにはしゃいでいた。おれには、あの女のことが、まだよく分からない。一年以上も夫婦として暮らしていた男が刑務所に入っている。しかし、彼女はその男のことを思いだしたくないらしい。二度といっしょに暮らすのは厭だと言っている。手紙も書かないし、面会にも行ってやらない。心が冷いのか。男は、妻の信頼を裏切ったのだから、それで当り前だと思っているのか。分からない。彼女の弱々しさは、男の官能を刺激する。だがしかし、千枝は自分の魅力を、あまり意識していない。それが千枝のいいところだ。だからこそ、宮坂のような男に引っかかったのだろうし、おれみたいな男にもついてきたのだろう。騙されやすい、無智な女だ。食べることと寝ること、まるで動物みたいに欲望が単純で、欲しい物を買ってもらえなくても、諦めがよくて拗《す》ねたりはしない。あの女は、本当におれを好きで、今の生活に満足しているのか。おれには自信がない。女の気持がわからないのだ。おそらく、宮坂という男も、ついに彼女の気持はつかめなかったのではないか。おれには、宮坂が千枝に惚れ、そして離れていった気持がわかる気がする。千枝はメスだ。彼女の前で、男は一匹のオスになる。宮坂はそんな関係に、耐えられなかったのではないか。千枝はおれを拒んだことがない。彼女の方から挑んでくることさえある。あの女は、好色で自堕落なだけなのか。

あの女は、いつもだるそうな腰をしている。流行歌とテレビが好きで、飯に醤油をかけて食うのが好きだ。卵は、ニワトリが可哀そうだといって食べない。おれはなぜ、千枝に惚れたのか。今でも惚れている。気持は初めの頃と少しも変っていない。痴情という文句がある。全くそのとおりだ。わかっていながら、どうにもならない。それにしても遅いな。発車まで、あと二十分しかない。途中、交通事故にでも遭ったのか。あの女と旅にでるのは、今度が初めてだ。そして最後になるだろう。おれはおしまいなのだ。明日か明後日か、千枝は新聞をみて、おれが追われていることを知る。彼女は怖くなって逃げだすだろう。新聞を読ませないようにしても、金がなくなったら、そのときが最後だ。彼女を一人で東京に帰すか。それがおれにできるだろうか。不安だ。そのときになってみなければ分からない。おれはどうせ死ぬ。死にたくないが、逮捕されるくらいなら死を選ぶ。生き恥をさらしたくない。捕れば、確実に死刑なのだ。おれは警察の力を知っている。関口を逃がそうとした場合とは、わけがちがう。逃げとおすことは不可能だ。スラム街や、飯場などにもぐっても、逮捕は時間の問題にすぎない。所詮、おれは追いつめられて死ぬだろう。

　ふいに、海の風景が浮かんだ。おれは、待合室に出入りする人々を眺め、千枝の姿を求めながら、死ぬ場所を考えていた。海は、待合室にこもったタバコの煙のむこうに見えた。ざわめきは潮騒《しおさい》のようだった。日本海の、荒々しいうねり――おれは赤ん坊の頃から、海が好きだったという。おふくろがよくそう言っていた。海をみていれば、オモチャなんか要らなかったのだ。どこで死んでも同じことだが、おれは急に海が恋しくなった。黒いうねり、一筋の銀色、水平線、そのむこうで、いつも、誰かの呼声がしていた、太陽が燃え落ちる、赤い雲、海が金色にかがやく、そして夜、暗い夜……。よそう。こんな感傷に落ちるのは、気の弱ったせいだ。薄汚れた人生の終りに、女と二人で海をみて、涙の一滴も流そうというのか。滑稽すぎる。それよりも、千枝をどうするかということの方が問題だ。手を振って、サヨナラを言って、できるだけあっさりと別れてしまいたい。しかし、それができるか。千枝のうしろ姿を、おれは黙って見送っていられるか。それが怖い。自分が死ぬ前に、彼女を殺してしまいそうな気がする。おれの死んだあとで、誰の手にも渡したくないのだ。

　死ぬためには、スコポラミンの残りを用意してある。二人や三人は楽に死ねる量だ。いや、今はただ逃げることだけを考えよう。逃げられる限り、逃げつづけるのだ。指名手配をうけて、十年も十五年も逃げきった者さえいる。弱気になるな。逃げることだけを考えろ。

——遅いな。千枝はまだこない。改札はとうに始まっている。発車まで、あと十分しかない。何をぐずぐずしているのか。待合わせの場所を聞き違えたのか。それとも……いや、気が変ったなんてことは考えられない。

菅井は背をのばして、室内を見まわした。いらいらして、息苦しくなった。

「女はこないよ」

ふいに声がかかり、大沢刑事課長の姿が眼前に現れたのは突然だった。それまで、菅井は少しも気づいていなかった。鉄棒で突上げられたようにギクンとして、上気して赤らんだ顔から、いっせいに血の色がひいた。安田刑事と腰木刑事が、左右から菅井の腕をつかんだのも、ほとんど瞬間的な出来事だった。菅井は、両手にかけられたカチッという手錠の音を聞いた。

「きみは安さんのあとをつけて赤羽へ行った。しかし、そのきみのあとを、腰さんがずっとつけていたんだ。そして、女とここで待合わすことは、千枝という女が全部話してくれた」

大沢刑事課長は、重く沈んだ声で言った。そして、

「さ、署へ帰るんだ。みんなが待っている」

菅井の肩を押した。

菅井は大声で叫びそうになったが、声はでなかった。

Ⅱ

殺意の背景

1

矢木刑事は、傷害罪で逮捕《パク》ったチンピラの取調べを終えると、そいつを地階の留置場へぶち込んで刑事課の大部屋に戻った。

日は暮れかけているが、大部分の刑事は出払ったまま帰らない。

矢木は調書を読返し、紙縒《こより》で綴じた。チンピラ同士の、眼《ガン》をつけたのつけないのという些細な意地の張合いから始まった傷害沙汰だが、管内に繁華街をひかえているので、この種の事件はいっこうにあとを絶たなかった。やくざやぐれん隊のシマ（縄張り）が複雑に入りくんでいるのだ。

しかし、調書を閉じながら矢木の脳裡《のうり》に浮かんでいたのは、いつも手を焼かされるチンピラたちのことではなく、ある女のことだった。

彼は煙草に火をつけ、溜息まじりの煙を吐いて顔を上げた。

そのとき、部長刑事の永山と視線が合ったのはただの偶然かもしれなかった。

永山部長の眼が、その偶然をとらえたように矢木を呼んだ。刑事になってから二十年近いという最古参の部長刑事で、やくざ者などにはピリピリするほど恐れられているが、意外に思いやりの深い一面があり、矢木のような若い刑事たちの信頼は、さらに上役の捜査係長や刑事課長より厚いくらいだった。日焼けした童顔は笑うと糸のように眼が細くなり、汗っかきで、歩く姿は太った体をややもて余し気味だ。

矢木は席を立ち、何気なく永山部長の前へ行った。

「まあ腰をかけろよ」

部長も煙草に火をつけてから、となりの空いている椅子を顎で示した。仕事の話や、無駄話をするときとは様子が違っていた。

矢木は黙って腰を落とした。

「つまらん噂かもしれんが――」部長は矢木のほうへ向きを変え、遠慮のない親しい口調で言った。

「好きな女ができたそうじゃないか。結婚する気なのかい」

「だれに聞きましたか」

「瀬川に会ったら、ちょろっとそんなことを喋った。瀬川の女がリエールというバーのホステスをしている」

瀬川はやくざだった。愛人のトシミをリエールで働かせ、自分はのらくら遊んでいる。いわばヒモだ。色の生白いふやけた野郎で、度胸はない代わりに、そう悪どい犯罪《やま》も踏んでいない。

永山部長に言われなくても、矢木は、瀬川がトシミのヒモになっていることを知っていた。洋子と同じバーに勤めているので、洋子に聞かされていたのである。

「まさか、洋子とかいう女と結婚するつもりじゃないだろう」

永山部長は、否定的な答えを期待するように言った。

「部長は洋子に会ったんですか」

矢木は緊張している自分を意識した。予期していた時がきたという感じだった。

「いや、会ってはいない」

「それではぜひ会ってください」

「なぜだ」

「結婚するつもりです」

矢木は思い切って言った。

「しかし――」

部長は驚いたように矢木を見つめた。

「部長が反対されるのは当然かもしれません。それで、何度もお話しようと思いながら、その決心がつきかねていたのです。洋子は、おそらく部長が考えておられるような女とは違います。水商売の女には違いないが、だからといって決してふしだらな女ではない。刑事の妻として、立派にやっていける女です」

「まあ待てよ。そういっきに喋《しゃべ》らんでくれ。本気なようだから改めて聞くが、その女とはどこで知合ったのかね」

「列車の中です……」

半年ほど前だった。休暇をとって郷里の浜松へ行った帰りの列車に、たまたま、隣の席に腰を下ろしたのが洋子だった。彼女も郷里の大阪へ行った帰りで、車中のつれづれにどちらからともなく話をかわし、そのときは互いに名前も告げず、矢木は普通の会社員のふりをして、洋子も勤めのことなどは話さないまま、列車が東京駅に着くと、ただサヨナラを言い合って別れた。

ところが、それから数日後に、矢木は新宿を歩いてふたたび洋子に会ったのである。

もちろん偶然だった。

矢木が先に気づいて声をかけ、近くの喫茶店に入って三十分あまり話が弾んだ。

彼女がリエールというバーに勤めていると話したのは、そのときが最初だった。

矢木は意外な気がした。彼女は水商売の女に見えなかったし、むしろ育ちのいい品のよさと、素直で控え目な、おとなし過ぎるくらいの印象を受けていたのだ。

しかし、彼女は自分から不仕合わせな生い立ちを話した。幼いころ両親に死別し、大阪の叔父夫婦の家へ姉と二人で引取られ、その叔父が病歿してからは、高校を中退して自立せざるを得なかった。

洋子はそんな生い立ちを割合明るい表情で語り、矢木は深く頷《うなず》きながら聞いた。矢木がいつ恋にとらわれたかは彼自身にも分らない。それは列車で同席した時から始まっていたのかもしれないし、その証拠に、彼は東京駅で別れたあとも彼女のことが脳裡を去らず、だからふたたび新宿で出会ったときも、彼のほうが真っ先に気づいて声をかけたのではなかったか。

恋は急速に進展したのだ。おそらく、矢木も洋子も同じような速さで——。

「きみはリエールへ行ったことがあるのか」

永山部長が聞いた。

「三、四回あります」

カウンターとボックスが四卓、小ぢんまりして感じのいい店だった。

「たったの三、四回か」

「ぼくに無駄な金を使わせないため、洋子が来させないんです。もっとも、酔った客の相手をしている姿を見られたくないということもあるでしょうが、ぼくにしたって、そうは通うほど余裕がありません。彼女はぼくのふところまで心配したのかもしれない」

「刑事のサラリーなんてたかがしれている」

「それは彼女も承知です」

「もう結婚の約束をしてしまったのか」

「しました」

「その前に相談してもらいたかったな」

「申しわけありません」

「諦めろと言っても無理か」

「――――」

「無理らしいな」

「――――」

矢木は部長を見つめていた。

視線をそらしたのは、むしろ部長だった。

「きみは一本気な男だ。それにまだ若い。若いからこそ一途に惚れてしまったのだろうが、慎重に考え直してくれないか。刑事だって当り前の人間さ。酒を飲めば酔っ払う。もちろん女にも惚れるし、結婚も自由だ。しかし刑事という職業は、ほかの職業と少しばかりちがう。こんなことは今さら言わなくても分っているはずだ。おれは洋子という女を知らないが、しっかりした優しい女だというきみの言葉を信じる。だが、彼女が、瀬川のようなぐれん隊の女と同じバーに勤めている事実は動かせない。きみがどうしても彼女と結婚するなら、配置替えになることは承知しておいてもらわねばならない」

部長は難しい表情で煙草を揉み消し、かつてバーのホステスと結婚した刑事の例を挙げた。

その刑事は矢木の三年先輩だった。バーの女と愛し合って結婚し、捜査係から会計係へ移されるまでは本人もその覚悟でいたはずだが、その結婚も二年とつづかず、女はほかに愛人をつくって家を飛び出し、刑事だった男は自棄《やけ》になって退職したきり、現在は何処で何をしているのか消息も知れなかった。

その刑事の場合は真剣に女を愛し、周囲の反対を押切って結婚したのだが、派手な生活に馴らされていた女は、結局、警察官のつつましい地味な生活に飽きてしまったのである。

しかし矢木は、洋子をそのような女といっしょに考えたくなかった。洋子は決してそんな女とは違う。刑事になりたくて、一生けんめい勉強してなった職業だが、洋子と結婚するためなら、部長に言われなくても、左遷を免れぬことは覚悟しているのだ。

「くどいようだが――」部長はつづけた。「彼女は、警察官の女房の苦労というものが分ってないんじゃないかな」

「多少は考えが甘いかもしれません。でも、ぼくはよく言い聞かせたつもりだし、貧乏なら自分のほうが馴れていると言っています」

「とにかくもう一度じっくり考えてくれ。一生の問題だからな。分らんことを言うようだが、きみのためを思って言うのだ」

「――――」

矢木は黙って頷き、自分の机に戻った。

やがて、出かけていた刑事が次ぎ次ぎに帰ってきた。

外はいつの間にか薄暗くなっている。

矢木は気が重かった。覚悟は決めたつもりなのに、心のどこかがふっ切れない。

2

矢木は真っすぐ帰宅する気になれなかった。

無性に洋子に会いたかった。

署を出ると、矢木は赤電話でリエールのダイヤルをまわした。

「洋子さんはお休みですが――」

バーテンらしい男の返事だった。

「美津子さんは？」

矢木は洋子の姉の名を言った。

「きております。呼びましょうか」

「いえ、結構です」

矢木は慌てて電話を切った。洋子が欠勤した理由も聞かずに、なぜ慌てて電話を切ったのか自分でも分らなかった。

洋子は姉の美津子と同じ店でホステスをしているが、美津子が出勤していると聞き、それなら洋子が自宅にひとりでいると思ったせいかもしれなかった。

矢木は一度だけだが美津子の留守中に、洋子たちのアパートを訪ねたことがあった。

バスに乗れば二十分たらずで行ける。

矢木は、簡単な食事をすませてからバスに乗った。

木造二階建の小さなアパートで、一階の洋子の部屋には明りが点《とも》っていた。

矢木は弾む心を抑え、そっとノックをした。

「はい」

洋子のきれいな声がして、ドアが開いた。

矢木の突然の来訪に、洋子は驚いたらしく、パジャマの上に急いで夏羽織を羽織った。

「リエールへ電話をしたら休んでいるというので、病気かもしれないと思って――」

矢木は部屋に通されてから、弁解がましく言った。

部屋は二間つづきで、一間はキッチンと居間を兼ねているが、奥の六畳にツイン・ベッドが置いてある。

洋子は頭痛がするので休んだが、もうすっかり快《よ》くなったと言い、矢木にウイスキーをすすめようとした。姉の美津子はかなり飲めるようだが、洋子はアルコール類をいっさい飲まない。

「ぼくはビールのほうがいいな。いや、ビールも止そう。今夜は話したいことがある」

「怖いわ。いったい何かしら」

「怖がることはないさ。ぼくたちの結婚のことだ。永山部長といってもきみは知らないだろうけど、とてもいい部長なんだ。その部長に、きみとの仲を聞かれた。部長は瀬川から耳にしたらしい」

「それで――?」

「もちろん結婚するつもりだと答えた」

「部長さんに反対されたのね」

「反対された。しかし、きみという人間に反対したわけではない。刑事という職業のせいなんだ。ぼくの気持は変らない。警務係か会計係か、とにかく内勤の仕事に配置替えされれば済む」

「あなたに悪いわ」

「悪いことなんかあるものか。それより、ぼくはきみの気持をもっとはっきり確かめたいんだ。この頃のきみは、何か心配事があるように見える。顔色もすぐれないし、ずっと気になっていた」

「なぜかしら。自分では気がつかないわ」

「嘘だ。きみの眼はさっきからぼくを避けている」

黒い髪を肩の前に垂らした顔は怯えているようで、矢木の顔をまともに見ようとしないではないか。

「誤解だわ」

洋子は顔を上げ、まっすぐに矢木を見た。

美しく、か弱い動物が必死に挑むような眼差しだった。

「それでは――」矢木は言った。「今夜店を休んだ機会に、明日から勤めを止めてくれないか。前からそう頼んでいたが、きみは承知してくれなかった」

「でも――」

洋子は言い淀んだ。

「きみは姉さんに遠慮している。姉さんより先に結婚してしまうことに気がさしているに違いない。いかにもきみらしい心遣いだが、きみが話し難ければぼくが姉さんに話す。姉さんだって決して反対しないと思う。むしろ喜んでくれるはずだ。それくらいの理解がない姉さんじゃないだろう」

「姉はとうに賛成してくれているわ」

「だったら問題はない」

「矢木さん、あたしみたいな女とほんとに結婚してくれるの」

「当り前じゃないか。冗談とでも思っていたのか」

「嬉しいわ」

洋子は唇を求めてきた。

矢木は彼女を軽く抱き上げ、ベッドへ運んだ。

パジャマのホックがはずれて肩がぬけた。

白く盛上った乳房が眩しいほど瑞々しく揺れた。

3

矢木が洋子の部屋を出たのは、夜の十一時ごろだった。烈しい愛撫のあと、それでも彼は、姉の美津子が帰らぬうちにと思い、未練を残して別れてきたのである。

といって、矢木が満たされずに別れたと言えば嘘になる。彼は十分に満たされ、足が浮くような幸福感に包まれて帰宅したのだ。

狭いキッチンに六畳一間きりのアパートだが、愛し合う二人が暮してゆけぬほど貧しい部屋でもない。

矢木は洋子との愉《たの》しい生活をあれこれ想像しながら、いつしか深い眠りに落ちた。翌日は非番だからゆっくり眠れるはずであった。

ところが、矢木はまだ夜の明けきらぬうちにノックの音で起こされた。

大きな音だった。

ドアをあけると、永山部長が険しい眼をして立っていた。

非常呼集なら近所の交番から連絡があるはずで、部長自身がくることはなかった。

矢木は、部長を室内に迎えて、寝ていた蒲団を片隅へ片づけながら、蔽《おお》いかぶさるような不吉な予感がした。

「昨夜、署をでてから何処へ行ったか話してくれ」

部長は部屋を見まわし、腰を下ろすなり言った。

「なぜですか」

矢木は不吉な予感が高まっていた。

「理由はあとで話す」

「洋子のアパートへ行きました」

「何時ごろだ」

「八時ごろだったと思います」

「彼女はひとりで部屋にいたのか」

「はい。リエールへ電話をしたら休んでいるというので、病気かもしれないと思い、心配になって訪ねました。でも、彼女は割合元気だった。頭痛がするので店を休んだが、薬を飲んで寝たら元気になったようです」

「きみが洋子の部屋を出たのは」

「十一時ごろです」

「すると、彼女の部屋に約三時間いたことになるな」

部長は呟いた。

しかし呟きながらも、厳しい視線は矢木を見つめたまま一瞬もはなれなかった。

「わけを話してください。いったい、彼女に何があったんですか」

矢木は堪えきれなくなって言った。

「殺されたよ」

「殺された――?」

「昨夜十二時すぎごろ、姉の美津子が帰宅して死体を見つけた。殺された時間ははっきりしないが、絞殺らしい」

「ほんとですか」

「嘘をついてどうなる」

部長は明らかに不機嫌で、苛立《いらだ》っているようだった。

「しかし――」

矢木はあとの言葉がつづかなかった。信じられないのだ。

「遠慮なく聞くが、きみが別れるとき、彼女は生きていたんだろうな」

「もちろんです。彼女は玄関まで見送ってくれた」

「証人がいるかね」

「証人――?」

矢木は迂闊《うかつ》に答えている自分に気づいた。部長は口にこそ出さないが、容疑者として矢木を調べているのだ。本来なら署へ連行して調べるところを、部下への信頼と思いやりで配慮しているに違いなかった。

しかし洋子に見送られて出る矢木の姿を、果して誰が見ていてくれたろうか。

「ぼくを信じてください」矢木はそう言うほかなかった。「ぼくらは結婚について話し合った。そして彼女は、明日からでも勤めを辞めると誓った」

「三時間の間、話をしていただけかね」

「どういう意味ですか」

「洋子は裸で絞殺されていた。暴行されたらしい痕もあった。解剖すれば、精液《ザーメン》から男の血液型が分るくらいはきみも知っているだろう。姉の美津子は、洋子の異性関係はきみ以外にないと言っている」

「それでは、まるでぼくが犯人のようじゃありませんか」

「だから、きみの話を聞きたかった」

「ぼくは信じてもらうほかありません。ぼくらは愛情を確かめ合い、結婚を誓い合って別れた」

「しかし彼女は殺されている」

「ぼくには分らない、洋子は他人に怨みを買うような女ではなかった」

「だが、きみ以外に、男がいたということは考えられないか。もし、きみより前に愛し合った男がいて、彼女がきみのほうへ心変りをしたとすれば、当然前の男は怨んでいたはずだ」

「いえ、かりにそんな男がいたなら、洋子は正直に言ってくれたと思うし、姉だって知っているはずです」

「そうか――」

部長は深い吐息をつき、腰を上げた。

「とにかく、きみと洋子の仲は、姉が話したのでみんなに知れている。部外には洩れないように口止めしたが、今度の事件では、きみがいちばん重要な関係者になっていることだけは承知しておいてくれ。どうせきょうは非番だが、連絡があるまで署にでて来なくていい」

「洋子に会えませんか」

「無理だ。もう病院へ運んでしまったし、きょうの午後には解剖される」

「――――」

矢木は唇を嚙みしめた。

たとえ非番でも、殺人事件が起これば直ちに駆けつけるのが捜査係の刑事だった。

しかし現在の矢木は、事件の犯人に擬せられているのだ。連行されないだけでも、感謝しなければならなかった。

4

永山部長が立去った頃は、すっかり夜が明けていた。

もちろん、矢木はふたたび蒲団にもぐって眠るどころではなかった。

洋子が殺されたとは依然信じられない気持だが、事実とすれば、矢木が彼女の部屋を出てから姉の美津子が戻るまでの、僅か一時間たらずの間に襲われたのである。

しかし、いったい誰に殺されたのか。

矢木は洋子の愛を信じた。だが、洋子ほどの美しい女で、多くの客に接するバーに勤めながら、矢木が初めての男だったということもまた考えられないだろう。矢木が洋子の体を知ったとき、彼女はすでに性の感触を経験していたようだったし、彼女が愛さなくても、一方的に彼女の愛を求めた男は当然何人かいるに違いなかった。

とすると、彼女は矢木を愛したために、だれかの怨みを買って殺されたのか。

矢木の立場はほとんど決定的に不利だ。

しかしそんなことより、彼は洋子をうしなった悲しみと、犯人への憎しみで胸が疼《うず》いた。

彼は息苦しくなって窓をあけた。

そのときだった。

筋向いの路地に隠れていたらしい大きな男の影が、慌てたように姿を消した。

矢木はその影に憶えがあった。同僚の林刑事だった。

――そうか。

矢木は呻《うめ》くように呟いた。無理もなかった。永山部長がいかに矢木を信頼しても、いちばん容疑の濃い彼を放任しておくわけはないのだ。万一の場合を危惧するなら、自殺の恐れもあるし、逃亡の恐れだってないとも言えなかった。刑事を張込ませるくらいは当り前なのである。

しかし、張込みの刑事の姿をみたことで、矢木の心はふいに決まった。そうでなくても、部屋にじっとしてはいられなかった。いつの間にか正午近くなっている。

「林さん――」

矢木はアパートを出ると、筋向いの路地に向って声をかけた。

返事はなかった。

「林さん――」矢木はふたたび言った。「済まないがいっしょに来てくれないか。ぼくは出かける」

「――」

「頼むよ」

矢木はさらに声をかけた。

やはり無駄だった。

考えてみれば、張込みの刑事が容疑者と肩を並べて歩くのもおかしな図に違いなかった。

矢木は、尾行されるのを承知で歩きだした。

そして、しばらく歩いてから振返ると、やや離れて林刑事が尾《つ》いていて、今度は少しも慌てた様子はなく、これ以上困らせないでくれというような身ぶりをした。

その態度で、永山部長同様に、林刑事も矢木を信頼しようとしていることが分った。

もとより矢木は尾行をまくつもりなどないからゆっくり歩いたが、それでも同じバスに乗れば、互いにいつまでも知らぬふりはできなかった。つい昨日まで、いっしょに仕事をし、冗談をかわし合っていた仲なのである。

「どこへ行くんだい」

林のほうから話しかけてきた。

「瀬川の女に会う。洋子と同じバーに勤めていた女だ」

「あまり歩き回らないほうがいいと思うがな」

「許してくれ。自分の立場は分っているつもりだ」

「永山部長が非常に心配している。部長だけじゃない。おれたちもそうだが、課長も係長もずいぶん心配している。あんたも運が悪いよ」

「運が悪いと言ってるだけじゃ済まないだろう。みんなに迷惑をかけていることも分っているんだ。林さんは、洋子を知っていましたか」

「いや。瀬川の女なら知ってるがね。あの女もいいタマさ。瀬川に大分いれあげているようだが、結構店にくる客と浮気しているらしい。女ってえのは全く分らないよ」

林の言葉は、暗に洋子をさしているように聞えた。

矢木は黙ってしまった。洋子を信じる気持と、もはや信じられぬ気持とがせめぎ合い、ともすれば不信感のほうに押し流されそうになっている。

終点の池袋でバスを下りた。

十分ほど歩くと、古びたアパートの二階が瀬川とトシミの住んでいる部屋だった。

「おれひとりで行ったほうがよさそうだ」

矢木は、林にその場で待っていてもらい、瀬川達の部屋へいった。

瀬川はダボシャツの胸をはだけ、少し驚いたようだが、卑屈な薄笑いを浮かべて迎えた。

見通しのいい一間きりの、家具もろくにない殺風景な部屋だった。

「トシミはいないのか」

「ええ、一時間ばかり前にでました」

「どこへ」

「どこへって、知らないんですか」

「なぜおれが知ってるんだ」

「おかしいな。内村さんが呼びにきて、警察へ行ったはずですよ」

内村は、矢木と同じ係の古参刑事だった。

「理由を聞いたか」

「聞いたけど、教えてくれませんでした」

「すると、まだ理由が分らないでいるのか」

「ええ。何があったんですか」

瀬川は新聞も読まず、テレビのニュースも見ていないようだった。

「リエールの洋子が殺されたよ」

「洋子――?」

瀬川は目を細めて、首をかしげた。

「とぼけるんじゃない。おれが惚れていた女さ。おまえはそのことをトシミに聞いて、わざわざ永山部長に話したじゃないか。その洋子が殺された」

「ほんとですか」

「競馬ばかりやってないで、たまには新聞くらい読め」

「そいつは驚いた。すると、トシミはそのことで警察へ呼ばれたんですか」

「洋子については、おまえもトシミからもっと聞いてることがあるはずだ。それを話してくれ」

「そう言われても困るな。おれはトシミにリエールへ来るなと言われて、一度も行ったことがない。あとでしまったと思ったけど、矢木さんと洋子のことは、トシミから聞いていたのでつい面白半分に喋ってしまった。そのことだったら謝りますよ。洋子という女には会ったこともないんだ」

「喋ったって構わないさ。謝る必要はない。それより、今は洋子について詳しく知りたいんだ。おれもリエールには滅多に行かなかったが、トシミから聞いていることが沢山あるだろう。おれは洋子との仲を否定しない。だが洋子には、おれ以外にも男がいたと思う。トシミに聞いた話を、そのまま教えてくれ」

「しかし、おれが聞いたのは矢木さんとの仲だけだった」

「ほんとだな」

「嘘じゃありません。トシミはそんなお喋りでもないが、ほかに話すことはないし、店のことはたいていおれに喋る」

「おれは三、四回しかリエールへ行ってない。それもカウンターで飲んだだけだ。それくらいで、トシミはなぜおれと洋子の仲を知ったのかな」

「女のカンでしょう」

「正確に答えてくれ。トシミは、カンで分ったとおまえに言ったのか」

「さあ——?」

瀬川はまた首をかしげた。

とぼけるときに首をかしげて考えるふりをするのは、瀬川に限らず、調べられる際に多くの者がよく使う手だった。

矢木は返事を促した。

「トシミが戻ったら確かめておきます」

瀬川は巧妙に逃げた。

しかしそんなことは、今さら確かめても仕様のないことだった。

だが、瀬川が何か隠しているらしい顔つきは、依然矢木の気にかかった。洋子と矢木の仲を永山部長に喋ったことがバレて、もう余分なことは話すまいと、びくついている様子なのだ。

「洋子は姉の美津子といっしょに働いていた。それは聞いてるな」

矢木は話を変えた。

「え、ええ」

瀬川は曖昧な頷き方をした。

「美津子には好きな男がいなかったのだろうか」

「さあ、聞いていません」

「ばかに口が固くなったな」

「ほんとに知らないんです。トシミが戻ったら直接聞いてください。トシミが何か知ってるとしたら、今ごろ警察で話してると思いますけど」

「もし何か知っていたら、警察へ呼ばれて話すより先に、おまえに話してるはずじゃなかったのか」

「ほんとはそうなんですが」

「ほんとじゃないこともあるのか」

「――――」

瀬川は口を噤《つぐ》んでしまった。

5

矢木は、林刑事が待っている路上へ引返した。

「どうだった」

林がきいた。

「トシミは署へ呼ばれたあとで、瀬川しかいなかった。内村さんが呼びにきたそうだが、ただの参考人なら、署まで連れていかなくてもよかったんじゃないかな」

「そうとは限らんさ」

捜査係の大部屋や取調室の雰囲気が無言の圧力となって、単なる参考人でも、自宅で聞くより遥かに効果的な供述を引きだすことが珍しくないのである。

「林さんには気の毒だけど、おれはこれから洋子の部屋へ行く」

「何をしに行くんだ」

「姉の美津子に会いたい」

「止せよ。あんたの気持は分るが、捜査や鑑識の連中がまだ残っているかもしれない」

「そのときは様子をみて引揚げる」

「あんたは疑われているんだぜ」

「知っている」

「だったら、これ以上疑いを招くような真似は止せ。おれたちはあんたを信じても、本庁の連中がどう考えるか分らない」

「とにかく、おれの体はいつ拘束されるか知れない。だから、動けるうちに動いておきたいんだ。林さんは知らんふりをして、このままおれの尾行をつづけてくれ。頼む。おれは決して逃げたりしない」

現在この瞬間にも、すでに捜査本部が設けられ、本部長の指揮があれば、矢木は逮捕されるかもしれない。矢木の容疑はそれほど濃い客観性があり、それを撥返《はね》す証拠はまだ何一つないのだ。

「捜査は永山部長たちが必死でやっている。あんたが焦っても仕様がない」

林はなおも引止めようとした。

しかし、矢木は黙って歩きだした。時間が限られ行動の自由も追いつめられようとしているのだ。

またバスに乗ったが、もはやバスの中では、矢木も林も口をきかなかった。

やがてバスを下りると、矢木のあとをやや離れて林が尾行する恰好をした。

美津子のアパートに入るとき、矢木はさすがに周囲に気を配った。

しかし、殺人現場の検証は終り、捜査官たちは全員引揚げたあとのようだった。

矢木はドアをノックした。

「どなた――」

美津子の声がした。神経が昂《たか》ぶっているような声だった。

矢木はドアをあけ、まるで逃亡中の犯人のように、素早く体を滑りこませた。

「何のご用？」

「聞きたいことがあった」

「まだ捕まらなかったのね」

「なぜそんなふうに言うのだ」

「洋子を殺したのはあんただわ」

美津子の眼は、烈しい怒りと憎しみに燃えているようだった。

洋子より三つ年上で、痩せぎすな洋子に較べるとグラマーだが、といって太っているわけでもなく、少しきつい感じがするくらい容貌の整った女だった。

「きみは誤解している」矢木は言った。「洋子さんを殺したのは、決してぼくじゃない。ぼくは洋子さんを愛していた。結婚するつもりだった」

「嘘だわ。あんたは最初から結婚する気なんかなくて、洋子をオモチャにした。そして飽きたから捨てたのよ。いいえ、捨てたんじゃない。うまく捨てられなくて、面倒になって殺したんだわ」

「違う。ぼくの気持は、きみだって洋子さんに聞いていたはずだ」

「あんたは口がうまいのよ」

「とにかく落着いてくれないか。そんな調子では話もできない」

矢木は部屋に上り、宥《なだ》めるつもりで美津子の肩に手をかけようとした。

「触らないで――」

美津子は矢木の手を叩きつけるように振払った。

「失礼――」

矢木は素直に謝った。

興奮している美津子を、何とか静めねばならなかった。

「ぼくを犯人と思っているなら、きみが怒るのも無理はない。しかし、絶対にぼくが殺《や》ったんじゃないんだ」

「それでは誰がやったの」

「分らない。だからきみに聞きたかった。洋子さんのことは、姉さんのきみがいちばんよく知っている。そうでしょう。最近の洋子さんは少し様子がおかしかった。元気がなく、顔色も悪かった。何か悩みごとがあったに違いない。その原因が分っていたら教えて欲しい」

「そんなこと、あたしは気がつかなかったわ。もしそうだとしたら、あんたのせいね」

「なぜだ」

「あんたが冷たくなったからよ」

「妙なこじつけは止めてくれ。ぼくは事実を話している」

「あんたの言うことなんか信用しない。洋子を殺したのは絶対にあんたよ。洋子は、初めて愛した男に殺されたんだわ」

「ぼくが初めての男――」

そうだろうか。矢木が初めて洋子の体を抱いたとき、洋子はすでに性の感触を知っていたのではなかったか。矢木は洋子の過去を問わなかったが、その過去には、異性との関係が当然のように含まれていると思っていたのだ。

「意外みたいね。でも、あたしは洋子のことなら何でも知っている。洋子にとって、あんたは本当に初めての男だったわ。あんたはけだものよ。きたならしいけだものだわ」

美津子は、いかにも憎らしげに言った。

そのとき、無断でドアをあけ、部屋に入ってきた者がいた。

永山部長だった。

部長の背後には、林刑事もいた。

しかし部長も林刑事も、ほとんど矢木を無視していた。

「あんたは洋子の姉じゃないらしいな」

部長はドスのきいた声で、美津子に向って静かに言った。

6

部長に問い詰められた美津子は、しばらく、真青になってヒステリックに喚いた。

矢木は啞然として見守るばかりだったが、しかし、部長の訊問《じんもん》は次ぎ次ぎに急所を突いた。

美津子は洋子の姉というのに、死亡した両親の名を知らなかった。育てられたという大阪の叔父夫婦の名も挙げられなかった。美津子は確かに姉の実名だが、その姉は数年前から行方不明になっていたのである。

ヒステリー症状がおさまると、洋子の姉になりすましていた女は、意外にあっさりと犯行を自供した。

彼女はバーを転々とするうちに洋子を知り、深い同性愛に落ちた。そして世間体をつくろうために名前を洋子の実姉に変えて姉妹を装い、実際は夫婦同様の生活をしていた。ところが、そのうち洋子は矢木を知り、そうすると女同士の生活が耐えられなくなったのである。

むろん、洋子の心変りはたちまち相手の女にも知れた。だから洋子は矢木を店に来させないようにしていたし、矢木との仲が深くなるにつれて真剣に悩んだのだ。

犯行当夜——、犯人の女は、頭痛がすると言って店を休んだ洋子に男の電話があったことを知り、それが気になって一時間ほど早く店をひけた。

そして、たまたま洋子の部屋から出てくる矢木の姿を見てしまった。

部屋に入ると、ベッドが乱れたままだった。

彼女は嫉妬し、洋子を詰問した。

しかし、もはや洋子の心は完全に矢木に傾いていた。洋子は矢木と婚約したことを話し、明日にも部屋を出ると言った。

女は考えを変えさせようとしたが、洋子の決心は固かった。ついに諍いになり女は逆上し、気がついたときは洋子の首を絞めていた。

「トシミの話を聞いたら、妙に思わせぶりな言い方で、美津子は男嫌いらしいというからすぐにピンときたんだ。しかも、トシミがきみと洋子の仲に気づいたのは、きみがくるたびに洋子に対する美津子の態度が怖いように変ったせいだというから尚さらだろう。そう言われてこっちも気がついてみると、美津子は大阪で育ったというのに大阪弁の訛《なまり》が全然ない。それで早速、戸籍や住民登録を調べてみたんだ。分ってしまえばあっけない事件だが、ことによると、洋子に対する愛情は、きみよりも彼女を殺した女のほうが深かったかも知れんよ」

取調室から出てきた永山部長は、矢木に向って、気落ちしたようにそう言った。

しかし矢木は、部長に説明されても、依然悪夢の中をさまよっているようだった。

熱い死角

1

捜査係長が被疑者を取調べている間、稲尾刑事は調書をとるため、係長の脇に黙って腰かけていた。

被疑者は二十五歳の人妻だった。少し痩せぎすだが、切れ長の眼や唇の表情に色気があり、稲尾は初めて彼女を見たとき、その眼が妻の左知子に似ていると思った。

しかし今、彼女は泣きつくしたあとで、いくらか落着きを取戻し、耐えるように唇を噛みしめていた。

「さあ――」係長はやさしく言った。「すっかり話してくれませんか。あんたもそのほうが楽になるはずだ。証人がいるし、あんたが殺したことは分っている」

「――」

女は低く頷いた。

「なぜ藤巻早苗を殺したのかね」

「――」

「どういう事情か知らんが、一時、あんたは大宮のトルコ風呂で働いていた。それからしばらく経って、姉さんのやっているスナックで働くようになり、そこで現在のご主人を知って結婚した。ご主人は普通のサラリーマンのようだ。あんたがトルコ風呂にいたことなどは知らなかった。真剣にあんたを愛し、かりにトルコ風呂の前歴を知ってもプロポーズしただろうと言っている。今でも愛情は変らないと言っているくらいだ。

しかし、あんたは前歴を知られたくなかった。その気持はわたしにも分る。愛している夫に、余計な過去などは誰だって知られたくない。ところが、同じアパートに偶然藤巻早苗が引越してきた。かつて、あんたと一緒に大宮のトルコ風呂にいた女だった。最近は新宿のトルコ風呂に移ってきたが、あんたの幸福そうな結婚生活をみて妬んだに違いない。彼女にはタチの悪いヒモみたいな男がついていて、別れたくても別れられない状態だった。あんたは彼女に脅迫されてたんじゃないかな」

「――」

女は俯《うつむ》いたきりで、また低く頷いた。

「その辺の事情を、もっと詳しく話してくれませんか」

「初めは一万円、その次ぎが二万円でした」

「恐喝ですか」

「はい。きりがなかったのです」

「要求に応じなければ、大宮時代のことをご主人にバラすと言うんだね」

「はい」

「それで？」

「このままでは、一生早苗さんに苦しめられると思いました……」

女は次第に口がほぐれてきた。彼女は恐喝に耐えかね、夫に前歴を知られないため、ついに思い余って早苗という女を殺したのである。

稲尾刑事は彼女の供述を聞きながら、妻の左知子のことを考えている自分に何度となく気づいた。

女の供述が終り、稲尾は捜査係長の口述を筆記した。

供述調書に署名をした女は、やがて、看守に連れられて留置場へ去った。

「気の毒な女だな」

捜査係長がひとり言のように言った。

稲尾は答えないで、調書を読返しながら、左知子のことを考えていた。

2

その晩、稲尾が帰宅したのは九時過ぎだった。仕事に追われている彼は帰宅時間が不定なので、夕食はいつも左知子が先にすますことになっていた。稲尾は出前の店屋物などで食事をすませ、左知子と食事をするのは朝だけか、非番の日に限られていた。

帰宅したとき、左知子はテレビをみていたようだが、稲尾がアパートの玄関を入ると、テレビを消して迎えた。

「トルコ風呂の女を殺した犯人が捕まったよ」

家ではあまり仕事の話をしない稲尾だが、左知子のいれた紅茶を飲みながら、珍しく、取調べに立会った人妻の話をした。

「聞いていて、殺人犯なのに、その女が可哀相になった。過去を知られないために、相当無理な金を絞り取られていたらしい。このままではいつまで金を絞られるか分らないし、いつか夫にバラされると思って殺したんだな。殺された女は自業自得みたいなもので、ぼくは犯人の方に同情してしまった」

「その犯人はご主人を愛していたの」

「もちろん愛していた。子供もいたし、家庭を守るためには殺すほかないと思いつめてしまった」

「人殺しだと、死刑になるのかしら」

「そうとは決まっていない。今度の場合は被害者のほうが悪いし、情状を酌量されて、七年くらいの懲役か、うまくいけばもっと短期の刑で執行猶予がつくかもしれない。それに実刑をくっても、真面目につとめれば刑期の三分の一で仮釈放になる」

「ご主人の気持はどんなかしら」
「普通のサラリーマンだが、ひどいショックをうけたようだった」
「あんたが犯人を捕まえたの」
「已《や》むを得なかった」
「あたしがもし刑事だったら、そういう可哀相な犯人を捕まえるなんて、できなかったわね」

左知子も犯人に同情すると言った。

話しながら、稲尾は左知子の様子を観察した。

しかし、特にこれといって変ったところはなかった。いつもよりいくらか積極的に話をしたという程度だった。以前から好奇心が強くて、あるいは夫の留守中退屈しているせいか、会話そのものを愉《たの》しむように根掘り葉掘り聞きたがる女だったのである。

だが、最近の左知子はどうかしている。沈みがちで、悩みごとを抱えているように黙っていることが多い。稲尾が話しかけても、まるで聞えなかったように、返事さえしないことがある。

一か月くらい前から急に明るさが消えたのだ。

しかし、彼女の変化に気づいたのは一か月くらい前だが、本当はもっと前から変りだしていたのに、稲尾は多忙な仕事に追われ、気づかなかっただけかもしれない。

——体の具合が悪いんじゃないのか。

稲尾がそう聞いてみたのは、十日ほど前である。

——いえ、何ともないわよ。

左知子は軽く否定した。

ところがきょう、稲尾はトルコ風呂の女を殺した犯人を逮捕しにゆく途中、偶然、渋谷駅の近くで左知子が谷口と歩いている姿を見かけたのだ。

舗道の反対側を歩いていたので、左知子も谷口も稲尾の姿に気がつかないようだった。そのとき稲尾の視線が反対側の舗道に向けられていなければ、当然稲尾も気づかないで行き過ぎたに違いない。まさかと思って自分の眼を疑ったくらいだった。

しかし、左知子と谷口が親しそうに歩いていたわけではないが、その二人が肩を並べていたことは確かで、別れるとき、谷口が左知子の肩に手を置いたことも稲尾は目撃した。間違いなく、左知子は谷口と歩いていたのである。

いったいどういうわけなのか。

稲尾は不審だった。すぐに左知子のあとを追って理由を質《ただ》したかったが、仕事の途中で同僚が一緒だったし、その場は後姿を見送っただけで、もっと落着いてから考えることにした。

しかしどう考えたらいいのか。

谷口はやくざで、前科はないが、警察のブラック・リストに載っている人物だった。稲尾よりやや、年下の二十七、八歳で、暗い感じの苦味走った男だ。特に悪い噂を聞かないが、悪事が表面にでないだけで、どうせろくなことをしていないに違いない。恐喝屋か、賭場の壺振りといったところだろう。まだ代貸しをつとめるほどの貫禄はない。

そんな谷口を、左知子がなぜ知っていたのか。

稲尾は結婚して二年経つが、左知子から谷口の名を聞いたことは一度もなかった。

「元気がないね」

先に蒲団に入った稲尾は、やがて、並べて敷いた蒲団に横たわった左知子に言った。

「ほんとに体の具合が悪いんじゃないのか」

「どこも悪くないわ」

「そうかな。この頃のきみはどうも元気がない」

「なぜかしら。自分では気がつかないわ」

「ぼくの取越し苦労かもしれないが、もし心配事があるなら、どんなことでも隠してはいけない。ぼくらはこの世で二人きりの縁に結ばれている。改めてこんなことを言うのはおかしいけど、きみの心配はぼく自身の心配なんだ。どんなつまらないことでも、また、どんな言い難いことでも、話してくれなくては駄目だぜ」

「分ってるわ。でも、ほんとに何でもないのよ」

「それならいいが――。ぼくはきょう、仕事をしながら、ふときみを知った頃を思い出した。最初に会ったのは奥塩原のスキー場だった。ぼくはスキー靴をはくのも初めてなくらいだから、転んでばかりいてみんなに笑われた。でも、転んだお蔭できみの笑顔に親しむことができた。ぼくは五、六人の友だちといっしょで、きみも友だちがいっしょだった。偶然、同じロッジに泊ったので、夜は楽しい合唱会になった。ぼくはあのときの楽しさと、きみの魅力が忘れられなかった。だから東京に帰ると、早速きみにデートを申し込んだ。ぼくにしては珍しく積極的だった。最初から夢中になってしまったのだと言ってもいい。そんな経験は初めてだった。

しかし、刑事なんて職業は女性に好かれない。ぼくは半ば諦めながらきみを誘った。だが、きみは気持よく応じてくれて、その日は映画を見てから食事をして別れた。ぼくは仕事のほかに、もっと大きな生きる喜びを知った。その後も積極的なのはぼくのほうだが、とにかく、ぼくらは愛を確かめ合って結婚した。現在のぼくは、ほとんどきみがいるから生きているようなものだ。女房に愛してるなんて言う奴はばかだと言われるだろうけど、ぼくはきみを愛している。その気持は、結婚した当時と少しも変っていない。きみについてなら、たとえどのようなことがあっても許せる自信がある」

「嬉しいわ」

「こっちにこないか」

稲尾は、スタンドの明りを薄暗く切換えて誘った。左知子を抱くのは一週間ぶりくらいだった。

しかし、彼女は壁のほうへ顔をそむけていた。

「ぼくがそっちへ行こうか」

稲尾は左知子の蒲団へ移って、やさしく抱き寄せた。

左知子は拒まなかった。だが、彼女の体はこわばった感じで、彼を受入れようとしてはいなかった。

3

稲尾は左知子を抱いたが、形ばかりの愛撫をしただけで体を離した。

——おまえは谷口とどういう関係なんだ。

稲尾は、一思いにそう言ってやりたかった。しかしそれを言ってしまえば、彼女を追いつめることになるだろう。真実を問い質すことはむしろやさしい。だが、それは真実と引換えに、彼女を永遠に失いかねないのだ。もし彼女が、きょう逮捕した殺人犯のように谷口に脅迫されているなら、ひそかに救ってやるのが夫たる自分の義務ではないか。たとえ彼女にうしろ暗い過去があろうと、あるいは悲惨な経歴を負っていると分っても、その傷口をいたわってやるのが愛ではないか。

——おれの左知子に対する愛は、今さら何を知らされても崩れはしない。

稲尾はそう確信し、慎重を期した。

翌《あく》る日、彼は指名手配中の強盗犯人の所在捜査を口実に午後から署をでると、左知子の親友が勤めている京橋の会社へ向った。結婚前は左知子も同じ会社でタイピストをしていたが、前原セツ子という度の強そうな眼鏡をかけた女だった。

稲尾は会社の近くまで行って、彼女を喫茶店に呼出した。

「仕事でこの近くまで来たんでね、ちょっときみに会って話を聞きたくなった」

稲尾はそんなふうに切りだした。

「どんなことかしら」

稲尾の表情が堅かったせいか、セツ子は生真面目な顔で言った。普段は愛嬌のいい丸顔で、よく笑う女だった。

「最近、いつ左知子に会いましたか」

「そうね、二週間くらい前だったわ。やはり近くまで来たと言って、久しぶりに寄ってくれたのよ」

「変った様子はなかったろうか」

「さあ――、別に気がつかなかったけど、何かあったの」

「いや、そういうわけではないが、最近元気がないので心配している。悩み事でも話しませんでしたか」

「おかしいわね。左知子さんはもともとおとなしかった。でも、困るようなことがあれば、必ずあたしに相談してくれたわ。この間は、テレビ女優になった高校の同級生のことや、会社でいっしょだった人の噂話ばかりだった。幸福そうで、誕生日には稲尾さんに服をつくってもらったなんてお惚《のろ》けを聞かされたくらいよ。でも言われてみれば、少し元気がなかったみたいね。気になるほどじゃなかったけど」

「きみは高校時代から、左知子の仲よしだったと聞いている。高校を卒業して、現在の会社に勤めたときもきみと一緒だった」

「ええ」

「つまりきみは、左知子をいちばんよく知っている」

「そうね。たいていのことは知ってるわ」

「それで是非きみに聞きたいんだ。左知子のために、率直に答えて欲しい。こんなことを言うのはテレ臭いが、ぼくは左知子を愛している。彼女のためなら、どんな犠牲も払うつもりでいる。彼女の暗い顔を、このまま黙って見ているのが辛いんだ。今さら何を聞かされても、ぼくの気持は決して変らない」

「でも、何を知りたいのかしら」

「左知子の過去だ」

「過去って？」

「ぼくらの結婚生活はうまくいっていた。だから、ここにきて左知子の顔が暗くなったのは、過去に原因があるんじゃないかと思う。ぼくはそういう例をいくつか知っている。過去をネタに脅迫され、殺人事件を犯した女も知っている」

「分らないわ。左知子さんの過去には、隠さなければならない秘密なんてなかったはずよ。真面目すぎるくらいで、噂になるようなボーイ・フレンドもつくらなかったほどですもの。あたしなんかと違っていたわ」

「それではなぜぼくと交際し、結婚する気になったのだろう。ぼくはハンサムではない。話のおもしろい男でもない。どちらかと言わなくても野暮なほうだ。そして安月給の平刑事に過ぎなかった。彼女がぼくと結婚してくれるなんて、最初は遠い夢だった」

「そんなふうに自分を卑下するのはおかしいわ。左知子さんは稲尾さんが好きになって、ほんとに愛したから結婚したのよ」

「そうだろうか。ぼくはかなり強引にプロポーズした。おとなしい左知子は、その強引さに負けたんじゃないかな」

「違うわ。左知子さんはおとなしくても、芯はとても強くて、いったん思い込んだら誰の言うことも聞かないところがあった」

「生活のために、会社以外のアルバイトをしていたということはありませんか」

「ないわね。左知子さんは遊び好きじゃなかったし、生活に困るような家でもなかったわ」

「それでは、ぼくを知る以前に恋愛の経験はなかったろうか」

「それもないはずよ。聞いてないわ」

「しかし、彼女は男性にモテていたと思う」

「人気があったことは確かね。実際にプロポーズしたひともいる。でも、そのひとは一昨年結婚して、もう子供がいるし、札幌支店へ転勤したわ。ほかの男性からデートに誘われたりしても、左知子さんはほとんど相手にしなかった。堅いというより、男嫌いみたいだった。稲尾さんを知ったのが、初めての恋愛だわ」

「彼女にプロポーズした男の名前を憶えてますか」

「岡部というひとよ。簡単に振られたらしいわ」

「谷口という男を知らないかな」

「どんなひとかしら」

「ぼくは会ったことがない」稲尾は嘘をついた。

「ぼくの友人が、左知子とそいつが歩いている姿を見た」

「どういう仕事をしてるひとなの」

「やくざ者らしい」

「信じられないわ。声をかけられ、ついてこられただけじゃないのかしら」

「そうかもしれない」

「そうよ、きっと。あたしだって、変な男にコーヒーを誘われたりすることがときどきあるわ」

「そうだな。左知子を疑ったわけじゃないんだ。事情があるなら知りたいと思ったが、元気がないので、悪いほうにばかり考えてしまった。声をかけられた程度では、彼女自身も谷口なんて名前を知らないだろう。ぼくの思い過ごしだったようだ。きみの話を聞いて安心したよ」

「でも、元気がないというのは心配だわ」

「その点はぼくも心配だから、医者に診てもらうようにする。気がつかなくても、やはりどこか悪いのかもしれない。ことによると、ぼくを心配させないため、病気を隠しているのかもしれない」

「そうね。左知子さんは、自分だけで苦しむようなところがあるわ」

「とにかく、ぼくがきみに会ったことは内緒にしてくれないか。左知子が気にするといけない」

「もちろんよ。分ってるわ」

「ありがとう。わざわざ呼出して済まなかった。ぼくも仕事の途中だから、きょうはこれで失礼する。今度の日曜あたり、遊びにきてください」

稲尾は会計の伝票をつまんで、腰を上げた。

4

セツ子には安心したと言ったが、稲尾の気持はいっこうに晴れなかった。

楽観的に考えれば、左知子は、女をひっかける調子で谷口に話しかけられ、つきまとわれただけかもしれない。そして、そんな谷口を振切って別れたので、わざわざ稲尾に話すまでもないと思っているのかもしれない。

それならむろん問題はない。

――昨日、渋谷できみを見かけたよ。若い男と仲がよさそうに歩いてたろう。

そうひやかしてやればいい。

そうすれば、左知子は見知らぬ男に声をかけられたことを話し、ふたりは笑い合ってケリがつく。

しかし、果してそんな具合にケリがつくかどうか。左知子は狼狽《ろうばい》するのではないか。返事に窮して、黙ってしまったら、そのときはどうするのか。

元気のない最近の彼女を思うと、稲尾はどうしても悲観的な考えに傾くのだ。昨夜稲尾に抱かれたときの様子も、以前の彼女とは確かに違っていた。口では何でもないと言い、拒んだわけでもなかったが、体まで偽らせることはできなかったのである。夫を喜んで迎えられない苦悩を、体が正直に告白していたのだ。

それはことによると、谷口に抱かれたあとだったからではないのか。

セツ子は谷口を知らないと言った。左知子にうしろ暗い過去などはないし、稲尾に会うまでは恋愛の経験もなかったと言った。

しかしセツ子が親友なら、左知子に不利なことを話すはずはないだろう。谷口を知らないのは本当らしかったが、左知子の過去に何かがあって、それを谷口に嗅ぎつかれ、脅迫されているということはあり得ないことではない。現にトルコ風呂の女を殺した犯人が一つの例だが、刑事の妻として、夫の立場を守るためにも妻の座を守るためにも、已むを得ず谷口の言いなりになっているということは十分考えられる。とすれば、かなり深刻に悩んでいるに違いないのだ。真実をつきとめることが先決だが、早く手を打たねば、事件が起きてからでは間に合わない。

稲尾は喫茶店を出てセツ子と別れると、署へ戻らないで、谷口の愛人がいる駒場のアパートへ行った。腰野和代という女で、夜は渋谷のキャバレーに勤めている。

和代は出かけるところらしく、アパートの玄関でばったり出会った。

しかし勤めに出る服装ではなく、スラックスにサンダルをつっかけ、化粧もしていなかった。勝気そうな眼をした美人だが、化粧を落とした肌は吹出物が目立った。

「買物ですか」

稲尾は気さくに声をかけた。

以前、彼女が同棲していた男はやくざ同士の喧嘩で殺されたが、稲尾はその事件をきっかけに彼女を知っていた。

「美容院へ行くのよ」

「近いのかい」

「駅のそばだわ」

「それじゃ歩きながら話そう。知ってるだろうが、西条が強盗《たたき》をやって逃げている。何か新しい噂を聞かないか」

稲尾はさりげなく話を引出すため、最初から谷口について聞くことを避け、指名手配中の容疑者の名をあげた。西条というのも同じ組のやくざで、彼女と同棲していた男とは兄弟分の間柄だった。

「何も聞いてないわ。この頃のあたしは、やくざのやの字も嫌いなくらいよ。組の連中とは一人もつき合ってないわ」

「そうかな」

「きまってるじゃないの。もともと分ってたことだけど、やくざなんて人間の屑《くず》だわ。あたしだって屑みたいな女、でも、女のヒモになるようなのはもっと最低の屑よ」

「それじゃ谷口はどうなんだ」

「とっくに別れたわ。別れたというほどの仲までいかないうちに、彼のほうでぷっつり来なくなった。すぐに飽きたのね。あたしもほっとしたわ」

「おれは、きみが谷口の愛人だと思っていた」

「とんでもない誤解だわ。お互いに夢中になったわけじゃないし、ちょっとつき合った程度だった。やくざはもう懲《こ》り懲《ご》りよ」

「彼と切れたのはいつ頃だろう」

「二か月以上前ね」

「新しい女ができたのかな」

「知らないわ。とにかく谷口は冷たい男よ。少し変り者みたいに無口で、やくざっぽく見えないけど、冷たいことは確かね。つき合っていた頃でも、ヒヤッとするような冷たさを感じることがよくあった。谷口は決して人を信じない。決して人を愛さない。そういう男だと思うわ。ひねくれてるのね。グレる前に、いろんな苦労をし過ぎたせいかもしれない」

「誰だって苦労はしているさ」

「谷口は孤児院で育ったのよ」

「初耳だな」

「谷口に聞いたわ」

「左知子という女を知らないか」

「どんなひとかしら」

「谷口とつき合っているらしいが、おれも名前しか知らない」

「あたしは名前も聞いてないわ」

話しながら歩いて、美容院の前にきた。

「西条のことを聞くつもりで、余計な話を聞かせてもらった。きみがやくざと縁を切ったのはいいことだ。今度は堅気の男を見つけて結婚するんだな」

「駄目よ、あたしなんか。もう若くないわ」

「そんなことあるもんか」

稲尾はせめてもの慰めを言った。

5

稲尾は署に戻ったが、頭の中は左知子のことでいっぱいで、相変らず落着かなかった。

和代と谷口の仲は二か月以上前に切れたという。

とすると、最悪の場合を仮定すれば、左知子と谷口の関係は二か月以上も前から続いているわけで、稲尾はずいぶん迂闊《うかつ》だったことになる。

しかし、そこまで悪く考える必要もないのではないか。もしその通りなら、谷口は左知子の夫が稲尾だということを知っているはずで、稲尾に対しても何らかの働きかけがあっていいはずだろう。稲尾を脅すことに成功すれば、やくざ稼業の上で、甘い汁を吸う方法を見つけてくるに違いなかった。

それとも、左知子と谷口はやはり何の関係もなく、ただ行きずりに話しかけられただけだったのか。

稲尾は迷いつづけ、どうしても落着かなかった。

その晩は宿直だった。

事件がなくて暇なので、稲尾は盛り場を一回りしてくると言って署を出た。

夜の盛り場は八時から十時頃までが雑踏のピークで、擦れ違うやくざやぐれん隊は、稲尾に気づくと腰を低くして挨拶した。連中の間で、稲尾は妥協性のない厳しさを恐れられていた。

一回りしたが、谷口には会わなかった。

稲尾は不快な想像を抑えきれず、タクシーを拾って自宅へとばした。独身時代から住んでいる粗末なアパートだった。

ところが、稲尾の部屋は明りが消えていた。錠もかかっていた。

腕時計をみると、九時近かった。

錠をあけ、部屋に入って明りをつけた。

掃除が行届いて、きれいに整頓されていた。

蒲団は敷いてなかった。

こんな時刻に何処へ行ったのか。

近所づき合いを好まない左知子は、この近くに訪ねるような知人はいないはずだ。今朝、稲尾が出勤するときも、外出するという話などはしていなかった。買物なら帰っている時刻だし、稲尾が宿直で帰らないことは知っているが、ひとりで映画館に入ったり、バーへ飲みに行くような女でもない。

稲尾の宿直は急に決まったことではなく、週に一度か二度の割で順番がまわってくる。もちろん左知子はそれを承知していたし、谷口も左知子から宿直の日割を聞出していたと考えて不自然ではない。

つまり谷口は、稲尾が今夜帰らないことを知っていて、強引に左知子を誘い出したのではないか。

稲尾はますます厭《いや》な想像に駆られた。

彼はまたタクシーを拾った。

谷口のアパートへ行ったことはないが、そのアパートの前を仕事で通りかかったとき、同僚の刑事に教えられたことがあった。

道順などはうろ憶えで、稲尾はおよその見当でタクシーを下りた。

アパートを見つけるまでに五、六分歩いた。

ブロック塀があって、稲尾が住んでいるアパートより、いくらかましという程度の二階建だった。上下五世帯ずつに分れているらしいが、どの部屋に谷口がいるのかは知らなかった。

一階は三部屋、二階は一部屋の窓しか明りがついていなかった。明りのついている窓は、みんなカーテンがしまっていた。

稲尾はしばらく窓の明りを眺めた。ここまできたものの、あとはどうしたらいいか分らないのだ。すでに疑心暗鬼の虜《とりこ》になっているが、もし谷口の部屋を訪ね、そこに左知子がいたらどうするのか。ギリギリの決着をつけざるを得なくなるだろう。それは左知子を失うことを意味する。といって、彼女が谷口の部屋にいるというのは最悪の想像だが、そう思っても、いつ出てくるか分らぬ彼女を待っているわけにはいかなかった。稲尾は勤務時間中なのだ。

それでは、今夜はこのまま引返し、次の宿直までおとなしく様子を見るか。

――いや。

稲尾は首を振った。胸が疼《うず》き、吐く息が苦しかった。じっとしていると、体が震えてきそうだった。とにかく、谷口の部屋はどこなのか、それだけでもまず知っておこう。彼と左知子は無関係で、外出しているかもしれないではないか。

稲尾はそう思った。

そのときだった。

アパートの門を出てきた女がいた。ダスターの襟を立てた横顔が、街燈の明りにはっきりうつった。

稲尾は息を飲んだ。

その女は間違いなく左知子だった。急ぎ足で去ってゆくうしろ姿も、左知子に間違いなかった。

6

左知子の姿が闇に消えた。

——やはり谷口と会っていたのか。

稲尾は呆然と立ちすくんだ。

しかし、彼女が稲尾の姿に気づかなかったのは、不幸中の幸いというべきだろう。彼女は谷口に脅されているに違いない。

怒りがぐいぐいこみ上げてきた。

稲尾はアパートの玄関を入った。

コンクリートの廊下が伸びていた。

一階に「谷口」という表札はなかった。

二階へ上ると、すぐ左手の部屋に明りがついていたが、表札はなかった。ほかの部屋は真っ暗である。

稲尾は、明りのついている部屋のドアを、軽くノックした。

返事がなくて、ドアが細目にあいた。

谷口の顔が覗いた。驚いたようだった。

「しばらく会わなかったな」

稲尾はドアをいっぱいにあけ、玄関に入り、うしろ手にドアをしめて言った。

小さなキッチンの奥に、シングル・ベッドを置いた六畳ほどの部屋が見通しだった。

「上っていいかい」

「何か用ですか」

「用があるからきた」

「どんな用だろう」

「少し込み入っている」

稲尾は靴を脱いだ。

「しかし――」谷口の表情は堅かった。「ここでは腰を下ろしてもらう所もない」

「そんなことはないだろう。たった今まで、女の客がきていたはずだ」

「――――」

谷口はドキッとしたように稲尾を見たが、すぐに視線をそらした。暗い視線だった。

「奥の部屋のほうが話しやすそうだ。きさまはベッドに寝そべってもいい。おれは立ったまま話す」

稲尾は谷口の肩を押した。

六畳の部屋へ行き、谷口はベッドに腰をかけた。ベッド・カバーがかかっていたが、小さなサイド・テーブルに、女物の腕時計が載っていた。

稲尾はその時計に見憶えがあった。結婚するとき、左知子に買ってやった時計だった。左知子が置忘れたのか、谷口が巻上げたのかは分らない。

「もう隠そうとしても無駄だ」稲尾は興奮を抑えた。感情の爆発を恐れているのは彼自身だった。

「おれは胆《はら》を決めている。さっきまで、ここにいた女の名を言ってみろ」

「――――」

谷口は腕を組み、顔をそむけ、唇を噛みしめていた。

「言えないのか」

「――――」

谷口は答えなかった。暗い、険しい眼を窓のほうに向けていた。

稲尾は何気なく腰に手を当てた。拳銃のケースが触れた。昼間から拳銃をさしたままだったことに気づいた。

「左知子はおれの女房だ。知っていたのか」

「――――」

「知っていたらしいな。左知子を脅したネタは何だ」

「違う。稲尾さんは誤解している」

谷口の声は低く、かすれ気味だった。

「とぼけるな。今さら、おれは何を聞かされても驚かない。事実を知りたいだけだ。昨日、きさまと左知子が歩いていた姿をおれは見ている」

「昨日は偶然だった」

「嘘をつけ」

「嘘じゃない。偶然会って、歩きながら少し話したが、すぐに別れた」

「昨日初めて会ったというのか」

「いや」

「きさまは左知子の弱みを握った。そして彼女を脅迫し、この部屋に引きずりこんでいた」

「違う」

「どこが違うんだ。はっきり言え」

「おれは彼女を愛してしまった」

「何だって──。脅したあとで、惚れたというのか」

「そうじゃない」谷口は俯きがちに、横を向いたまま首を振った。「おれは、子供の頃から彼女が好きだった」

「子供の頃から？」

稲尾は信じられなかった。あまりに意外だった。

「おれは両親の顔も名前も知らない。捨児だったらしく、養護施設で育てられた。谷口というのは、そこの院長の姓だ。そして小学校五年のときから里親に預けられた。左知子の両親が里親になってくれたのだ。しかし、おれはひねくれたガキだった。可愛気のないガキだったに違いない。彼女の両親はいい人だが、そんなおれを扱いきれなくなったのだろう。あるいは、娘の教育のために、おれみたいなガキといっしょに育てるのはよくないと思ったのかもしれない。中学へ入って間もなく、おれは養護施設に戻されてしまった……」

その後の谷口は、養護施設から通って中学を卒業したが、勤め先を無断で転々と移り、どこも長つづきせず、他人に馴染めないで、自分と同じような体臭の仲間を求めるうちに、やくざの道に入ったという。

「世間の連中はやくざを軽蔑する。おれ自身も、軽蔑されるのが当り前だと思っている。だが、おれみたいな男はやくざになるのが自然で、ほかに落着ける場所がなかった」

「待て」稲尾は口をはさんだ。「おれはきさまの生立ちを聞いてるんじゃない。同じ捨児でも立派に働いている者がいる。左知子とはずっとつき合っていたのか」

「いや、彼女の家にいた頃は、お互いに子供だった。ところが彼女の高校時代に、その頃おれはもうグレていたが、街で偶然彼女に会った。おれより、彼女のほうがおれを憶えていて、声をかけてくれた。おれは嬉しかった。とても懐しかった。しかし、おれはグレてしまった自分が恥ずかしくて、そのときは立話をしただけで逃げるように別れてしまった」

「それから?」

「何年か経った。おれの生活は荒《すさ》んでいた。そんなとき、また彼女に出会った。三か月くらい前だった」

「よく偶然がつづくな」

「同じ東京に住んでいる。何年かに一度くらい出会っても不思議ではない。だが、おれも彼女も、ただの偶然とは思わなかった」

「どういう意味だ」

「稲尾さんには言い難い」

「遠慮することはない」

「とにかく、おれたちは好きになってしまったのだ。初め、彼女は結婚したことを話したが、夫は普通のサラリーマンだと言っていた。おれも、まさか稲尾さんがご主人とは想像もできなかった」

「おれのことはいつ分ったのだ」

「彼女が、初めてこの部屋にきた夜だった。おれが稲尾さんを知っているので彼女も驚いたが、しかしそのときはもう、おれたちは離れられなくなっていた」

「離れないで、おれを騙《だま》しとおすつもりだったのか」

「そんな甘い考えはない。おれも彼女も悩みつづけた。稲尾さんの仕事が忙しいので、彼女は寂しかったらしい。稲尾さんを嫌いになったわけではないと言っている」

「彼女の弁解をきさまから聞く必要はない」

「おれはやくざの足を洗う決心をした。許してもらえるなら、どこか見知らぬ土地へ行って、彼女と堅気に暮したい」

「いい気なものだな」

「済まないと思っている」

「おれは、やくざに女房を寝取られた刑事というわけか」

「絶対に他言はしない」

「当り前だ。いいお笑いぐさになる。しかし今の話は、きさまの作り話じゃないだろうな」

「彼女に聞いてくれれば分る」

「とんだ惚けを聞かせてもらった」

「おれが悪かった。おれは殴られても蹴られてもいい。彼女にも手をついて謝らせる」

「そうはいかない。おれは左知子を誰にも渡さない。左知子はおれの女房だ。おれの可愛い女房なのだ。うしろを向け」

稲尾は拳銃を抜いた。32口径のコルトだが、撃針の当っている一発目は、暴発を防ぐため空砲にしてある。

「射つのか」

谷口はさすがに青ざめて、ベッドの隅に体を寄せた。

「射たない」

「どうするんだ」

「うしろを向けば分る」

稲尾は、怒りと嫉妬で狂いそうな気持を、けんめいに耐えた。

谷口が及び腰で背中を向けた。

その後頭部を、稲尾は拳銃の台尻で力いっぱい叩きつけた。

谷口はうずくまるように倒れ、それっきり動かなかった。

7

稲尾は谷口の首を絞めた。

指紋を残さぬように注意した。

左知子に疑いがかからぬように、サイド・テーブルの腕時計を持去ることも忘れなかった。

稲尾は署に戻った。

スリが捕まって、怒鳴り声の大きな刑事に怒鳴られていた。

「何もなかったかい」

捜査係長が盛り場の様子をきいた。

「何もありませんでした」

稲尾は冷静に答えられた。

珍しいくらい事件のない夜だった。

稲尾は机に向い、書類を整理するふりをしながら、署を出てから谷口を殺して戻るまでの経過を振返った。

谷口の部屋に入る姿も、出るときの姿も見られていないはずだった。彼はミスのなかったことを確信した。万一の場合でも、アリバイを聞かれたら、盛り場を回っていたと言えばいい。しかし、そんなことになる気遣いはない。

今夜のうちに死体が見つかれば、朝刊にその記事がでる。左知子は驚くだろうが、左知子と谷口の仲は秘密になっているから、彼女が稲尾を疑う理由はない。稲尾はあくまで知らぬふりをしていればいいのだ。彼女の腕時計は、途中、下水溝に捨てたが、彼女が腕時計を置忘れたことを心配しても、それは杞憂《きゆう》に過ぎないのだから、やはり黙っていてやればいい。

谷口の死は自業自得である。

稲尾は自分の立場を守るため已むを得ず殺したのだ。それに、左知子を失いたくなかったのだ。彼女を愛し、自分も愛されていると信じていたから、谷口の告白を聞いたときは愕然《がくぜん》とした。しかし、彼女への愛は少しも衰えていない。裏切った妻だが、憎しみがかえって愛を深めた気さえした。彼女を責める気持にはなれない。憎くても悲しくても、やはり愛さずにはいられないのだ。

——おれはそれほど左知子を愛していたのか。

稲尾はあらためてそう思った。谷口は、左知子と愛し合ったようなことを言ったが、それはどの辺まで本当か分らない。おそらく、稲尾が仕事に時間をとられていたので、左知子は寂しかったに違いない。それで、むかし知っていた谷口の手管にのせられ、つい体を許したのがずるずると続いてしまったのではないか。彼女が、やくざ者の谷口を真剣に愛したとは考えられない。結局、おれは彼女の悩みを救ったのだ……。

「今夜はゆっくり眠れそうだな」

十二時を過ぎて、係長が欠伸《あくび》まじりに言った。

谷口のアパートは、稲尾の所轄署の管外だった。かりに死体が見つかっても、特別の場合を除いては隣接署までしか手配がまわらなかった。

稲尾は宿直室の二段ベッドにもぐった。

さすがに気持が昂《たか》ぶっていて、なかなか寝つかれなかったが、明方近くなってようやくまどろんだ。

「谷口が殺《や》られたぜ」

起床すると、同僚の刑事が言った。朝刊に記事がでていたのである。やくざ同士の仲間割れが原因ではないかという小さな記事で、谷口を知っている刑事たちも、ほぼ同じような意見で雑談をかわしていた。

宿直明けは休みだが、宿直事務を引継いだあとも、それぞれ受持っている事件が多いから、すぐに帰れるということは滅多になかった。

稲尾も、午前中いっぱい仕事にかかりきりで、時には谷口の事件を忘れているほど忙しかった。

「ちょっと来てくれんか」

係長から電話で、次席の部屋に呼ばれたのは午後一時頃だった。

——何だろう。

稲尾は首をひねった。次席室へ呼ばれることは珍しかった。

次席室へ行くと、次席と刑事課長と捜査係長が揃っていて、そのほかに、本庁の警部が部下をつれていた。

みんな重苦しい表情だった。

稲尾は厭な予感がした。

「谷口が殺られた事件を知ってるね」

刑事課長が言った。いつもの、穏やかな口調と違っていた。

「新聞でみました」

稲尾は緊張した。

「きみは谷口を知ってたかい」

「ええ、顔くらいは」

「顔だけか」

「やつらの事務所で何度か会っているし、話もしています」

「昨夜、きみは宿直だったな。そして、八時半ごろ出かけたが、戻ったのは十時半を過ぎていた。どこへ行ったのかね」

「盛り場を回っていました」

「盛り場を回ったあとのことを聞いている。きみは私の部下だ。被疑者を調べるような真似をしたくない。だから率直に聞く。きみも率直に答えてくれ。きみは谷口のアパートから出てくる姿を見られている」

「どういう意味ですか。わたしは谷口のアパートへ行く用などありません。宿直なのに、そんな所へ行くはずがないでしょう」

「否認するのかね」

「もちろんです。わたしを見たなんて、誰が言ったんですか」

「きみのおくさんだ」

「家内が——？」

稲尾の背中を、冷たい感覚が走った。

「昨夜、おくさんは谷口の部屋へ行ったが、腕時計を置忘れてきた。おくさんはそのことに気がついて引返した。そのときだ、きみの姿を見たのは。きみに間違いないと言っている。もしきみでなければ、その時計だけ持去った犯人の気持がわれわれにも分らない」

「——」

稲尾は体が冷たくて、凍りそうな気がした。

左知子がそんなことを言ったとは信じられない。しかし彼女が密告しなければ、誰があの時計について話せるだろう。

左知子は、やはり本当に谷口を愛していたのか。そして新聞を読み、谷口の死を知って、おれを憎むあまり夫婦の恥を曝《さら》してまで密告したのか。おれはこれほど愛しているのに、彼女のほうはほんのひとかけらほどもおれを愛していなかったのか……。

「おくさんに会いたければ、捜査本部に待たせてあるそうだ——」

課長の声が、稲尾の耳に遠く聞えた。遠く、空洞の内部を風が吹抜けるように聞えた。

汚れた刑事

1

電話を聞いていた捜査係長の矢藤警部補は、全く信じられないという表情から、次第に苦々しい顔つきに変った。

「とにかく、これからすぐ伺いますよ」

矢藤係長は受話器を置いた。腫《は》れぼったい眼が険しく光っていた。分厚い唇から、今にも怒声が飛びだしそうだった。

電話の内容は、やや離れた席にいた原田にも大体のことが分った。同僚の曾根刑事が池袋のバーで無銭飲食をした上、大暴れしてパトカーに連行されたというのだ。

——信じられない。

電話の応答を耳にしながら、原田もそう思った。曾根は職務に厳しい男だった。酒は飲むが、酒好きというほどではない。麻雀などの勝負事はやらないし、むしろ融通がきかな過ぎるくらいで、暴力犯担当の刑事としてやくざには一目も二目も置かせていた。

その彼が、酔って暴れたという。

「分らんな」

矢藤係長は吐き出すように言った。

掛時計の針が十一時をまわっていた。蒸暑い夜だった。

係長は刑事課長の自宅に電話をかけ、事件の概要を報告してから原田を誘った。当直の刑事五名のうち、原田がいちばん曾根と親しかった。

「どう思う」

車の中で、係長が聞いた。

原田は黙って首を振った。首を振る以外に答えようがなかった。

「彼は酒癖がわるかったろうか」

係長は自問するように言った。重い声だった。

「いや、そんなことはありません。静かな酒で、乱れたところなど見たことがない。大体ひとりで飲むほど酒好きではなかったはずです。誘われて飲んでも、ビールを一本かせいぜい二本だった」

「しかし、なぜ池袋へ行ったのかな。彼の家は東中野じゃないか」

「曾根さんは家に帰っても誰もいません」

「娘の具合はどうなんだ」

「よくないようです」

曾根の娘はまだ三歳だが、腎臓ガンで入院していた。治癒を期待できない病状だった。しかも娘を入院させる前に、子宮外妊娠で妻を亡くしていた。

曾根は寂しかったのかも知れない。それで飲み歩くうちに、前後不覚に酔ってしまったのかも知れない。

だが、曾根は寂しさを外にあらわさなかったし、彼が仕事に打込む姿は寂しさを紛らすようにも見えたが、独身の原田は曾根の心中を漠然と察するしかなかった。曾根がそういう話題を避けるふうだったのだ。

「最近、彼の様子で変ったことはなかったかね」

「別に気がつきません」

曾根の服装はいつもよれよれだ。いかにも刑事くさい登山帽をあみだにかぶって、汗を拭きながら歩く姿が眼に浮かぶ。ずんぐりして、熊が歩いているような恰好だ。しかし鈍重なように見えて、捜査は決して鈍重ではなかった。いったん食いついたら、相手が音をあげるまで、しぶといほど粘って離れなかった。

しかし娘が入院して以来、元気がないことも確かだった。情にもろく、子煩悩な一面があった。

「とにかくまずいことをしてくれたな」係長がつづけた。「高松組の手入れがいよいよこれからという大事なときに、バカな真似をしてくれたもんだ」

そう言われると、原田も返す言葉がなかった。渋谷、新宿から池袋、赤羽へかけて強力な縄張りを持っている関東高松組は、一時は組長の逮捕を機会に解散したものの、その暴力組織は温存されていて、組長が服役を終えて刑務所を出てくると、たちまち勢いを盛返していた。幹部は金や銀のバッジをつけ、チンピラまで銅製の安っぽいバッジをつけて誇らしげに街をのさばっている。

「野辺地はすっかり自供したのか」

「まだです。彼自身の恐喝は最初から認めてますが、肝心の高松組については何ひとつ喋《しゃべ》らない。やはり幹部連中が怖いんでしょう。うっかり喋ったら危いと思っているに違いない」

「しかし、やつは堅気になりたがってるそうじゃないか」

「それは彼の本心とみてやっていいと思います。でも、だからといって余計なことは喋りません。あとの仕返しを考えれば、尚さら喋れないでしょう。高松組の準幹部ですからね。足を洗うだけでも容易じゃないはずです」

「彼はいくつだったかな」

「二十九です。妙な暗合みたいだけど、曾根やわたしと同年生まれです。野辺地には女房がいますがね」

「ナツ子か」

「わるい女じゃありません。毎日のように差入れにきます」

「妊娠しているという話だったな」

「もう六か月になるそうです。少しお腹が目立ってきました」

「その辺が堅気になりたくなった理由か」

「多分そうでしょう」

どんなやくざでも、かならず一度は真剣に足を洗おうと考える。しかし、大抵の場合その時期が遅すぎるのだ。

池袋署に着くと、堀警部が待ちかねていた。矢藤や原田とも顔見知りの古参の警部だった。原田たちを迎えたときから、難しそうに眉をしかめていた。

「電話で話したとおりだが、ぐでんぐでんだよ。調室に看守を二人つけてある」

堀警部が言った。

「犯行は認めてますか」

矢藤は立ったまま言った。

原田もその脇に立ったままだった。

「認めるも認めんもない。現行犯逮捕だ。ウイスキーをダブルで五杯も飲んだ。そして黙って出て行こうとしたので、店のマスターが勘定を請求したら、警察手帳を見せてサービスしろと言ったそうだ。もちろんマスターは承知しなかった。そしたら、いきなりマスターの襟をつかんで背負い投げをくわせ、ウイスキーのグラスや灰皿をそこらじゅうにぶん投げ、パトカーが駆けつけたときも、大声で喚いていたらしい。話にならんね。運わるく新聞記者《ブンヤ》がここにきていたので、明日の朝刊では相当派手にやられるだろう」

「曾根がその店へ行ったのは初めてですか」

「初めてらしい。シュガーという店だが、やくざが出入りするようなバーではない。パトカーに連行されるときも、大分手こずらせたそうだ」

「金を持っていなかったんですか」

「二百円くらいしかなかった」

「彼に会えますか」

「もちろん会ってもらう。ただし今夜は帰すわけにはいかない。マスターはカンカンに怒っている。新聞で騒がれたら、当分釈放は無理だろう。次席には報告したのか」

「まだです」

「署長にも、伏せておくわけにはいかんだろうな。おれとしてもかばいようがない。無銭飲食に暴行と器物損壊だ。しかも現職の刑事だぜ。地検へ送ればかならず起訴される」

「ご迷惑をかけて申しわけありません」

「あんたが謝っても仕様がないさ」

「彼は宿直明けで疲れていた。疲れているのに、夜の八時近くまで仕事をしていた。仕事熱心で、仕事が道楽みたいな男だった」

「しかし、酔って暴れたことは事実だよ」

堀警部は憐むように矢藤を見た。部下の失態は上司に及ぶのだ。

堀警部が先に立ち、刑事課の大部屋を出て、調室がならんでいる狭い廊下を渡った。

曾根は椅子にもたれ、眠っているようだった。

「起きろ」

矢藤が曾根の肩を叩いた。

曾根は細い眼をあけ、不審そうに周囲を見回したが、すぐに気がついて体を起こした。眠っていたわけではなく、酔いもいくらかさめたようだった。

「何をやったか分ってるのか」

矢藤係長が曾根に言った。さすがに怒気を含んでいた。

曾根は視線をそらし、自分を抑えつけるように両腕を深く組んだ。

「いい加減に済まされる問題じゃないぞ。詳しく話してくれ」

「――――」

「憶えてないのか」

「申しわけありません」

「おれに謝っても始まらん。署を出て、それからまず何処で飲んだ」

「忘れました」

「シュガーというバーで飲んだことも憶えがないのか。ウイスキーをただ飲みして、暴れたことも忘れたというのか」

「――――」

曾根は俯《うつむ》いたまま、唇を嚙みしめた。

「いや――」係長は自分をさとすように首を振った。「もっとおだやかに話し合おう。おれはきみをよく知っているつもりだ。家庭の事情も分っている。だが、今夜のことはどうしても理解できない。きみは酒に飲まれるような男ではなかった」

「辞表を出します」

「辞表などで済むことではない」

「それじゃ勝手にしてください」

「勝手にしろ？」

係長は聞返した。呆然としたようだった。

「そうです。わたしは酔って暴れました。仕事がおもしろくないし、安月給でこき使われ、胸がむしゃくしゃしていたんです」

「ばかなことを言うもんじゃない。きみは熱心に働いてたじゃないか」

「我慢してたんですよ。いくら熱心にやったって昇進するわけじゃない。大学を出て上級職試験に通ったやつらは、すぐ警部になり警視になる。三年も経てば署長クラスだ。ところが、こっちはどんなにコツコツ頑張っても、警視になるまで順調にいってさえ二十年かかる。それまでに何度も七面倒な昇進試験があり、ようやく警視になった頃は退職の勧告だ。しかも、地道に刑事の仕事なんかやっていたのでは、試験を受けようにも勉強する暇がない。つまりわたしみたいな者は下積みの万年平刑事で、まともに考えたら大抵ばからしくなる。前から辞めたいと思っていた」

「しかし、だからといって乱暴する理由にはならない」

「わたしは何のせいにもしてない。暴れたくなったから暴れた。それだけです」

「正気で言っているのか」

「酔いはさめています」

曾根は終始横を向いたきりで、しかしはっきりと言った。

彼の言葉に、呆然としたのは原田も同様だった。彼の言い分は分らないでもない。だが無銭飲食をして暴れてもいいという理由にはならなかった。

「きみはまだ酔っている」原田は口を挟んだ。

「もっと冷静になってから、あらためて係長に話した方がいい」

しかし、曾根は顔も上げないで、原田の忠告を無視するように、それっきり口をきかなかった。

2

原田は矢藤係長の指示をうけて、池袋のシュガーというバーへ行った。

小さな店だった。サイド・ボードの明りは消えていたが、内部に薄明りがあった。

鍵型に伸びたカウンターだけの小さな店で、マスターは背の高い瘦せた男だった。かなり額が禿げ上っているが、まだ四十歳前後に見えた。バーテンやホステスは帰ったあとらしく、マスターはぼんやりしていたようだった。おだやかで、人のよさそうな顔だ。しかし、原田が警察手帳を見せると、途端に険しい表情になった。

原田は腰を低くして、曾根が暴れたときの様子を聞きたいと言った。

「無茶苦茶ですよ」マスターは不機嫌に言った。「呆れ返っています」

「彼がこの店にきたときの様子から話してくれませんか」

「九時か九時半ですね、ぶらっと入ってきたのは。そのときはそんなに酔っているようでもなかった。うちは馴染《なじみ》のお客さんがほとんどですが、気取るほどの店でもないし、ふりのお客もたまに入ってくる。だから曾根という刑事がきたときも、別に気を悪くされるような態度はとっていません。わたしはごく普通だったし、バーテンも普通だった。一人しかいないホステスが、つい話の合う馴染の客のそばにつきっきりでいたのも仕様がないでしょう。うちは酒を愉《たの》しんでもらう店です。べたべたした色気を売るような店じゃありませんからね。お客さんはサラリーマンか学生で、やくざやぐれん隊が出入りするような店でもない……」

曾根は静かに飲んでいた、有線放送の音楽を聞きながら、何か考えごとをしているように見えたが、マスターは彼の存在を気にかけないで、ほかの客の話相手になっていた、曾根はひとりで飲みつづけ、その間だれとも口をきかなかった、そしてふいに席を立った。

――お帰りですか、
マスターが声をかけた。

曾根は答えないで出口へ向った、トイレや電話をつかうなら反対の方向だった。

マスターは急いでカウンターをくぐり、曾根に追いついて、勘定を求めた。

「当り前でしょう。こっちは商売です。ちゃんと税金を払って商いをしている。どんな偉い人がきたって、ただで飲まれる筋合いはない。ほかのお客さんがいる前で、恥をかかせるような言い方をしたわけじゃありません。低い声で、まだお勘定を頂戴していないと言っただけです。そしたら警察手帳を見せて、たまにはサービスしておけという言いぐさです。冗談じゃありません。馴染のお客さんがツケにしてくれと言うなら分るけど、たまにはと言ったって初めて見る顔でしょう。てっきりニセ刑事だと思いました。だから少し大声を出して、冗談じゃないと言ってやりました。すると、いきなり背広の襟をつかんで背負い投げです。こっちは油断していたからたまりません。もろに叩きつけられて、今でも腰の辺が痛い。そのあと、グラスだろうが灰皿だろうが手当り次第にぶん投げ放題です。まるで気が狂ったみたいで、どうにも抑えようがない。みんな慌てて外へ逃げ、パトカーを呼んでようやくとっ捕えてもらいました。ひどい損害です。本物の刑事だったと分り、呆れて物も言えない気持です」

「お詫びします。なぜ彼がそんなバカなことをしたのか分らない。普段の彼はおとなしくて、仕事熱心な刑事だった」

「酒のせいにするつもりですか」

「そうじゃありません。彼は妻を亡くし、子供がガンで入院してる」

「だから暴れてもいいという理由にはならないでしょう」

「もちろんです。彼は自分が分らなくなるほど酔ってましたか」

「とにかく酔ってましたよ。急に酔いが回ったみたいで、暴れ出したのは突然です。すわったような眼で、足もふらついていた」

「被害はどのくらいになりますか」

「まだ分りませんね」

「これは彼の同僚としてではなく、単なる友人の言葉として聞いて欲しいのですが、こちらの被害は必ず弁償させます。彼に弁償できなければ、わたしに弁償させて頂きたい」

「示談ですか」

「お願いできませんか」

「断ります。あんな刑事は絶対に許せない。そうでなくとも刑事は嫌いなんだ。裁判で徹底的にやられた方がいい」

「あなたのお気持は分ります。示談の有無に拘らず彼は処罰されるでしょう。ただ彼の子供のために、その処罰を少しでも軽くしてやりたいんです」

「子供がガンというのは本当ですか」

「嘘は言いません」

原田はその病院の名を言った。本当かどうかは電話で尋ねても分るはずだった。

しかし、

「やはり今は厭《いや》ですね。金の問題じゃなくて気分の問題です。その話はあとにしてください」

マスターは頑《かたく》なに言った。

3

曾根の暴行事件は翌日の朝刊各紙に大きく報道された。「酔いどれ刑事大暴れ」とか、「悪徳刑事パトカーに御用」などという見出しもあった。どのように悪く書かれても已むを得なかった。

曾根は池袋署に逮捕されたまま、懲戒免職になった。現職刑事の暴行沙汰は、世間で騒がれるより警察にとってはさらに大事件なのだ。警察官すべての信頼にかかわっている。しかも、曾根は暴力犯担当だったから、なおのこと条件が悪かった。

「署長も次席もカンカンに怒っている。署長が会いに行っても、曾根は相変らずふてくされていたらしい」

矢藤係長は、昨夜から一睡もできなかった眼を瞬き、憮然として言った。

午後になって、原田は部長刑事の寺本について曾根のアパートへ向った。アパートの管理人に部屋の錠をあけさせる名目は差入れの衣類を整えるためだが、室内の様子をみて曾根の生活をうかがうことが目的だった。

「分らんよ、全く分らんな」

寺本部長は昨夜から首をひねりつづけて、曾根の言動がどうしても理解できないと言った。老練の、部下思いの部長刑事だった。豪放な性格の反面、こまかいことによく気づいて、曾根の娘が入院している病院へも何度か見舞いに行っているはずだった。

「警察手帳を見せて無銭飲食するなんて、彼がいちばん嫌いそうなことじゃないか。やくざのたかりよりたちが悪い」

部長は呟《つぶや》くようにまた言った。

原田も同感だった。それはあまりにも曾根らしくなかったし、たとえどんなに酔っていても、彼がやったこととは信じ難かった。しかし、彼自身が事実を認めている。

「彼の女房が死んだのは一年くらい前だろう。それから間もなく娘が発病した。自棄《やけ》になったのかな」

部長がつづけて言った。

「そんな様子は見えませんでした」

彼は夏の休暇もとらずに、昨日だって、署を出るまでは高松組の野辺地を調べたりしていた。

「娘の具合はどうなんだい」

「はかばかしくないようです」

「おふくろ似で、可愛い娘だけどな」

「彼は娘を可愛がっていた。ほんとに子煩悩な父親だったはずですよ」

「だったら、なぜ無茶な真似をしたんだ」

「酔ったせいでしょう」

「そんなに酔うほど飲むというのがおかしい」

「それほど酔うつもりはなかったかも知れない」

「しかし、警察手帳を見せたところなんか、案外正気なところがあったんじゃないかな」

「でも、警察手帳を見せたくらいで、ただ飲みできると考えたというのが納得できない」

「それもそうだが、とにかく言い訳は立たんな。明日は柄《がら》つきで送検される。送検されたら、まず起訴は免れない」

柄つきの送検とは、身柄を拘束されたまま捜査書類といっしょに検察庁へ送られることだが、そのとき検事の取調べをうけて、検察庁には留置場がないから、勾留を請求された場合は送検手続をとった警察へ返される。そして裁判所の勾留状がでたら普通は十日間、起訴するか否か決まるまで警察に勾留されて、証拠固めをされる一方、取調べをうけるために検察庁へ押送車で通わされるのだ。ただし曾根の場合は現職刑事の犯罪という特殊性から、他の被疑者の好奇心を避け、おそらく勾留状交付後は検事が所轄署へ出向いて取調べることになる。ほかの被疑者といっしょの押送車で運ばれ、地検の仮監で取調べを待たされるのは曾根にしたって耐えきれないはずである。

曾根のアパートはかなり古びていたが、それでも東南の角部屋で、六畳と四畳半の二間つづきに台所がついていた。

管理人は新聞で事件を知っていたので、何も言わないで曾根の部屋へ案内してくれた。管理人は五十恰好のお喋り好きな女だが、曾根には好意を抱いているようで、

「曾根さんがあんなことをしたなんて――」

信じられないと何度も言った。

「彼の毎日はどんな風でしたか」

寺本部長が聞いた。

「帰りはいつも遅くて、早くても九時ごろのようでした。でも、割合きちんとして、洗濯なんか自分でしてました」

「酒を飲んで、大声を出すようなことはありませんか」

「一度もありません。ひっそりして、明りは夜遅くまでついているようでしたけど、いつの間に帰ったのか分らないくらいでした」

「娘の病気を心配していたでしょう」

「そうですね。あたしも心配して、時おり様子を伺いましたが、でも、そのことにはあまり触れたくないみたいでした」

「来客などはありませんか」

「たまに妹さんが見える程度です」

「妹が？」

寺本部長が聞返した。

原田も意外に思った。曾根には妹などいないはずだった。

「秋江さんという方です」

管理人は、部長の態度に不審をもったように答えた。

「どんな女だろう」

「色の白い、きれいな人です。二十四、五歳でしょうね。感じのいい人です」

「昨日はきましたか」

「いえ」

「きょうは」

「まだ見ません。あたしの部屋に電話があって、朝の八時から夜は十時まで取次ぐようになってますが、まだ電話もかかってきません。事件のことを知らないでいるのかしら」

そんなはずはなかった。本当に彼の妹なら、心配して警察へ駆けつけるはずだ。

管理人は、秋江の住所も電話番号も知らなかった。

部長と管理人が話している間に、原田は曾根の下着類をさがすふりをしながら、室内をあらかた点検した。死んだ妻の服などが箪笥にしまってあったほかは、女っ気のない部屋だった。シャツや新聞紙が散らかって、敷きっ放しの蒲団はいかにも男やもめのわびしさを感じさせたが、台所は炊事をしないせいか割合きれいで、洗濯物もそうたまっていなかった。

坐机の引出しの奥に預金通帳が一通、娘が入院した頃から六十万円ほどあった預金がたちまち減って、それでも二万円足らず残っていた。しかし最近の数か月は、金を出し入れした形跡がない。日記のようなものは見当らず、状差しの中も空白だった。

4

曾根の着替えを風呂敷に包み、原田は寺本部長とならんでアパートを出た。

「うっかりしていたな」部長が言った。「秋江なんて女を全然知らなかった」

「ぼくも初耳です」

「しかし考えてみれば、女房を亡くして一年以上経つ。女ができても不思議じゃない。最近できたのだろうか」

「そうでしょうね。何も聞いていなかった」

「きみにも話さなかったなんて、ちょっと水くさいな」

「娘が入院中だし、簡単に結婚できないと思って話し難かったのかも知れない」

「しかしその女は、新聞で今度の事件を知ったはずだろう。それなのに、どこへも姿を現していない。着替えの差入れなんて、そういう面倒は当然その女がみるべきじゃないか。ことによると、彼が酔って暴れた原因は、その女との仲が駄目になったせいかも知れんぞ」

――あるいはそうかも知れない。

と原田は考えた。

だが、女との間にどのようなことがあったにしろ、曾根には溺愛している娘がいる。その娘を思えば、職業を失い、法律で裁かれるような真似がなぜできるか。彼は軽率な男ではなかったし、堅すぎるほど実直な男ではなかったのか。とすると、酒が彼を狂わせてしまったと考えるほかないのか。

――違う。

原田は首を振った。どこかが間違っている。いくら考えても釈然としない。

原田は国電を新宿で乗換え、寺本部長と別れ、ひとりで池袋署へ行った。

そして、しばらく待たされたが、調室で曾根に会った。一般の面会用の接見室ではなく、こうして会えたのは堀警部の好意だった。好意の裏には、親友の原田が会うことによって、昨夜からふてくされたような態度をつづけている曾根を、少しは変えさせようという期待があったかも知れない。

しかし原田にとって、堀警部の意中はどうでもよかった。

「着替えを持ってきた。勝手だが、管理人に部屋をあけてもらった」

原田は、机に向い合った曾根の前に風呂敷包を置いた。

曾根は軽く頷《うなず》いた。さすがに沈んだ面持で視線が暗かった。

「酔いはさめたかい」

原田は努めてさりげなく、普通に話し合う口調で言った。

しかし、曾根の声は重かった。顔もそむけたきりだった。

「みんなに迷惑をかけているらしいな。でも、おれのことは放っておいてくれないか」

「なぜだ」

「理由なんかない。おれはただの酔っ払いだ」

「いや、ただの酔っ払いじゃないぜ。きみは現職の刑事だった」

「だから処罰は覚悟している。免職されたことも聞いた。明日は地検送りだろう」

「娘のことを考えないのか」

「考えたって仕様がない」

「きみらしくないな。どうかしているぜ。昨夜のきみは前後不覚に酔っていたんだ。素直に謝れば、免職は已むを得ないにしても、起訴されないで済むかも知れない。起訴されたって、執行猶予の望みがある。ところが、きみは堀警部の取調べに対し、ひとことも謝っていない。署長がきたときも、ろくに挨拶もしなかったそうじゃないか。わざと怒らせているようなものだ」

「怒ってるのか」

「当り前だ。係長や部長は心配している。そう伝えてくれ」

「おれはもう警察の人間じゃない。きょうだって、きっと待ってるぞ」

「娘の見舞いには誰が行くんだ」

「――」

「事情があったなら話してくれ。おれに出来ることなら何でもする」

「野辺地の奴は元気かい」

曾根は話をそらした。高松組のやくざで、恐喝で留置中だが、曾根が担当で調べていた男のことだ。

「おれがあとを引継ぐことになった」

原田はおもしろくなかった。

「野辺地みたいな奴は、今度こそ二、三年ぶちこんだ方がいい」

「何を言ってるんだ。野辺地のことなど話している場合じゃない。今のきみは被疑者だぜ。暴行と器物損壊と無銭飲食容疑だ」

「おれも二、三年くうか」

「真面目に話すのが厭みたいだな。しかし、自棄になるのはまだ早い。なぜ素直に謝れないんだ」

「――」

曾根は口を噤《つぐ》んだ。

「それじゃ話を変えよう。秋江という女について話してくれないか」

「だれに聞いた名前だ」

「アパートの管理人に聞いた」

「つまらない女さ。別にどうという関係ではない」

「しかし、きみはその女のことを管理人に妹だと言っている」

「その方がうるさくないと思っただけだ。住所も知らないし、名前も本名かどうか知らない。映画館で知合って、浮気相手につき合っていた程度だ。おれも女房を亡くして、寂しかったからな」

曾根はとぼけるように天井を眺めた。

下手な嘘だった。住所も知らぬような女を自分の部屋に出入りさせるはずがなかった。それに、曾根は映画館で浮気相手の女を見つけるほど器用な男でもなかった。

5

池袋署を出ると、日が傾いていた。

曾根の態度は依然腑に落ちないばかりか、不快なしこりを原田の胸に残した。

原田は秋江という女の正体を知りたいと思い、野辺地の留守宅に寄った。妻のナツ子が最近までバーに勤めていて、曾根のこともよく知っているし、新宿界隈で顔の広い女だった。

ナツ子は小ぢんまりしたマンションの二階にいた。水商売の匂いが抜けていないが、大柄の派手な顔立ちで、すれた感じはなかった。毎日のように野辺地の差入れにくるから、原田とも顔馴染になっていた。

室内はきれいに片づき、ナツ子は編物をしていたらしかった。

原田は曾根の代わりに、自分が野辺地の担当になったと言った。しかし、野辺地は恐喝容疑をあっさり認めたし、高松組の頂上作戦を狙う捜査を別にすれば、あらかた取調べが済んでいた。

「秋江という女を知りませんか」

原田は玄関のドアを閉め、立ったまま聞いた。

「秋江さん？」

ナツ子は太い眉を寄せた。大きな眼がひかって、憶えがありそうな表情だった。

「色が白くて、きれいな女です」

「ダックスにいる秋江さんかしら」

「ぼくは名前しか知らない」

「新潟の生まれで、色の白いひとよ。秋江さんが何かしたの」

「曾根とつき合っていたらしい」

「まさか——」

ナツ子の驚きは無理もなかった。ダックスは高松組の宮内という幹部がやっているバーだった。ホステスは数人だが、その全員に売春容疑がかかっていた。

「曾根とのことは本当かどうか分らない。だから内緒にして欲しい」

「あたしは信じられないわ」

「悪い女なのか」

「いいひとよ。でも、店の評判がよくないんじゃないかしら」

「それはぼくも知っている」

「曾根さんが捕まったというのは本当なの」

「残念だが、その通りだ」

「ちょっと怖い感じだけど、あたしは曾根さんが好きだった。野辺地も曾根さんを頼るみたいなところがあって、困ったことがあったら曾根さんに相談しろと言われていたわ。なぜあんなことをしたのかしら。新聞を見てびっくりしたわ」

「ぼくにも分らない。酒は気ちがい水だと言われている」

「でも、捕まったなんて可哀相ね。とても可哀相だわ」

ナツ子の言葉は追従《ついしょう》ではなかった。曾根はやくざの女房にまで信頼があったのだ。

「曾根のことは別として、秋江にはきまった男がいないのか」

「いないみたいね。あの店にいたら、そういう男をつくれないと思うわ」

「つくったらリンチか」

「あたしの口からはこれ以上言えないわ」

「住所は分るだろうか」

「この近くのすみれ荘というアパートよ。今なら、まだいるんじゃないかしら」

「ひとりで住んでいるのか」

「そうらしいわ」

「お腹の方はどうだい」

「見れば分るとおりよ。少し目立ってきたので、働けなくなったわ」

「しかし、野辺地がいなくては大変だろう」

「仕様がないわね、野辺地が悪いんですもの。野辺地の刑が決まったら、郷里《くに》へ帰って生むわ」

「両親は元気なのかい」

「母と弟だけよ」

「彼の刑は一年くらいで済むと思う。真面目に勤めれば、刑期の三分の一で出てこられる」

「だったら嬉しいけど、ちょうど赤ちゃんが生まれるころ出られるといいわ」

「彼は堅気になりたがっていたそうだね」

「それは嘘じゃないわ。だから、赤ちゃんが生まれたあとで変なふうにならないように、体をきれいにしておきたいと言って自首したのよ」

「自首したのか」

「知らなかったの」

「ぼくの担当じゃなかった」

「刑を終えたら、どこか誰も知らない所へ行って、静かに暮す約束だわ」

「よくきみが自首を承知したな」

「言いだしたらきかない人よ」

ナツ子は寂しそうに声を落とした。

6

秋江は化粧をすませ、出かけるところらしかった。美人だが、どことなく崩れた感じで、疲れているように見えた。

原田は曾根の同僚だと言った。

曾根の事件については、もちろん秋江も知っていた。

「面会に行ってやらないんですか」

「なぜあたしが行くの」

「彼が喜ぶに違いない」

「おかしな言い方ね。曾根さんとあたしが何かあるみたいだわ」

「きみは彼の部屋に出入りしていた。アパートの管理人がきみを憶えている」

「通りがかりに、ちょっと寄ってみたことがあるだけよ」

「そういう理由はどうでもいいんだ。きみと彼の関係も、無理に知ろうとは思わない。ただ、彼がなぜあんな真似をしたのか、その原因を知りたい。きみに聞けば分るかと思った」

「あたしだって知らないわ」

「酔って暴れたのは酒のせいと考えてもいい。だが、酔いがさめたあとも、彼は反省していない。反省してはいるのだろうが、自棄を起こしているようで、謝ろうとしないんだ。それがぼくには理解できない。彼はすでに懲戒免職になった。このまま起訴されたら実刑をくうだろう。しかし、素直に過ちを認めて改悛したことを示せば、実刑だけは免れるかも知れない。ところが、それが分っているのに、ふてくされた態度をとっている。ぼくにも、放っておいてくれと言った」

「それじゃ放っておけばいいわ」

「冷たいな」

「本人がそう言うなら、仕様がないんじゃないかしら」

「しかし彼には病気の娘がいる。助かる見込みのない病気で入院している」

「知ってるわ」

「彼はその娘が心配でたまらないはずだ」

「曾根さんはいつごろ釈放されるの」

「当分は駄目だろう。警察に二日、検事勾留が十日、その間に起訴されて、保釈にならなければそのまま裁判だ。彼がぶちこまれている間に、娘は死んでしまうかも知れない」

「――――」

秋江は沈黙した。気持の動揺を、懸命に抑えるような沈黙だった。

「頼みたいことがある」原田は彼女の呼吸をはかった。「被害者は池袋のバーのマスターだ。人柄はよさそうだが、警察に反感を持っている。でも、ぼくは何とかして示談書に判を押してもらい、一日も早く彼が釈放されるように努力する。しかし、いくらぼくが頑張っても、彼の態度が今のままでは釈放されない。だから、きみが彼に会って、彼の気持をやわらげてもらいたいんだ。周囲を気にする必要はない」

「あたしは宮内がやっているバーの女よ」

「そんなことは伏せておけばいい」

「駄目ね。バレたら却《かえ》って迷惑をかけるわ」

「それでは、もし彼が釈放された場合のことを考えよう。そのときは彼の面倒をみてくれるかい」

「無理よ」

「なぜだ」

「――」

「彼はきみに惚れてんじゃないのか」

「――」

「きみも彼を愛してたんじゃなかったのか」

「――」

秋江は考えこむように黙った。

しかし、黙ったきりで、曾根との仲を否定も肯定もしなかった。

7

秋江の様子は、曾根との関係をかなり深く暗示していた。

しかし秋江自身が言ったように、彼女は高松組の幹部が経営しているバーのホステスで、曾根は暴力犯担当の刑事だった。

この関係をいったいどう解釈すればいいのか。

原田は日頃の曾根を知っているだけに、ますます訳が分らなかった。噂なら決して信じないようなことが、事実として原田の前に横たわっている。

「原田さん――」

気やすく声をかけてきた者がいた。高松組のチンピラだった。ニキビづらに得意そうな薄笑いを浮かべていた。普段なら原田を避けて通る男だった。

原田は返事をしなかった。

「曾根さんがヘマをしましたね」

男は嬉しそうだった。

原田はそいつを見返していた。

「刑事さんがあんなことをやってはおしまいだな。おれたちを親の敵みたいに追いまわしていたくせに、だいたい曾根さんは乱暴だったよ。酒癖まで悪いとは知らなかったが、おれなんか何もしていないのに引っぱられて、がんがん怒鳴られたことがある。原田さんは別だろうけど、刑事なんてうっかり信用できないな」

「――――」

原田はそいつの眼を見つめていた。

「曾根さんがクビになったって本当ですか」

「――――」

原田は殴りとばしたい衝動を抑えていた。

男は気味が悪くなったらしく、

「ふん」

意気がるように鼻を鳴らして去った。

原田はいったん署に戻った。宿直明けで、とうに帰宅していい時間だし、一睡もしていないので頭が重かったが、眠気は全く感じなかった。むしろ異様に興奮している自分を意識した。

野辺地を起訴したという通知がきていた。

原田は留置場から野辺地を呼んだ。やや太り気味で、顎の角ばったごつい顔だが、子供らになつかれそうなやさしい眼をしていた。

「起訴されたよ。聞いたかい」

「聞きました」

「一年くらい覚悟するんだな。多分そんな程度だろう」

野辺地の恐喝容疑は殆ど捜査済みで、原田は高松組の幹部につながる余罪、会社相手の大がかりな手形詐欺や恐喝事件の追及を曾根から引継がされている。

「曾根さんのことは本当ですか」

野辺地が遠慮するように言った。留置場の中にいても、外部で起ったことは驚くほどの早さで伝わるのだ。

野辺地は元気のない声で、曾根のやったことが信じられないと言った。厭味ではなくて、心から彼を案じる様子だった。

「あんたの女房に会ってきたよ」

原田は話を変えた。

「元気でしたか」

「元気だった。あんたが刑を終って出てくる頃、ちょうど赤ん坊が生まれればいいと言っていた」

「昨日も差入れにきて、そんなことを言って帰ったようです」

「今度の事件は、あんたが自首したそうじゃないか」

「ナツ子が喋ったんですか」

「調書をみると、そんなふうに書かれていない」

被害者の告訴があって、それから曾根が野辺地を逮捕したことになっているのだ。

「どっちでも同じですからね」

「同じということはない。自首なら刑が軽くなる。曾根に点数を稼がせてやったのか」

「そういう意味じゃありません。どうせ刑務所に入るんだし、曾根さんにはいろいろ厄介をかけている。おれは、この辺で足を洗わないと一生グレっ放しだと思った。それで曾根さんに相談したんです」

「そしたらパクられたってわけか」

「それは構わないんです。子供が生まれてからパクられるより、どんなにましか知れません。子供の顔を見る前に、おれはきれいな体になりたかった」

「曾根に相談したとき、恐喝の内容をそっくり話したのか」

「いいえ、相手の名をちょっと洩《も》らした程度です。曾根さんは足を洗うことに賛成してくれて、だから、自首する決心のつかないおれのために逮捕してくれたのだと思います。曾根さんを怨んではいません」

しかし、果してそうだろうか。もし野辺地の言うとおりなら、曾根はなぜ自首したことにしてやらなかったのか。野辺地は善意に解釈しているが、まるで騙《だま》されたようなものではないか。

「話は違うけど、宮内の店に秋江という女がいるだろう。あれはどういう女だい」

「よく知りません。顔くらいは見てますが」

「宮内の女じゃないのか」

「違うと思います」

「宮内は、店の女たちに客をとらせているそうだな」

「わたしは聞いていません」

「女が店を辞めようとすると、リンチをくうらしい」

「そんなことはないでしょう」

「いや、あんたにこういうことを聞くのは無理なようだ」

原田は話を切り上げた。

8

曾根のために、原田がしてやれることは限られていた。彼は池袋のバー・シュガーへ連日通い、マスターに会って頭をさげた。

マスターは彼の熱意に根負けしたようだった。原田が自分の貯金をおろしてきた十万円を受取って、ようやく示談書に捺印した。

それが事件後五日目だった。

しかし示談が成立したからといって、曾根の犯行が許されるわけはなかった。

その間に、曾根は送検され、十日間の勾留をつけられていた。

原田は検事にも会って、曾根の娘の病状を話し、彼の釈放を嘆願した。彼が犯行を認め、被害者との間に示談が成立し、釈放しても逃走のおそれがないなら、たとえ起訴不起訴が未決定でも、彼を勾留しておく必要はないはずだった。

「お願いです。釈放して頂けるなら、わたしが身柄引受人になって責任を持ちます」

「しかし起訴するかも知れんぞ」

「それは已むを得ません。彼も覚悟していると思います。起訴されても、裁判が終るまでに二か月や三か月はかかる。その間に、娘が死ぬかも知れません。だから、せめて娘の最期をみとるまで、彼を娘のそばに置いてやれないでしょうか」

「うむ」

検事は渋っていた。

曾根の娘が病気でなければ、検事が渋るのは当然だったし、原田も釈放を頼めなかったろう。現職刑事の犯した事件で、世間の注目をあつめている。普通の事件とは違うのだ。むしろ厳罰に処せられるべき事件だった。

しかしここで釈放されるなら、娘の病気の見通しがつくまで、起訴を待ってもらうことを期待できる。あるいはその期待が甘いなら、いつ起訴されたって構わない、とにかく釈放されればいいのだ。そうすれば娘を看病しながら、検察庁や裁判所の呼出しにはその都度応じ、また実刑の判決をうけた場合でも、刑の執行を延ばしてもらう方法がないわけではない。

原田は曾根に対する友情と、娘のためにそう考えていた。

曾根はもう刑事ではない。同僚や上司の信頼を裏切り、職責を瀆《けが》した犯罪者だ。そんな男に対し、原田の行為はおそらく出過ぎている。刑事という身分を忘れたように見えるかも知れない。だからそのような原田を、上司たちは冷たく見守り、部下思いの寺本部長さえ「大丈夫か」と疑問を投げかけてくる。

しかし原田は、何もしないで眺めている方がはるかに苦しいのだ。

「かならずきみが責任を持つね」

検事がそう言って念を押したのは、勾留満期の前日だった。

「はい」

原田は思わず大きな声で答え、頭を下げた。

曾根が釈放されたのはその日の夕方だった。処分は保留のままだった。

「迷惑をかけたな」

曾根は、迎えにきた原田を見ると、さすがにやつれた顔でポツンと言った。あまり嬉しそうでもなかった。

「洋子ちゃんが会いたがっている」

原田は彼の娘の様子を話した。ほとんど毎日見舞っていたのだ。娘に対し、父は出張中ということにしてあった。

「それから、秋江さんも多分待っている」

「彼女に会ったのか」

「会った。一度しか会わないが、そのときの印象でそう思った。面会や差入れにこなかったのは、遠慮したせいだろう」

「秋江がどういう女か知ってるのか」

「宮内の店で働いている」

「おかしいと思ったろう」

「きみはもう刑事ではないし、おれは余計なことを知りたくない。きみと彼女のことは誰にも話していない。おれはきみの身柄を引受けたが、人生相談まで引受ける気はない。おれは自分の気が済むようにやっているだけだ。もっとも、きみに行方をくらまされたら困るがね。今夜はおれの部屋に泊らないか」

「うむ」

「自分の部屋でのんびり寝たければ、そのほうがいいかもしれない」

「あとで電話をするよ」

「とにかく、まず洋子ちゃんに顔を見せてやるんだな」

「うむ」

「元気がないぜ」

「野辺地はどうしている」

「起訴されたよ。三、四日前に拘置所へ移監したが、あの程度の事件では実刑をくっても一年くらいだろう。高松組については全然口を割らなかった」

「奴の女房は元気なのか」

「割合元気そうだ。彼の刑が決まったら、郷里へ帰って子供を生むと言っている」

話しながら歩くうちに、池袋駅についた。

曾根は娘の病院へ行くと言って地下鉄へ、原田は国電のホームへ、互いに手も振らないで別れた。

9

原田は帰宅した。ベッドに横たわったが、神経が昂《たか》ぶっていた。

十時を過ぎ、十一時を過ぎた。

あとで電話をすると言った曾根から、何の連絡もなかった。

——ことによると、秋江の部屋に泊ったのかも知れない。

原田はそう思い、あまり気にもしないで、いつの間にか眠った。

眼をさますと、窓が明るかった。ぐっすり眠ったようだった。

新聞を読みながら、トーストにコーヒーで朝食を済ませた。曾根が釈放されたことは、記事になっていなかった。

原田は平常通り出勤した。

同僚たちに曾根の様子を聞かれたが、元気だという以外に答えることはなかった。

正午近く、秋江から電話があった。曾根のいるところを知らないかという電話だった。

「いや、ぼくも連絡を待っている」

「東中野のアパートにはいないらしいわ」

「昨夜は会いましたか」

「はい、ちょっとだけ」

とすると、曾根は秋江の部屋に泊らないで、自分のアパートで寝たのだろう。

「きょうは病院へ行ってるんじゃないかな。娘さんの具合があまりよくない」

原田はそう言って電話を切った。

午後から夕方まで、手配中の犯人の足取りを追って南千住一帯を歩いてきた。

署に戻ると、宿直の刑事が一人しかいなかった。

「曾根さんがやられたぜ」

「曾根がやられた？」

原田は思わず聞返した。突き刺すような感覚が走った。

「芝浦の運河に、死体が浮かんだそうだ。水上署から知らせがあって、それでみんな出払っている」

「自殺じゃないのか」

「頭に殴られた痕があるらしい。昨日の夜中過ぎ、白っぽい車が駐っていたという聞込みもあった」

「犯人《ホシ》は？」

「まだ分らんだろう。今朝がた死体が見つかって、ようやく身元が割れたばかりだ」

「曾根に間違いないのか」

「間違いない。係長や部長が確認した」

「――――」

原田は唇を噛んだ。

外へ出た。風が涼しかった。秋江に電話をかけ、彼女の自宅近くの小さな公園で落合うことにした。

原田はタクシーを拾った。

秋江が先にきていた。地味なきもの姿で、大きな楓《かえで》の木の蔭に立っていた。

「昨夜、曾根に会ったときの様子を聞かせてくれないか」

原田は向い合うなり言った。

「九時頃かしら、お店に電話をかけてきたわ。あたしは、曾根さんが釈放されたことを原田さんに聞いていたから、心待ちにしていた電話だった。お店で会うのはまずいと思って、喫茶店で会うことにした。曾根さんは元気がなかったわ。洋子ちゃんを見舞ってきたけど、病状がよくなかったらしいのね……」

秋江は曾根に会ったが、すぐ店に戻らなければならなかった。そこで、なるべく早く帰るから待っていてくれと言って、部屋の鍵を曾根に預けた。

彼女は十二時半ごろ帰宅した。

しかし、室内は暗く、錠はかかったままだった。

彼女はまだ起きていた管理人に、鍵を失くしたと言って、合鍵でドアをあけてもらった。

室内は、彼女が夕方出てきたときと同じで、曾根がきた形跡はなかった。

彼女は落着かない一夜を明かした。

曾根とは喫茶店で会ったきりで、その後何の連絡もないという。

「きみと別れてから、何処かへ寄るようなことを言ってなかったろうか」

「聞きません」

「彼が釈放されたことを、誰かに喋りましたか」

「いいえ、原田さんに口止めされてましたから、電話がかかってきたときも、お店には何も言わないで出たくらいです。でも、喫茶店を出たら偶然江波さんに会って、あたしはそのままお店に戻りましたが、曾根さんは江波さんと話しながら歩いていったみたいでした」

江波は高松組の準幹部で、年齢は宮内より年上の三十五、六だが、宮内の舎弟分になっていた。抜け目のない眼をした、色の黒い小柄な男だ。愛人にスナックをやらせ、そのスナックを事務所代わりに、競輪競馬のノミ屋をやっている。

「きみと曾根の関係を、江波は知ってますか」

「はい」

「宮内も当然知ってるわけだな」

「すみません」

「きみが謝ることはない。前にも同じことを聞いたが、きみは曾根を愛してましたか」

原田はわざと過去形できいた。

秋江は気づかないようだった。

「好きです。初めはそういうつもりじゃありませんでした。だから彼女は現在形で答えた。でも、好きになってしまいました」

「将来について話したことがありますか」

「いつも話していました。洋子ちゃんの病気が癒《なお》ったら、曾根さんは警察を辞め、あたしもお店を辞めて、どこか誰も知らないところで、三人いっしょに暮す約束です」

どこか誰も知らないところか――、確か、野辺地の妻のナツ子も同じことを夢みていた。

「しかし――」原田は言った。「きみと暮す約束までしていた彼が、なぜ酔って暴れたのだろう」

「それは曾根さんに聞いてください」

「わけがあったのか」

「――――」

「そのわけをきみは知っているが、きみの口からは話せないというんだね」

「いずれ曾根さんがお話しますわ」

「彼はもう話せない。きみと洋子ちゃんと、三人で暮すこともできない」

「なぜかしら」

秋江の顔が緊張した。その白い顔を、淡い水銀燈のひかりが照らしていた。

「何も知らないんですか」

「何かあったの」

「曾根は死んだ」

「死んだ？」

秋江は大きな眼をいっぱいにひらき、信じまいとするように原田を見つめた。

「誰にやられたのか分らない。しかし、彼の死体が見つかったことは事実です。だから昨夜、彼はきみの部屋へ行かなかったし、ぼくにも全然連絡がなかった」

「人ちがいじゃないのね」

「ちゃんと死体を見た者がいる」

「宮内がやったんだわ」
「宮内が？」
「それとも、江波かも知れない」
「なぜですか」
「曾根さんは宮内を怒らせてしまったのよ。野辺地さんのことで、宮内を怒らせたのがいけなかったんだわ」

秋江は興奮していた。衝撃が烈しかったに違いない。しかし、時おり声をつまらせながら、話の順序は割合しっかりしていた。

ナツ子が妊娠してから、野辺地は真剣にやくざの足を洗おうと考えだした、だが、簡単に足を洗えぬというくらいは、彼自身が十分に承知していた、それほど突っこんだ泥沼は深かったし、うっかり足を洗おうとすれば、リンチをくうことが分っていた、堅気になろうとして、半殺しの目にあって片輪にされた者が何人もいる。

そこで、野辺地は曾根に悩みを打明けた。

曾根も真剣に野辺地を救ってやろうと考えた、警察に捕まって、一年くらいの刑をくい、刑務所を出たらそのまま姿を消すのがいちばん無難な方法だった、しかし、自首なんかすれば当然宮内たちの機嫌を損うし、出所しても見つかったらただでは済まない、だから曾根に逮捕された形をとったのだという。

「野辺地は曾根を信頼していたんですか」

「はい」

「どうも分らないな。曾根は刑事ですよ。刑事が被疑者を逮捕するのは当り前だ。それを宮内が怒る資格がどこにありますか」

「こうなったら、全部お話しします。洋子ちゃんの病気で、曾根さんはお金に困っていました。ドイツ製のいい薬があって、それをつかってもらうには三百万円くらい必要でした。その薬は健康保険がききません。貯金をおろしても、警察でいくらか借りられるにしても、到底三百万は無理です。でも、そのお金があれば洋子ちゃんは助かるかも知れない。曾根さんは、自分の命と引替えにしてもいいほど洋子ちゃんを可愛がっていました」

そこへ、曾根の娘の病気を聞込んだ宮内が、百万円の札束を曾根の前に置いたのだ、その札束の重みは、娘の命の重みだった。曾根はその重みに勝てなかった、百万受取れば、あとは二百万受取っても三百万受取っても同じだった、その金の背後には、もちろん高松組の組織が控えていた、彼は娘の病気を憂慮しながら、ずるずるとやくざ組織の飼犬にされていった、そして、初めは宮内にあてがわれた娼婦にすぎなかった秋江と、いつか結婚を誓う仲になっていたのだ。

野辺地が捕まったとき、宮内が飼犬に噛まれたと思ったのは当然だった。曾根が、告訴状がでて自分が担当にされたので仕様がないと弁解しても、宮内は承知しなかった、高松組の報復を恐れた恐喝の被害者が、告訴状をだしたのは曾根に求められたからだと喋っていたのだ。

怒った宮内は、曾根に日限を切って野辺地の釈放を迫った、釈放が無理なら、逃走させろと要求した、宮内としては、野辺地の自供が高松組の余罪に及ぶことも恐れたに違いない。

曾根は宮内の要求を拒めなかった、拒めばやくざとの汚れた関係を暴露される、しかし野辺地を逃走させたら、彼がリンチされることが分っていた、殺されるかも知れなかったのだ。

「だから、曾根さんはどうしようもなくて、洋子ちゃんのことは一応あたしに任せ、自分も宮内たちから逃げなければならぬと思い、わざと警察に捕まるような乱暴をしたのね。刑事として、曾根さんをよく言うことはできない。でも、心のやさしいひとだったわ。妊娠しているナツ子さんのことも考えていた」

「すると、ぼくがいかにも親友ぶって、彼を釈放させたのが間違いだったのだろうか」

「――――」

秋江は黙って俯き、こみあげてくる嗚咽を袂で蔽《おお》った。

風に木の葉がさやぎ、小さな公園には人通りがなかった。

10

江波は愛人のスナックにいなかった。

盛り場をうろついている彼を見つけたのは、それから約一時間後だった。

「話がある」

原田は江波の肩を叩いた。

江波はギクッとしたようだった。

「曾根をどこへやった」

原田は、映画館うらの暗がりに江波を引っぱり込んで言った。

「どこへって？」

「とぼけるな」

「いったい、何のことですか」

「昨日の晩、曾根に会っただろう。それから一緒にどこへ行った」

「どこへも行きません。すぐ別れました」

「嘘をつけ。ネタはあがっているんだ。きさまの車も調べてある」

原田はハッタリをかけた。宮内は車を運転できないし、自分で直接殺すようなばかな真似はしないとみていた。しかし、江波もやりそうな男ではない。

「――――」

江波は黙ってしまった。

「警察に行ってからの方が話しやすいか」

「でも――」江波は口ごもった。「わたしがやったんじゃありません」

「それじゃ誰がやったんだ」

「知りません」

「知らんとは言わせない。きさまは今、自分がやったんじゃないと言った。何をやらなかったというのだ」

「――――」

江波はまた沈黙した。失言に気づいたようだった。曾根の死体が見つかったことは、まだ捜査関係者以外に知られていないはずだった。

「きさまがやったに違いない」

原田は叩きつけるように言った。

「違います」

江波は声が震えた。

「宮内か」

「――おれが喋ったなんて、ほかの者にバレたら殺されてしまう」

「その点は考えてやる。早く言え」

「曾根さんもいけなかったんです」

「なぜだ」

「昨日の晩、曾根さんに会って、おれは一緒に行くこともなかったのに、何となく曾根さんについて宮内の事務所へ行った。そしたら、曾根さんがすぐに二百万円都合しろと言った。挨拶ぬきの出しぬけです。命令するような勢いだった。宮内はびっくりしたみたいで、ふざけるなとか何とか怒鳴り返した。曾根さんも譲らなかった。おれはもう警察をクビになったし、怖いものは何もない。金を出さなければ、宮内のやっていることを全部警察にバラすって脅しました。それで言い合っているうちに、宮内がカッとしちまったらしく、ゴルフのクラブで曾根さんを殴ってしまった。鉄の頭がついてるやつで、もろに殴ったのだからたまらない。曾根さんはぶっ倒れて、それっきり動かなかった」

「きさまはぼんやり見物してたのか」

「とめようがなかったんです」

「そのあと、曾根を車で運んだのはきさまだな」

「宮内に言われて、しようがなかったんです」

「曾根は、なぜ急に二百万円も欲しいか話したか」

「娘の病気のことを言ってました」

「宮内は今どこにいる」

「知りません」

「知らないなら、見つかるまで案内させる」

原田は江波の腕をつかみ、引きずるように歩き出した。歩き出しながら、江波といっしょに、曾根の遺体も引きずっているように錯覚した。

裏切りの夜

1

部長刑事の貝藤は、桜井が堅気になりたがっていることを知っていて、それとなく相談され、足を洗いたかったら東京を離れろ、仲間のいない所へ消えなければ駄目だ、と言ってやったことがあった。

その桜井が、四日前、本当に姿を消してしまった。妻も子供も置去りだった。子供は桜井によく似た男の子で、生後七か月しか経っていなかった。

「四日も黙って家をあけるなんて、今まで、そんなことは一度もありません。今夜帰らないと五日になります」

妻のミサ子は心配そうだった。以前はバーで働いていたが、桜井と結婚してから勤めを辞め、やがて子供が生まれると、すっかり主婦らしくなっていた。

「何処かへ、旅行するような話はなかったのかな」

「聞いていません」

「四日前に、アパートを出るときの様子は」

「いつもと同じでした。八時ごろ起きて、九時には会社に着いたと思います」

会社は輪島興業である。組織暴力団輪島組の、多角経営の一つが興業会社だった。地方のクラブやキャバレーのショウに芸能人を斡旋《あっせん》しているが、それは表向きの看板で、看板以外にどんな仕事をしているか分ったものではなかった。

桜井はちょうど三十歳、輪島組では準幹部クラスだった。

「それっきり連絡がないんですか」

「はい」

「電話も？」

「ありません」

「仲間に聞いてみましたか」

「小野さんに聞いたら、夕方まで会社にいたそうです。あとのことは知らないようでした。小野さんは会社に残っていて、桜井はひとりで帰ったらしいのです」

「まっすぐ帰れば、三十分もかからないな」

「はい。桜井の帰る時間はきまっていませんけど、遅くなるときは電話をしてきますし、あたしは夕ご飯の支度をして待っていました」

「失礼だが、夫婦喧嘩でもしたんじゃないのか」

そうだとすれば、貝藤の出る幕ではなかった。

しかし、それくらいのことで、彼女が警察にくるとも思えなかった。

「いえ――」ミサ子は首を振った。「この頃の桜井は、好きなお酒も帰ってから飲むようにしていました。機嫌を悪くされた覚えはありません」

「おかしいな。それじゃ、なぜ帰らないのだろう」

「だから心配なんです。桜井は子供が可愛くてたまらないみたいで、帰ってからお酒を飲むようになったのも、子供の相手をしながら飲むためです。それがいちばん愉《たの》しいようでした。四日も帰らなければ、あたしが心配することも分っているはずです」

「望月に会ってみましたか」

輪島興業において、望月は桜井の上役だった。輪島組の幹部である。

「不思議がっていました」

「会社で出張を命じたということはないんですね」

「はい。会社にも全然連絡がないそうです」

桜井は農家の四男だった。中学時代からグレて家を飛出したが、両親と兄たちは長野に住んでいた。

しかし桜井は、家を飛出したきり両親たちとは義絶同様で、ミサ子との結婚は式も挙げなかったし、ミサ子は未だに彼の両親に会っていなかった。

一概にやくざ者というが、根っからの怠け者で分別のない連中が多い反面、性根的に一般社会に適合できないだけで、普通以上に律義な者も少なくなかった。

桜井はその後者だった。子供が生まれたせいもあるだろうが、彼が堅気になりたがっていたのは、その性根がやくざの社会にも合わなくて、以前からそう考えていたと見ることができた。

2

「どう思う」

貝藤は、部下の山根刑事に聞いた。山根は貝藤とともに、暴力犯係のベテランだった。

「確かにおかしい」山根は考え込むように言った。「桜井は子煩悩だった。ミサ子とは彼のほうから惚れていっしょになった。ほかに好きな女が出来たという噂も聞いていない。彼は案外真面目なんですよ。それが妻子に黙って消えるなんてちょっと考えられない。一日や二日なら分るが、四日は長過ぎる。どこへ行ったにしても電話くらいは掛けてこられる」

「やたらに恨まれるような奴とも違うな」

「違いますね。頭のわるい男じゃありません。一本気なところはあるが、計算してから動くタイプです」

「うむ」

貝藤の頷《うなず》く声に力がこもった。事件に発展しそうな予感があった。

桜井に消える理由がなければ、それは消されたことを意味していた。

貝藤は、身元不明の変死体などの照会を山根刑事に任せた。

署を出ると、空が夕焼けていた。

新宿の雑踏を抜けて、輪島組の事務所へ行った。

三階建のビルの、入口に「輪島興業」「輪島不動産」「輪島商事」などという看板がいくつもかかっていた。

桜井が籍を置いていた輪島興業は、二階だった。

貝藤はドアをあけ、狭い階段を二階へ上った。

部屋の中ほどに若い男が三人、奥の大きな机に向っている額の禿上った赤ら顔が望月だった。四十七、八の男である。前科三犯はいずれも詐欺で、興業師としてより、手形のパクリ屋として名前が知られていた。

望月は愛想よく迎えたが、部長刑事の貝藤に会うときは、いつも不安な面持を隠せなかった。

「桜井が見えないそうじゃないか」

貝藤は望月の前に立ち、すすめられた椅子に腰かけないで言った。

「どこで聞きましたか」

望月が葉巻をすすめた。

貝藤はそれを無視して、自分の煙草をくわえ、自分のマッチで火をつけた。

「女房が心配してきた」

「そうですか。実はわたしも心配してるんですよ。どこへ行っちまったのか、電話一本かけてこない」

「心当りはないのか」

「ありませんね。地方へ出るような仕事もなかったし、どうも分らない」

「とすると、殺されてると思わないか」

「なぜです」

「迷子になる年じゃない」

「それはそうだけど」

「だったら、理由もなしに四日も帰らないなんて、ほかに考えられるか」

「――――」

望月は返事につまったようだった。彼も桜井の死を考えているに違いなかった。

「何か理由があるはずなんだ」貝藤は言った。

「話してくれないか」

「ほんとに、わたしは何も知らないんですよ。理由って、どんなことですか」

「おれが聞いてるんだ。分っていれば、聞きやしない。答えてくれ」

「弱ったな。知らないものは答えようがない」

「そうか。それじゃ徹底的に調べるぜ。あんたの口から言えない事情があるらしいことは分った。もう協力は頼まない」

「そんな、勝手に解釈されては困る」

望月は引止めようとした。

貝藤は構わずに背中を向けた。

壁のあちこちに、流行歌手のポスターが貼ってあった。

机に向っていた三人の社員、社員というより輪島組のチンピラといったほうが相応《ふさわ》しいが、その三人は貝藤と望月の話を聞いていたらしく、貝藤と顔が合うと、慌てたように視線をそらした。

3

輪島組の事務所を出ると、貝藤は間もなく小野に会った。

偶然だった。

小野は桜井と親しかった。小柄だが、喧嘩っ早くて、傷害の前科を重ねていた。

「桜井を見ないか」

「いえ」

「女房が探していることは知ってるだろう」

「知ってます。おれも心配で探しているが、全然見当がつかない。警察も彼を探しているんですか」

「彼の女房から話を聞いた。ことによると、殺されたかも知れない」

「相手は誰ですか」

「知らん。それはこっちで聞きたいことだ。最近、揉め事があったんじゃないのか」

「いや、もしあれば、おれが知らないということはない」

「ますますおかしいな」

「しかし、彼は少し変り者だった。急に、旅行したくなったのかも知れない」

「彼は子供を可愛がっていた。子供の顔が見たくて、外で飲んでいた酒を、帰ってから飲むようになっていた。女房とも仲がよかったらしい。それでも、旅をしたくなったら、無断で四日も家をあけるような男か」

「――――」

小野は俯《うつむ》いてしまった。事情を知っていそうな顔だった。

「ここでは話し難《にく》いなら、あとで警察へ来てくれないか。そのほうが落着いて聞ける。おれが留守のときは、山根刑事に話しておいてくれ。心配しているのは、あんたもおれも同じなんだ」

「――――」

小野は答えなかった。

往来は人通りが多くて、人目につきやすかった。

貝藤は小野と別れた。

小野は輪島組の事務所の方へ向った。

数年前から、どこの盛り場でも、黒い背広にダボシャツというやくざスタイルの若者が目立っていた。やくざ映画がなくてもやくざは絶えないだろうが、近頃のように、一見してやくざと分る服装をしたチンピラが得意そうな顔をしているのは、世間の風潮に一半の責任があるとしても、恰好のいいシーンを見せるやくざ映画の影響もあると貝藤は思っていた。思慮の浅い未成年者が現実と映画の世界を混同し、それをおとなのやくざが巧みに利用しているのである。

貝藤は署に戻り、電話で北村を呼んだ。

北村も輪島組の組員だった。自分のアパートで競馬のノミ屋をしているが、貝藤はその競馬法違反を見逃す代わりに、やくざ仲間の情報を提供させていた。一度でも情報を洩《も》らした者は、もしバレたらリンチをくうから、あとは警察側の忠実な情報屋になるほかなかった。

北村は三十分ほどで現れた。まだ三十前だが、髪が薄く、ふやけたように肌の白い、ずんぐりした男だった。

貝藤は、調室で北村と二人きりになると、早速桜井のことを聞いた。

「部長さんも、やはり桜井が殺されたと思いますか」

「家族に連絡もしないで四日も帰らなかったら、そう思う以外にないだろう。あんたもそう思っているのか」

「わたしはどうも思いませんが、うちに出入りしている連中が、そんな話をしていました」

「その話を聞かせてくれ。桜井が殺されたというのか」

「らしいというんです」

「なぜだ」

「訳は知りません。みんなも知らないみたいだった」

「しかし、何か理由がなければ、そんな噂も出ない」

「四日も帰らなくて、おかみさんが心配してるからじゃないですか」

「それだけじゃないだろう。なぜ殺されたかという噂も出たはずだ」

「いい加減な噂ですよ」

「構わない」

「一つは、仕事の縄張り争いで、高松組の奴に刺されたのではないかという噂です」

高松組は、輪島組と対抗している組織暴力団だが、ここ数年の間に輪島組が勢力を伸ばし、退潮気味だった。

つねに、やくざ同士の殺傷沙汰なら起り得ぬことではなかった。

「もう一つは――」北村がつづけた。「塩木がくさいと言うんです」

「塩木――?」

貝藤は聞返したが、すぐにそのニキビ面を思い出した。おでんの屋台をやっているチンピラだった。体は大きいが、まだ十九歳である。

「なぜだろう。塩木は輪島の組員じゃないか」

「だから理由は分らないんです。組は同じでも仕事が違うし、わたしの知る限り、桜井と塩木はつき合っていなかった。つき合ったとしても、桜井の方がぐっと兄貴分で、喧嘩をするような間柄じゃありません。塩木はチンピラです。でも、桜井がいなくなった日、暗くなって間もない頃だけど、桜井と塩木が同じ車に乗っているところを見た者がいる」

「誰が見たんだ」

「名前を言わなければいけませんか」

「言って欲しい。あんたに迷惑はかけない」

「絶対に内緒ですよ」

「分っている。誰だ」

「わたしです」

「わたし？」

「わたしが見たんです。もちろん偶然だった。塩木が運転して、桜井がとなりにいた」

場所は川越街道の、成増の近くらしかった。北村はタクシーに乗っていて、斜前方の車にふいと気づいた。信号を待っているときだった。追いついたら声をかけようと思ったが、塩木の運転する車のほうが早く、すぐに見えなくなってしまった。北村は成増の友人を訪ねる途中で、桜井に声をかける用はなかったから、強いて追わなかった。

運転できない北村は車種などの知識がなくて、塩木の運転していた車はタクシーではないが、タクシーと同じような型の白っぽい車だというだけだった。

「しかし、あんたが見たのは斜うしろからだろう。確かに、塩木と桜井だったのか」

「間違いないと思います」

「今の話、おれに言うのが初めてか」

「いえ、三、四人に話しました」

「それじゃ内緒もへちまもないじゃないか。そういう噂はすぐに広がる」

「でも、わたしが部長さんに話したということは、内緒にしてくれないと困る」

「ほかに話したのは、輪島組の者ばかりか」

「とは限りませんけど」

「塩木に直接聞いてみたかい」

「会ったら聞いてみるつもりです」

「会うのは簡単だろう。屋台を出しているはずだ」

「それが、昨日から姿が見えません」

「場所を変えてるんじゃないのか」

「いえ、三宅に聞いても知らなかった。遊びに行ってしまったらしい。塩木は、ときどき勝手に休むんです。三宅はむくれていました」

三宅というのは、塩木と組んで屋台をやっている男だった。

4

貝藤部長は、北村を帰した。

やがて、山根刑事が戻ってきた。

身元不明の変死人などで、桜井に該当しそうな者は見当らないという報告だった。

貝藤は、北村の話を山根に伝えた。

「おかしいな」山根は首をひねった。「まさか北村の奴、デマを飛ばしに来たんじゃないでしょうね」

「北村は自分から来たわけじゃない。おれが呼んだのだ。彼の話は一応信じていいと思う。とにかく、桜井が殺されたという噂があることは事実のようだ」

「もし、塩木が殺したとしたら、動機は何だろう」

「分らん。桜井が消えて、塩木も消えてしまった。塩木の住所を知ってるかね」

「三宅が知ってるでしょう。いっしょに行ってみますか」

「山ちゃんは残っていてくれ。小野がくるかもしれないんだ。おれ一人で三宅に会ってくる」

貝藤は山根を残して署を出た。事件の匂いがますます濃くなっていた。

三宅は、歌舞伎町の裏通りのいつもと同じ場所に屋台を出していた。

客はいなかった。

三宅はぼんやりと往来を眺め、退屈している様子だった。ひとのよさそうな丸顔で、塩木より年上だが、屋台をひっぱっているようでは一生うだつが上らない、と自分で諦めている感じだった。

「塩木はいないか」

貝藤が聞いた。

「ええ、休みです」

「病気か」

「知りません。連絡がないんです」

「いつから休んでるんだ」

「昨日からです」

「家へ行ってみたか」

「鍵がかかってました。気が向かないと、いつも勝手に休むんですよ」

「休んで、どこへ行くんだ」

「金がないから、せいぜい映画くらいでしょう」

「ドライブの趣味はないのか」

「以前はおんぼろの車を持ってたけど、競馬の借金を返すために売ってしまったから、レンタカーは高いし、ドライブってわけにいきませんね」

「車を売ったのは、いつ頃だろう」

「もう大分経ちます。三か月くらい経つんじゃないかな。売っ飛ばしても、惜しいような車じゃなかった。あれでは大した金にならなかったと思います」

「最近、塩木の様子で変ったことはないかな」

「どんなことですか」

「どんなことでもいい。例えば、急に金まわりがよくなったとか、元気がなくなったとか」

「金まわりはよくありませんね。車を売る前から、ずっとピーピーしていた。金が入ればすぐに使ってしまうほうだけど、おでんなんか売っていたのでは、どうせ小遣い程度にしかならない」

「競馬で、大穴を当てたということもないのか」

「なかったみたいです」

「昨日から休んでいるというと、一昨日は出たのか」

「はい」

「その前の日は」

「出ていました」

「その一日前は？」

四日前、桜井が姿を消した日だった。

「休みました」

「やはり無断か」

「はい」

「翌《あく》る日に出てきたとき、休んだ理由を聞いたかい」

「聞いたけど、望月さんに用を頼まれたと言うだけで、詳しいことは言わなかった。用を頼まれたなんて、本当かどうか分らない。おれは信用しなかった」

「塩木は望月と親しいのか」

「郷里《くに》が同じだって聞いたことがある」

「彼の郷里はどこだ」

「水戸です」

「桜井を知ってるな」

貝藤は話を変えた。

「ええ」

三宅は頷いた。貝藤の顔色をうかがうような眼だった。

「桜井を探しているが、四日前から家に帰っていないらしい。その話も聞いてるかい」

「ちょっと聞きました」

「何処へ行ったのか、知らないか」

「さあ――？」

三宅は、ネオンが光っている夜空を仰いだ。

「塩木は桜井とつき合っていた。しかし、どの程度のつき合いだったのだろう」

「つき合いは殆どなかったと思います。桜井さんのことを、塩木は、どんな人かって聞いてたくらいですから」

「あんたに聞いたのか」

「そうです」

「なぜだろう」

「知りません」

「塩木に聞かれて、あんたはどう答えたんだ」

「桜井さんはいいひとです。おくさんもいいひとだし、赤ん坊が生まれて、桜井さんは赤ん坊が可愛くて仕様がないみたいだった。桜井さんにそっくりな赤ん坊で、あれじゃ可愛くなります」

「塩木が桜井のことを聞いたのは、いつ頃だ」

「一週間くらい前です」

「桜井と、何かまずいことがあったのかな」

「いや、そんな話はしなかった」

貝藤は塩木の住所を聞いた。

西大久保のアパートだった。

「そのアパートに、塩木はひとりで住んでいるのか」

「そうです」

「女はいないのか」

「いません。こんな所でおでんなんか売ってるようでは、絶対女にモテませんからね」

三宅は、大分おでん売りにコンプレックスがあるらしく、彼自身も決まった女はいないようだった。

5

貝藤は西大久保のアパートへ行った。

塩木の部屋は明りが消え、錠がかかっていた。

管理人に聞くと、一昨夜は遅くまで明りがついていたという話だった。

貝藤はふたたび輪島組の事務所へ行った。

望月が残っていた。室内はガランとして、ほかに残っている者はいなかった。

「塩木の住所を知らないか」

貝藤は質問をぶつけた。

「塩木？」

望月は聞返した。明らかにとぼけている顔だった。

「おでんを売らせている塩木だ」

「ああ、あの塩木か」

望月は、ようやく思い出したように頷いた。

しかし、塩木の住所は知らないと言った。

「知らないことはないだろう」

「いや、知りません。チンピラの住所まで、いちいち憶えていられない」

「それじゃ教えてやろう。彼は西大久保のアパートにいる」

「なんだ、貝藤さんもひとが悪いな。知ってるなら、聞くことはないでしょう」

「聞いてみたかったのさ、彼に会いたいんだが、会わせてもらえないか」

「アパートにいませんか」

「いない。屋台も休んでいる」

「それじゃわたしも知らないな。なぜ塩木を探してるんですか」

「聞きたいことがある」

「どんなことだろう」

「桜井が消えた晩、桜井は塩木と会っていたらしい」

「ほんとですか」

望月の表情が揺れた。驚いたようだった。

「ほんとかどうか、塩木に聞いてみれば分るはずだ」

「しかし、そんな話をどこで聞いてきたんですか」

「どこでもいい。直接聞いたわけじゃないが、見た者がいるらしい」

貝藤は情報源を知られないように、北村をかばった。

「桜井と会った日、塩木は屋台を無断でサボったが、翌る日、あんたに用を頼まれたからだと言ったそうだ。それは間違いないのか」

「冗談じゃないな。わたしが塩木に頼む用などあるわけがないでしょう」

「すると、塩木はデタラメを言ったのか」

「なぜそんなデタラメを言ったのか分らない。塩木に会ったら、わたしも聞いておきます」

「会える当てがあるのか」

「どうせ、この辺を遊び歩いているに違いない。探させますよ。妙なデマを飛ばされては迷惑だ」

望月は怒ったように言った。

6

それから三日経った。

桜井が姿を消して一週間である。依然妻のミサ子にも連絡がないらしく、塩木の行方も不明のままだった。

「桜井は殺されてるな。ほかに考えようがない」

山根刑事は苦い顔をして呟《つぶや》いた。

ノミ屋の北村が車中の塩木と桜井を見たというその翌日、桜井の方はそれっきり姿を見た者がないのに、塩木の方は屋台で働いているのだ。

したがって、桜井が塩木を殺して逃走したという逆の見方は成立たなかった。

貝藤は山根の意見に同感だった。

ところが、ふたりがその話をしているとき、塩木の死体が見つかったという電話が入った。

場所は西大久保の塩木のアパートだった。

——死体は、桜井の間違いではないのか。

貝藤は山根と顔を見合わせた。

山根も納得できないようだった。

ふたりとも、早速現場へ向った。

現場へ急ぎながら、貝藤は事件の順序を組立ててみた。

まず、桜井が失踪した夜は、塩木といっしょの姿を北村に見られている。

その翌日、塩木は三宅といっしょに屋台でおでんを売っていた。

塩木が姿を消したのは、さらにその翌々日である。

この順序に間違いがなく、見つかった死体が塩木だとすれば、いったい桜井はどこへ消えたのか。

「やはり、桜井は殺されてますね。姿を消している理由がない」

山根刑事が言った。

「誰に殺されたんだ」

「塩木でしょう」

「それじゃ、塩木は誰に殺されたんだ」

「――――」

山根刑事は唇を噛み、黙ってしまった。

重苦しい沈黙がつづいた。

やがて現場についた。

小さいが、割合新しいアパートである。その一階の北隅の部屋で、塩木は首を絞められ、仰向けに倒れていた。

食卓とテレビくらいしかない部屋だが、ウイスキーの瓶とグラスが転がっていた。

死亡時刻の推定は解剖の結果を待たねばならないが、死後硬直の状態などからみて、昨夜十時過ぎだろうという。

「目撃者は？」

貝藤は所轄署の刑事に聞いた。

「まだ見つかっていないが、昨夜十時か十一時半頃、となりの部屋を借りている夫婦が話声を聞いている。男の声で、話の内容までは聞えなかったらしい」

「声に特徴はないんですか」

「ないようです。しばらく話声がしていたが、いつの間にか静かになって、となりの夫婦もそれっきり気にとめなかった。テレビを見て、寝てしまったそうです」

「となりの夫婦は、塩木の姿を見たことがあるんですか」

「あるけれど、共稼ぎで朝のうちに出てしまうし、たまにしか見なかったと言っている」

「この部屋に、塩木はいつ戻ったのだろう。彼は三、四日前から、部屋をあけていたはずなんだ」

貝藤は捜査の手ぬかりをさとっていた。塩木が桜井を殺して逃走したと思い、その逃走先をつきとめる方に力を入れたが、まさか戻るとは思わないで、アパートに張込みの刑事を置いておかなかった。

「三、四日前から明りが見えなかったようです。だから、昨夜戻ったところを殺された、ということになりますかね」

「うむ」

貝藤は唸《うな》るばかりだった。

山根刑事も、考え込むように腕を組んだきりだった。

貝藤は現場を離れ、三宅が立っているおでんの屋台へ行った。

屋台は相変らず客がいなくて、三宅はぼんやりしている様子だった。

「塩木が殺されたよ」

貝藤はいきなり言った。

「え——?」

三宅は自分の耳を疑うように聞返した。

塩木が殺された、と貝藤はもう一度言った。

「ほんとですか」

「たった今、死体を見てきた」

「誰に殺《や》られたんですか」

「心当りを言ってくれ。塩木を恨んでいた奴がいるだろう」

「どうかな。殺すなんて、普通の恨みじゃないでしょう」

「そうとは限るものか。ちょっとした恨みで殺す奴だっている」

「でも、あいつはいつも金がなかった。ということは、恨みを買うような真似をしていなかったからですよ。だからおれといっしょに、おでんなんか売ってたんだ」

「しかし、いつも金がなくて、おでん売りに飽きたとすれば、もっと金儲けの方法を考えたかも知れない」

「どんな金儲けですか」

「例えば恐喝だ」

「あいつは恐喝に向かないでしょう」

「なぜだ」

「何となく向かない感じです」

三宅との話は、埒《らち》があかないようだった。

7

貝藤は輪島組の事務所へ行った。

望月はいなかったが、小野が机に向っていた。

しかし、仕事をしていたわけではないらしく、机の上はきれいに片づいていた。桜井と仲のよかった小野である。

ほかの社員は出払っていた。

「待ってたが、とうとう来てくれなかったな」

貝藤は小野に言った。立話で別れてから、小野の情報を心待ちにしていたのだ。

「別に、話すこともありませんからね」

小野の返事は投げやりに聞えた。塩木の死を、まだ知らないようだった。

しかし、本当に知らないのかどうか疑問だった。

「桜井はその後も音沙汰なしか」

「ありません。今まで連絡がないところを見ると、やはり殺されたかも知れない」

「しかし、殺される理由が分ってないじゃないか」

「そうですけどね。こんな稼業をしていれば、どこでどんな奴の恨みを買うか分らない。本人も覚悟していたはずだ」

「そんな危い橋を渡っていたのか」

「そういう意味で言ったんじゃない」

「話は違うが、塩木という男を知ってるだろう。おでんの屋台にいるチンピラだ」

「顔くらいは知っている」

「塩木と桜井は仲がよかったのか」

「さあ——仲がいいなんてことはないでしょう。桜井から、塩木の名前を聞いたこともない」

「そうかな。桜井が消えた夜、桜井と塩木が同じ車に乗ってる姿を見た者がいる」

「間違いじゃないんですか」

「事実らしい」

「そんなこと、おれには関係ないでしょう」

「あんたには関係ないが、桜井の方に関係がある。彼はそれっきり連絡がない」

「というと、塩木が桜井の行方を知ってるというんですか」

「塩木も三、四日前から行方が分らなくなっている」

「どういうことだろう」

「分らないか」

「塩木が桜井を殺した、というんですか」

「それなら話の辻褄が合う。ところが、塩木が自分の部屋で殺されていた。死体が見つかったよ」

「――――」

小野は、信じられないように貝藤を見つめた。

貝藤は、死体現場の模様を簡単に話した。

「どう思うね」

「どう思うって……」

小野は頭が混乱しているようだった。

「昨日の夜あんたがどこにいたのか、聞いておきたい」

「おれを疑うんですか」

「念のためだ」

「夕方から麻雀ですよ。川崎の部屋で、朝方までやっていた」

「ほかに麻雀の仲間は」

「高杉に本多がいっしょだった。途中で抜けた者はいません」

みんな輪島組の組員だった。四人がグルになれば、互いにアリバイを立て合うことの出来る仲間だ。

貝藤はそれが気に入らなかった。

8

貝藤と小野が話しているところへ、望月が入ってきた。

不機嫌な顔だった。

小野は擦れ違いに出て行った。

「わたしを待ってたんですか」

望月が言った。

「聞きたいことがある。昨夜どこにいたか、言ってくれないか」

「妙なことを聞きますね。何か疑っているみたいだ」

「死体が見つかった」

「やはり――」望月は唾を飲んだ。「桜井は殺されていたんですか」

「そうじゃない。見つかったのは、塩木の死体だった」

「塩木の？」

望月は意外そうに聞返した。しかし、それほど驚いているようでもなかった。

「自分の部屋で、首を絞められていた」

「誰に殺られたんですか」

「分らない。あんたは彼と同郷で、彼の面倒をよくみていたらしい。だから、あんたに聞けば分ると思ってきた」

「冗談じゃない。同郷だろうが何だろうが、若い者の面倒をみるのは当り前でしょう。変な風に見られては困る。昨夜はちゃんと家にいた」

「どっちの家かな」

望月は本宅のほかに、妾宅《しょうたく》を二戸構えていた。一戸は喫茶店で妾もその二階に住み、もう一戸はマンションを借りていた。

「駒江のところだ」

望月はぶすっとして答えた。駒江はマンションの方だった。

「すると駒江さんに聞けば、昨夜のことは確かめられるな」

「いや、駒江は四、五日前から郷里の熊本へ帰っている。といって誤解されては困るから言うが、わたしだってたまには一人でゆっくり寝たい。静かに音楽を聞いていたいときがある。だからこの二日間は、ひとりで駒江のところに泊っている。今夜もそのつもりです」

「飯が不自由だろう」

「外で食うのに馴れている。ひとりの方が気楽でいい」

「話を戻そう。塩木が殺された理由を考えてくれないか」

「あいつは、普段はおとなしいが、酒を飲むと気が荒くなる。だから喧嘩でもして、狙われていたのかも知れない」

「相手は」

「たぶん高松組の奴らだろう。奴らでしょ、時おり塩木の屋台に厭《いや》がらせをしていたらしい。うちと高松組は、最近特に面白くないことが重なっている」

「しかし、組同士の争いなら、塩木のようなチンピラを痛めても仕様がないんじゃないかな」

「チンピラ同士だから、何をやらかすか分らないんですよ。わたしたちも下の方までは眼が届かない」

「ほかに理由は考えられないか」

「若いから、女のことで揉めていたかもしれない」

「好きな女がいたのか」

「聞いてないが、トルコ風呂へよく通っていたらしい」

望月は、そのトルコ風呂の名前を挙げた。

「あんたは、車の運転はできたかな」

「まだ疑ってるんですか」

「何でも聞いておくのが、職業柄で癖になっている。調べれば分るが、聞いた方が早い」

「免許は持ってますよ。でも、この頃はほとんど乗っていない。自分で運転すると、なかなか駐車場がないし、酒を飲むこともできない。タクシーの方が便利ですからね」

「どんな型？」

「厭がらせはいい加減にしてくれないか。わたしはさっきから我慢している。これ以上知りたければ、勝手に調べてくれ。塩木が誰に殺されようと、わたしの知ったことじゃない」

「可愛い子分が殺されたのに、それが輪島組の幹部の台詞《せりふ》かな」

「――――」

望月は横を向いて、答えなかった。

9

桜井の行方が分らないまま、塩木が殺された事件の捜査はいっこうに進展しなかった。

捜査会議が何度となく開かれ、桜井も殺されているのではないかという意見が有力で、そのほうの捜査も併行しておこなわれた。

しかし、塩木も桜井も殺されたとなると、犯人が別にいなければならなかった。桜井が塩木を殺して逃走したのではないかという意見もあったが、貝藤部長は望月と小野をマークしてアリバイを洗った。

だが、結果は壁に突当った。

駒江の部屋にいたという望月のアリバイは、駒江が不在中のことだったし、確かにいたという証人もいなければ、いなかったという証人も見出せなかった。彼の車が、ノミ屋の北村が見た車に似ているが、北村はナンバーを憶えていなかったから、それも証拠にはなり得なかった。

小野も三人の麻雀仲間がアリバイを立てているので、貝藤がいくらそのアリバイを臭いと睨んでも、それを崩すだけの証拠がなければどう仕様もなかった。

それに、望月にしても小野にしても、犯行の動機が全く分らないのだ。

塩木が殺されて、たちまち十日あまり経った。

気の早い警察《さつ》まわりの記者は、迷宮入りの声をあげた。やくざの死などは、誰に殺されようと社会的には問題にならないので、新聞ではとうに記事が消えていた。

ところが、塩木の死からちょうど二週間目の夜、今度は望月が殺された。四谷署管内の小さな公園で、左胸と腹部を刃物で抉《えぐ》られ、救急車が駆けつける前に息を引取っていた。

いったい、どういうことなのか。

単なる、やくざ同士の殺戮《さつりく》の繰返しに過ぎないのか。

しかし、それにしては、桜井も塩木も望月も同じ組の者だった。

あるいは、望月の死は桜井の失踪や塩木の死に無関係な偶発事件か。

貝藤部長は、考えれば考えるほど混乱した。ことによると、望月の死も桜井の失踪も塩木の死も、この三つはそれぞれかかわりのない事件で、偶然に三つ重なっただけではないか、とも考えた。

しかし、いずれにせよ、塩木を殺した犯人はいるはずで、望月を殺した犯人もいるはずだった。そして、桜井の生死も確かめねばならなかった。

望月の場合は目撃者がいたが、犯人は若い男らしかったというだけで、容貌などは全く分っていない。

「何しろアッという間の出来事で、暗かったし、犯人が逃げる姿を見ても、まさか殺されたなんて考えなかった。初めは二人で公園に来て、何か話しているみたいだった。そこへもう一人が来て、急に刺したらしいんです。犯人が逃げたあと、殺されたひとのつれだった男も、すぐにどこかへ消えたみたいでした」

目撃者はそう語っていた。

望月の場合は、犯人以外にもう一人の人物が犯行に立会っていたのである。

「何か分ったかい」

貝藤は山根刑事に聞いた。

「――――」

山根は無言で首を振った。貝藤と同じように、すっかり自信を失った顔だった。

10

望月が殺された事件は、目撃者がいて、犯行に立会った男がいるらしいことなどから、貝藤は気を取直して捜査に没頭した。大事件ではないが、貝藤にしてみれば、暴力犯担当の部長刑事という面目にかかわる事件だった。

しかし、例によってノミ屋の北村に聞いても、首をかしげるばかりで、核心に触れる話は聞けなかった。

また十日経ち、二十日が過ぎ、一か月を越えた。

捜査はふたたび壁に突当った。

貝藤は睡眠不足がつづき、食欲も不振で、げっそり痩せた。

桜井の妻子が田舎へ帰るという話を聞いたのは、その頃だった。

「桜井さんのことは諦めたらしいですよ」

おでん屋の三宅が、通りかかった貝藤に教えてくれた。

「死んだと思ってるのか」

「そうでしょうね。今まで帰らなければ、そう思って諦めるほかない。気の毒だけど、桜井さんはもう帰りませんよ。待っても無駄です」

——無駄か。

貝藤は胸の奥で呟いた。自分の無能を指摘されたような気がした。

貝藤は署に戻っても落着かないと思い、桜井のアパートへ寄ってみた。

転居の荷造りをしている最中で、小野が手伝いに来ていた。

「田舎へ帰るそうだね」

貝藤はミサ子に言った。

「はい。いつまでもここにいても、赤ん坊がいるので働きに出られません。田舎へ帰れば両親がいます」

「そうだな。そのほうが赤ちゃんにもいいし親孝行かも知れない」

「桜井のことは諦めました」

「いや、諦めるのはまだ早い。生きていれば、かならず見つかる。見つけたら、すぐ連絡しますよ」

「よろしくお願いします」

「田舎はどっちですか」

「前橋です」

「それじゃ、そんなに遠くないな」

貝藤は簡単に話を切上げた。

小野は貝藤の方を見ようともしないで、熱心に荷物をつくっていた。

貝藤は重い気持を抱えて署に戻った。

翌日、またおでん屋の三宅に会って、桜井の妻子が帰郷したことを知らされた。

貝藤の気持は依然重かった。

しかし、その重い気持の中から、一つの疑問が泡のように浮かんだ。ミサ子の様子が、意外に明るかったことを思い出したのである。それは貝藤の重い気持と、あまりに対照的なようだった。

——おかしいな。

貝藤は何度も首をひねった。首をひねるたびに、疑問の泡が大きく脹《ふく》らんだ。

そして、首をひねったまま眠れない夜を明かすと、泡がはち切れそうになっていた。

貝藤は休暇をとって、前橋行きの電車に乗った。

車中も一つの考えばかり追っていた。

ミサ子の実家は、前橋市内でクリーニング屋をしていた。割合大きな店だった。

貝藤は、しばらくその店の前に呆然と立っていた。

プレスを操作している男が、あけ放った窓越しに見えた。

男は桜井に間違いなかった。

貝藤は窓際に近づいた。

桜井はさすがに驚いたようだった。

「ちょっと出てくれないか。聞きたいことがある」

貝藤は軽く声をかけたつもりだが、重く聞えたかも知れなかった。平静を装っても、緊張していることは自分で分っていた。

桜井はためらったようだが、すぐに心を決めたらしく、仕事を中断した。

肩をならべて裏手へまわると、小さな川が流れていた。

「おくさんは」

「買物に出ています」

「赤ん坊は元気かね」

「はい、おかげさまで――」

「あんたも元気そうじゃないか。とても顔色がよくなった」

「済みません」

「まだ謝ることはない。東京を出てから、すぐこっちに来たのか」

「そうです」

「もちろん、おくさんは承知だったのだろうな」

「はい」

「全部承知なのか」

「いいえ、わたしがこっちに来るときのことだけです」

「そのときのことを話してくれないか。大体分ったつもりだが、こまかいことまでは分らない。最初は、塩木があんたを殺そうとしたのか」

「そうです」

桜井は貝藤の顔を見て観念したのか、淡々と話した。

桜井はやくざの社会から足を洗いたかった。やくざな生活につくづく厭気がさして、それは貝藤に相談したこともあるように、子供が生まれたときから考えつづけてきたことだった。

しかし、望月はそれを許さなかった。桜井を手放すと仕事に差支えるし、興業会社の看板の裏で重ねてきた悪事をバラされると警戒したらしかった。

桜井はあくまで足を洗うと頑張り、望月がどうしても許さないと言うなら、逆に望月の悪事をバラしてやると脅した。

もしバラされたら、望月は組長に内緒の仕事をしていたので、警察より組織の仕返しが怖いはずだった。

桜井は、そう言って脅せば、望月が折れてくると甘く考えていた。

ところが、気の小さい望月は、桜井の口をふさぐために塩木をそそのかした。おそらく、おでんの立売りではうだつが上らない、ここで桜井を殺せば、かならず幹部に取立ててやると約束したに違いない。

やくざ社会で、殺人は箔のつく仕事だった。しかも、それが上級幹部のためなら、いちばん早い立身のチャンスと言えた。

塩木は望月の頼みを引受けた。桜井については顔を知っている程度で、親しい口を利いたことはなかった。容疑を免れるために、そういう利害関係のない者こそ犯行の適任者だと思い、それで望月は塩木を選んだに違いなかった。

しかし塩木は、自分が殺す相手のことが気になっていろいろ聞回ったらしく、望月の使いという口実で車に同乗させてからも決心が揺れていた。そして、ついに殺意をひるがえして望月に頼まれたことを話し、その代わりどこかへ消えて、二度と輪島組の者に姿を見られないようにしてくれと言った。そうしてくれるなら、車の中で桜井を殺し、死体は埼玉県の山の中に捨ててきたと報告できる、と言うのだった。

――なぜ殺さないんだ。

桜井は聞いてみた。

――赤ん坊がいては殺せねえよ。

塩木はそう答えただけだった。塩木の父は彼の幼い頃家を出たきり行方不明になっていた。

桜井は車を下りると、電話でミサ子と小野に事情を話し、それから前橋に来て妻子を待つことにした。

ミサ子が桜井の失踪を警察に届けたのは、これも塩木の頼みで、そうしないと望月に、本当に殺したのかどうか疑われると考えたせいだった。

ところが、貝藤たちが捜査に乗出したため、塩木の立場が危くなった。北村に、桜井といっしょのところを見られたのが致命的なミスだった。

小心な望月は、またしても自分の安全しか考えず、もし塩木が捕まったら、桜井殺しを教唆したことを喋られるのではないかと心配した。もちろん彼は、塩木が桜井を殺したと信じていたのだ。

それで望月は、差当りの報酬として塩木を熱海で遊ばせていたが、急いで彼を呼戻し、その晩のうちに殺したのである。

一方、桜井は新聞で塩木が殺されたことを知ると、すぐに小野に電話をして事情を聞いた。望月に殺られたらしいことが分った。

桜井はじっとしていられなくなった。考えようによっては、塩木は命の恩人だった。塩木の死を知る前から、望月に対する怒りを抑えてきた桜井だった。

「それで小野に呼出し役を頼み、小野に誘われてきた望月を刺したのか」

「塩木の仇を討つつもりでした。でも、小野はわたしが望月を殺すことまでは知らなかった。彼には呼出しを頼んだだけです」

それから一か月以上経ち、少しはほとぼりが冷めた頃と思い、小野に連絡して妻子を呼戻したのである。

「わたしは、部長さんの顔を見たときに覚悟を決めました。このままミサ子にも子供にも会わないで、部長さんと東京へ行きます。その方が未練が残らない」

桜井はほんとに覚悟をしたらしく、静かな声で、神妙に首を垂れた。

桜井は危く殺されるところだったが、塩木の死は彼の責任ではない。望月の死は、害虫が一匹減ったようなものではないか。

「待てよ」貝藤は言った。「おれは休暇をとってきたので、あんたを逮捕しにきたわけじゃない」

「それじゃ、何のために来たんですか」

「おれの考えを確かめたかった。それだけだ」

「それだけでいいんですか」

「よくないときもあるが、いいときもある。おれが考えたんだから、おれの勝手にする。断っておくが、こういう真似も刑事の愉しみの一つなんだ。恩に着る必要はない。おれが来たことなんか、忘れればいい」

「――――」

桜井は俯いたきりだった。

「クリーニングの仕事は面白いかい」

「――――」

桜井はうまく声が出ないようで、貝藤を見つめたが、顔を伏せるように頷いた。

貝藤は踵を返した。そして歩きながら、どうやって事件にケリをつけるか、これからその無難な方法を考えねばならないと思っていた。

【附録】ノート（「夜の終る時」）

推理小説の批評や解説は、事件の真相に触れてはならないものとされている。それは読者に対する配慮であって、あらかじめ底が割れていたら興味をそこなうからである。すぐれた作品ならそれでも面白いはずだが、犯人や犯行動機などを推理する愉しみが失われることは間違いなく、スリルもサスペンスも消えてしまうだろうし、結末の意外性も味わえない。たとえば、「アクロイド殺し」（アガサ・クリスティ）をこれから読もうという人に犯人の名を教えたら、教えられた人はかならず怒るに違いない。私はその人に同情する。教えた者は殴られても已むを得ないくらいである。

しかし、さほどの作品でもないのに気がひけるけれど、そういうことにあまりこだわっていると何も書けないので、以下はすでに作品を読まれたものと考えて筆をすすめたい。

「夜の終る時」（一九六三年四月　中央公論社刊）

この巻におさめた二篇はともに書下ろしである。書下ろしの第一の利点は書直しがきくということで、本篇の場合も半分近く書いてから気が乗らなくなってしまい、構成をあらためて初めから書直した。最初は犯人探しの本格仕立てで通すつもりだったのである。ところが、書いているうちにどうしても犯人の内面を書込みたくなってきた。本格仕立てではそれが出来ない。不可能というわけではないが、とかく説明に陥りやすい。絵解きと同じで、いくら説明しても説明は説明の機能に属し、小説の機能とはおのずから異らざるを得ない。そこで犯人の告白という手がしばしば利用されるが、それにも限界があって、限界を越えれば不自然を免れない。説明のための告白になってしまう。それならむしろ倒叙という方法（inverted method）がある。難しい訳語でそれこそ説明されないと分らないが、犯人探しの定法とは逆だから倒叙法というようで、つまり物語の発端から犯人が分っていて、犯人探し以外の面白さで読者の興味をひいてゆく作法である。殺意を抱いてから犯行にいたる心理とか、いかにして犯行を紛らし、またどのようなミスをおかして犯罪の証拠をつかまれるかなどという点に興味のポイントが置かれる。この種の作品ではフランシス・アイルズの「殺意」、F・W・クロフツの「クロイドン発一二時三〇分」、リチャード・ハルの「伯母殺し」などが世評に高いが、いずれも犯人の側から書かれていて、犯人像を刻明に描きながらスリルもあればサスペンスもあり、論理の展開による結末の意外性もあって、推理小説のおもしろさは犯人探しばかりではないことが分るし、犯人が分ればそれでいいというものでもないことが分る。（倒叙法の原型は一八四五年にE・A・ポーが「盗まれた手紙」で書いている）

そこで本篇に話を戻すと、構成をあらためるとき、前半の第一部を本格仕立てに、後半の第二部から犯人へ視点を移して倒叙にしてみることにした。そうすることによって、行きづまりを感じていた私自身の不満から一歩でも外へ出ようと図ったのである。

題材を警察の内部にとったのも同じ理由からだった。いわゆる「悪徳警官もの」は五〇年以降アメリカでさかんになったようで、ウィリアム・P・マッギヴァーンの「殺人のためのバッジ」やエド・レイシイの「さらばその歩むところに心せよ」などが深く印象に残っているが、資本主義社会の繁栄と矛盾がそれらの作品を生む底流になっている。

しかしわが国の推理小説では、なぜか刑事といえば正義の味方だった。裁判官も検事も弁護士も、そしてもちろん私立探偵も、主人公はみんな正義の味方である。正義の味方でわるいわけはないが、この世の中でいったい何が正義で何を不正と呼び得るのか、そういうことに対する疑いがないのが私は不思議だった。そして、もし正義の味方という通念があり、捜査当局の一員が犯人であってはならぬというヴァン・ダイン流のタブーがあるなら、推理小説の可能性のひとつとしてそれらをまず破りたいと思った。現実においても、愛人を殺したり、強盗の片割れだったり、暴力組織に買収されていたなどという警官が新聞で時おり伝えられている。といってそのような現実をなぞるつもりは毛頭ないが、もっとも腐敗しやすいのが権力であろうし、権力機構の底辺で社会のひずみと接しつづけている一刑事に弱い生身の人間の息を吹込んでみたいと思ったことも、本篇を執筆する動機のひとつになっている。

しかし、意気込みだけは以上のように欲張ったが、私は犯人に情を寄せ過ぎたらしい。こんな小悪人しか書けなかったのは、私もこの程度の小悪人にしかなれないというしるしのようである。

（中略）

なお余談だが、小説の題名というのはふっと浮んだのがいったいに好評のようで、さんざん考えた末につけた題名は大抵自分ながら感心しない。「ゴメスの名はゴメス」や「白昼堂々」を前者とすれば、この巻におさめた二篇は後者である。題名をつけるのも芸のうちで、クリスティの「なぜエヴァンスに頼まなかったか」などは実にこころにくい。

（一九七三年十月）

〈『結城昌治作品集3』朝日新聞社、一九七三年〉

編者解説

日下三蔵

昨二〇一七年にちくま文庫から出した結城昌治のミステリ短篇傑作選『あるフィルムの背景』がおかげさまでご好評をいただき、続けて著者の傑作選を出せることとなった。『あるフィルムの背景』の解説にも書いた通り、結城昌治の手がけたジャンルは極めて幅が広く、どれを選ぶべきか迷ったが、日本推理作家協会賞受賞作であり、国産警察小説最初期の収穫である長篇『夜の終る時』に、同系統の短篇を増補して、結城昌治警察小説傑作選としてみた。いま読み返してみても、作中の時事風俗以外に古びたところのまったくない迫力ある一冊になっていると思う。

警察小説を「刑事たちが集団捜査で事件解決に当たるミステリ」と定義すると、日本においては昭和二十年代から島田一男が数多くのシリーズを手がけ、「部長刑事」シリーズ、「警察医」シリーズ、「鉄道公安官」シリーズ、「捜査官」シリーズと、多岐にわたる探偵役を生み出している。

本格ミステリでは西村京太郎の「十津川警部」シリーズ、横山秀夫「D県警」シリーズ、ハードボイルド系では逢坂剛「百舌」シリーズ、大沢在昌「新宿鮫」シリーズ、高村薫の「合田雄一郎」シリーズなどがあったが、二〇〇四年頃から雫井脩介『犯人に告ぐ』(04年)、佐々木譲「道警」シリーズ(04年〜)、今野敏「隠蔽捜査」シリーズ(05年〜)などのヒットで注目が集まり、多くの書き手が参入するようになった。

堂場瞬一、富樫倫太郎、笹本稜平、誉田哲也、沢村鐵、安東能明、永瀬隼介、月村了衛、貫井徳郎と、質の高い警察小説を発表している作家は枚挙に暇がなく、現在では完全に国産ミステリのサブジャンルとしての地位を確立しているのだ。

一九六三(昭和三十八)年に刊行された本書は、十津川警部の初登場作品『赤い帆船』(73年)より十年も早い。先ほど「国産警察小説最初期の収穫」と述べた所以だが、サブジャンルが確立する以前の作品であるため、当然のことながら現在の警察小説とは様子の違う部分もある。警官殺しを扱った本格ミステリを書こうとして、結果的に警察小説のスタイルに近づいた作品、と見た方がいいかもしれない。

結城昌治は一九五九年、短篇「寒中水泳」でデビュー。これは早川書房の翻訳ミステリ専門誌「エラリイ・クイーンズ・ミステリ・マガジン」の第一回コンテストに入選したものである。同年十二月に第一長篇『ひげのある男たち』を早川書房より刊行。翌年一月に東京地検を退職して作家専業となった。

『ひげのある男たち』および『長い長い眠り』(60年9月/光文社/カッパ・ノベルス)、

中央公論社刊の単行本

『仲のいい死体』（61年11月／カッパ・ノベルス）の郷原部長刑事シリーズはユーモラスな味わいの本格推理、『隠花植物』（61年3月／桃源社／書下し推理小説全集）はスリを主人公にしたクライム・サスペンス、『罠の中』（61年3月／新潮社／新潮ポケット・ライブラリ）は元受刑者の更生施設が舞台となる本格ミステリと、一作ごとにテーマも雰囲気もガラリと変えた——それでいて質の非常に高い——作品を次々と発表して、ミステリ界での地歩を着実に固めていく。

軽ハードボイルドを試みて大きな成功を収めた『死者におくる花束はない』（62年3月／東都書房／東都ミステリー）、本格的なスパイ小説『ゴメスの名はゴメス』（62年4月／早川書房／日本ミステリ・シリーズ）に次いで、六三年四月に中央公論社から書下しで刊行されたのが著者の八番目の長篇作品『夜の終る時』であった。それ以降の刊行履歴は、以下の通り。

65年9月　角川書店（角川小説新書）
70年12月　角川書店（角川文庫）
73年12月　朝日新聞社（結城昌治作品集3）　※『穽』との合本
90年12月　中央公論社（中公文庫）

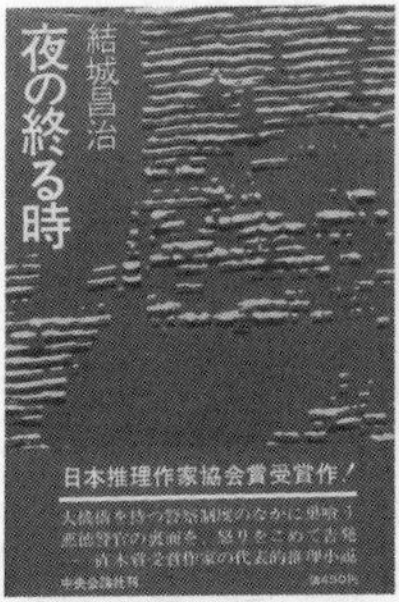

70年に再版された単行本
(中央公論社刊)

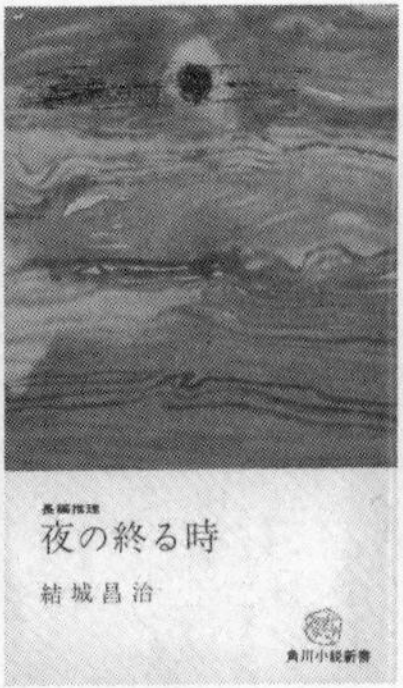

角川小説新書版

角川文庫版

結城昌治作品集3（朝日新聞社刊）

中公文庫版

日本推理作家協会賞受賞作全集17（双葉文庫）

95年11月　双葉社（双葉文庫／日本推理作家協会賞受賞作全集17）

本書が七回目の刊行となる。朝日新聞社版以外は、いずれも単体での刊行。初刊本にのみ「石田波郷氏におくる」との献辞がある。著者は『長い長い眠り』などいくつかの作品で波郷の句を使用しているが、俳句を愛好するようになったきっかけは、作家デビュー以前に結核の療養所で俳人の石田波郷と同室になったことだという。後に結城昌治は句集『歳月』『余色』、エッセイ集『俳句つれづれ草』などを刊行しており、推理作家の余技のレベルを超えている。

朝日新聞社版巻末の「ノート」は分量があるので項目を立てて別に収録したが、初刊本の「あとがき」はわずか十行の短いものなので、以下に全文を再録する。

推理小説と総称されるものの中に、悪徳警官物とよばれるジャンルがある。これは、ハードボイルド小説の登場以来、とくに戦後のアメリカにおいてさかんのようだが、権力の腐敗というテーマには、ぼくも以前から創作意欲を刺戟されていた。一人の善良な男が、いかにして悪人に変貌しうるかを書きたかったのである。

そこで、最初にプロットを考えたときは、犯行の過程を犯人側から書いていくという、いわゆる倒叙形式をかりようとしたが、いざトリックができてみると、いろいろと欲がでて、結局このようなかたちになった。

わが国では、なぜかこの種の作品が生まれず、その点でも意欲を燃やしうる題材であったが、結果は、悪徳警官物というより「哀れな警官」物になってしまったようである。読者の批判をまつほかはない。

昭和三十八年三月

著者

「このようなかたち」というのは、既にお読みになった方にはお分かりの通り、全体の約八割を占める第一部が犯人探しの本格もの、残る第二部が犯人の視点から描いた倒叙ものという独創的な構成のことである。これによって本書は、一本の長篇でありながら、ふたつの作品を読んだような濃厚な味わいのミステリとなっているのだ。

こうした技巧が高く評価され、『夜の終る時』は翌年の第十七回日本推理作家協会賞を受賞している。第十三回の同賞に『ひげのある男たち』がノミネートされて以来、『長い長い眠り』『仲のいい死体』『ゴメスの名はゴメス』と結城作品は毎年候補に残っており、五回目での受賞となった。同時受賞は河野典生『殺意という名の家畜』、その他の候補作は、佐野洋『蜜の巣』、三好徹『風は故郷に向う』、黒岩重吾『廃墟の唇』、中薗英助『密航定期便』の四作であった。著者による「受賞の言葉」は、以下の通り。

協会賞を受賞して

受賞の感想は、ただ嬉しいという以外にありません。多少気恥ずかしいのは、作品の未熟な点が自分なりにわかっているからで、また多少ホッとしたのは、候補に挙げられては決まりきったように落ちるという例年のことが、これで終りになったからという安心からです。

もちろん、安心というのは大へん不遜な錯覚で、今は、すでに賞に重さが瘦身にこたえています。殆ど鞭で叩かれたような気持で、今後こそいい仕事をしていかなければならないでしょう。私は推理小説を書き始めてからようやく五年にしかなりません。当然まだ暗中模索、そこを鞭で叩かれたら何処へ跳びだしてゆくのか。自分ながら気がかりです。

年末年始などにかかわりなく、私は割合小まめにいろいろな決心をします。しかし実行は滅多に伴いません。不精、わがまま、意志薄弱、理由はつねにハッキリしていて、ですから、ここでまた改って抱負のごときものを並べることは控えます。

ただいずれにせよ、私は読者に楽しんでもらえる作品を書きたいと願っています。娯楽というと非常に誤解されやすいが、ついでにもっと誤解を恐れずに言えば、私はまともにゼニのとれる職人になりたいと願っています。そのためにも今度の受賞は大きな励みであり、感謝とともに、素直な喜びを感じております。

各選考委員の選評で、結城作品に触れた部分もご紹介しておこう。

松本清張「さて、結城昌治氏のは相変らず新鮮なペースである。悪徳警官ものだが、アメリカのものと違って下級警察官の悲哀を落つかせたのは現実性がある。スケールの点では前回の「ゴメス」に及ばないが、その代りに破綻がない。氏がいろいろな方法を試みるのは、その才能を証明させる」

大井広介「『殺意という名の家畜』のキビキビしたはりのある文体は、ハード・ボイルドのかける作家が現われるべくして現われたという観が深い。私はこれを推した。『夜の終る時』は悪徳警官物というが、そのふびんさをかいている点に異色があり、これを併せて選ぶのに異存はない」

平野謙「悪徳警官もののなかでは佐野洋の「蜜の巣」よりも結城昌治の「夜の終る時」を採りたいと思った。（中略）では、「密航定期便」と「夜の終る時」と「殺意という名の家畜」と三篇のなかでどの一篇を採るかとなると、よくいえば粒ぞろい、悪くいえば、帯に短しタスキに長しで、いずれともきめがたいけれど、強いてあげれば、文学的に人間が書きこんであるという意味で、「夜の終る時」を採るのが無難のように思った。しかし「夜の終る時」は推理小説としては弱いところがあって、今回は授賞作なしでもいいのではないか、というのが私の意見だった」

角田喜久雄「結城さんは昨年のゴメス名はゴメス、今年は受賞作と作風を変えながらその都度優れた作品を示されるのは、その才能の極めて豊な証拠だと思うし、その業績からいっても、引き合いに出しては申訳ないが佐野洋さんと並んで、とうに受賞していていい人だと思う」

作家デビュー以前に早川書房の編集者として結城昌治に『ゴメスの名はゴメス』を書かせた生島治郎は、本書の角川小説新書版に寄せた解説の中で、推理小説の手法を用いて「現代社会の病根をえぐることに成功した」アメリカのハードボイルド作家には「日本の社会派推理小説に一脈通じるものを持っている」としたうえで、両者の「根本的な相違」は「日本の社会派推理小説が好んで現実に起った事件を作品の主体にしたのに反し、彼らは決して現実の事件をなぞることなく、自分の創作した世界の中で事件を描きながら現実社会のゆがみを指摘したことにある」と喝破している。

この解説は、ハードボイルド派の立場から結城作品の立ち位置を説明した出色の作家論であり、同時にミステリ論にもなっている。角川文庫版にも再録されていて、比較的参照は容易と思われるので、機会があれば、ぜひ読んでみていただきたい。

要するに『夜の終る時』は、リアルな警察小説であり、ハードボイルドであり、本来

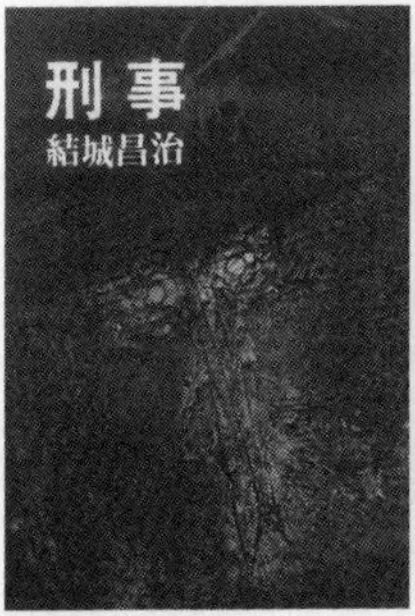

青樹社刊の単行本

83年に再版された単行本
（青樹社刊）

集英社文庫版

の意味での社会派ミステリであり、犯人探しの本格ミステリでもある、ということだ。

本書では、刑事を主人公にした作品四篇を増補した。各篇の初出は、以下のとおり。

殺意の背景　「小説エース」68年10月号（「初めから愛した」改題）
熱い死角　「小説現代」69年7月号
汚れた刑事　「小説サンデー毎日」70年10月号
裏切りの夜　「問題小説」71年8月号

いずれも短篇集『刑事』（75年10月／青樹社→78年2月／集英社文庫）から採ったものだが、これは既刊の作品集から刑事とヤクザが登場する短篇をチョイスした再編集本で、「殺意の背景」と「熱い死角」は『死んだ夜明けに』（70年4月／講談社）、

「汚れた刑事」と「裏切りの夜」は『影の歳月』（72年1月／講談社）に、それぞれ初めて収録された。

また、二冊の自選短篇集のうち、『結城昌治作品集8　短篇集　寒中水泳／孤独なカラス』（74年5月／朝日新聞社）には「熱い死角」が、『結城昌治自選傑作短篇集』（76年7月／読売新聞社）には「熱い死角」と「汚れた刑事」が、それぞれ収められている。

後者の自作解説で二篇まとめて言及された箇所は、以下の通り。

「熱い死角」は「小説現代」一九六九年七月号に、「汚れた刑事」は「小説サンデー毎日」一九七〇年十月号に書いた。いずれも刑事を主人公にしている。私は刑事物を割合多く書いていて、長篇も二作書下ろしている。（郷原部長刑事を主人公にした「ひげのある男たち」「長い長い眠り」「仲のいい死体」を加えれば五作になるが、この三作は刑事物の埒外であろう。）

しかし、名刑事が明晰な推理によって事件を解決するという話はほとんど書いていない。パターンとしてまず魅力を感じないし、それより刑事という権力機構の末端にいる人間に素材としての興味があった。なぜなら、権力ほど腐敗しやすいものはなく、その内部にいる人間の日常はさまざまな矛盾をはらんでいると想像されるからである。

著者が刑事物にカウントしている二つの長篇は、『夜の終る時』と『穽』（65年3月／

カッパ・ノベルス、75年2月の中公文庫版で『裏切りの明日』と改題）のことであろう。つまり、この自作解説は、刑事物ばかりを集めた本書全体の「あとがき」として読むことが出来るのである。

本書はちくま文庫のためのオリジナル編集です。

「夜の終る時」は『夜の終る時』（中公文庫、一九九〇年十二月）を、「殺意の背景」「熱い死角」「汚れた刑事」「裏切りの夜」は『刑事』（集英社文庫、一九七八年二月）をそれぞれ底本としています。

なお本書のなかには今日の人権意識に照らして不適切な語句や表現がありますが、時代背景と作品の価値にかんがみ、また、著者が故人であるためそのままとしました。

ちくま文庫

夜《よる》の終《おわ》る時《とき》／熱《あつ》い死角《しかく》
警察《けいさつ》小説《しょうせつ》傑作選《けっさくせん》

二〇一八年四月十日　第一刷発行

著　者　結城昌治（ゆうき・しょうじ）
編　者　日下三蔵（くさか・さんぞう）
発行者　山野浩一
発行所　株式会社　筑摩書房
東京都台東区蔵前二―五―三　〒一一一―八七五五
振替〇〇一六〇―八―四一二三
装幀者　安野光雅
印刷所　中央精版印刷株式会社
製本所　中央精版印刷株式会社
乱丁・落丁本の場合は、左記宛にご送付下さい。
送料小社負担でお取り替えいたします。
ご注文・お問い合わせも左記へお願いします。
筑摩書房サービスセンター
埼玉県さいたま市北区櫛引町二―六〇四　〒三三一―八五〇七
電話番号　〇四八―六五一―〇〇五三

ISBN978-4-480-43514-9 C0193